Peter Pan nei giardini di Kensington

J.M. Barrie

Texte et illustration de couverture : © domaine public
Edition : Culturea (Hérault, 34)
Contact : infos@culturea.fr
Retrouvez notre catalogue sur http://culturea.fr
Imprimé en Allemagne par Books on Demand
Design typographique : Derek Murphy
Layout : Reedsy (https://reedsy.com/)

Dépôt légal : janvier 2023
Tous droits réservés pour tous pays

ISBN : 9791041843060

I. Il giro dei giardini

Voi dovete capire da voi stessi che è un po' difficile seguir le avventure di Peter Pan senz'avere una certa familiarità coi giardini di Kensington. Essi sono in Londra, dove vive il re d'Inghilterra, ed io ho l'abitudine di condurci ogni giorno il mio David, salvo il caso che sia decisamente infreddato. Nessun bambino ha mai visto tutti, tutti i giardini, per la ragione che vien sempre così presto l'ora di tornare a casa. E la ragione per cui vien così presto l'ora di tornare a casa è questa, che, se voi siete così piccoli come il mio David, appena fa buio, avete subito sonno. Se vostra madre non fosse più che sicura di questo, non vi manderebbe a letto tanto di buon'ora.

I giardini sono circondati da un lato da una fila interminabile di omnibus, sopra i quali ogni governante ha tanta autorità, che basta alzi il dito verso uno di essi per ottenere che immediatamente si fermi. C'è per entrare nei giardini più d'un ingresso, ma uno solo è quello per cui ciascun bambino è solito entrare, e prima d'entrare ordinariamente egli si ferma a discorrere colla donna dei palloni, che se ne sta a sedere proprio di fianco. Essa tiene stretti stretti i suoi palloni, perché sa che, se per un momento allenta la mano, le volano via, e lo sforzo continuo a cui si trova costretta, ha fatto diventar la sua faccia d'un così bel colore di porpora che sembra una melagrana matura. Una volta ce n'era un'altra, ma poi non venne più perché aveva lasciato andare tutti i suoi palloni in un momento che, profondamente immersa in chi sa mai quali pensieri, teneva la testa reclinata sul petto, ed era certo distratta. David si dolse molto per lei, ma avrebbe desiderato di essersi trovato lì, quando aveva lasciato andare i palloni.

I giardini sono un luogo spaventosamente grande con migliaia e migliaia di alberi; il primo punto dove uno arriva, entrando per la porta degli omnibus che è la più frequentata, è la Camera dei Pari: ma voi sdegnate di fermarvi lì, perché la Camera dei Pari è il ritrovo di personcine superiori, a cui è proibito di mischiarsi col volgo dei mortali, ed è chiamata così appunto per questo. Il nome fu trovato da David ed altri eroi, e voi avrete una precisa idea delle maniere e degli usi vigenti in questa parte del giardino, quando vi sia stato detto che l'un Pari saluta l'altro al suo arrivo dandogli compostamente la mano e domandandogli notizie della sua salute! Mai un grido, mai un gioco movimentato: e parlar sempre in punta di forchetta. Qualche volta però un Pari ribelle scavalca la cinta e fa la sua entrata nel mondo dei vivi. Una di queste ribelli fu Miss Mabel Grey, della quale vi dirò di più, quando arriveremo all'ingresso che ha il nome da lei. Essa è l'unica Pari salita veramente in celebrità.

Adesso siamo nel Viale Grande, ed esso è tanto più grande degli altri viali, quanto, per esempio, vostro padre è più grande di voi. Dimodoché potete benissimo dire, come dice David, che il Viale Grande è il padre di tutti gli altri viali. Nel Viale Grande si trovano le persone che mette conto di conoscere, e di solito ce n'è con esse una adulta, per proibir loro di andar sopra l'erba bagnata e per costringerle a restare ignominiosamente sedute sul canto di una panca, se hanno fatto il mulo o le smorfie. Fare le smorfie è comportarsi come una bambina, piagnucolando perché la governante non vi vuol prendere in collo, o sorridendo scioccamente col dito nella bocca, e questa è una qualità proprio odiosa; ma fare il mulo è tirar calci a ogni cosa, compresa la governante, e compiere altre simili gesta, e perciò vi è una certa tal quale soddisfazione.

Se io volessi indicarvi tutti i punti notevoli a cui si passa dinanzi percorrendo il Viale Grande, prima che avessi finito, sarebbe tempo di tornare addietro, e perciò mi limito proprio ai principalissimi.

E, per cominciare, di fronte alla Camera dei Pari e vicino al cancello degli omnibus sorge l'albero di Cecco Hewlett, quel memorabile albero, ai cui piedi Cecco perdé la sua penna e cercandola trovò due soldi. Ci sono stati fatti molti scavi d'allora in poi.

Più su c'è la casetta di legno in cui andò a nascondersi Marmaduke Perry. È una storia terribile quella di Marmaduke Perry, che aveva fatto le smorfie per tre giorni di fila ed era stato condannato a comparire nel Viale Grande calzato colle calze di sua sorella. Egli corse a nascondersi nella casetta di legno, e rifiutò in ogni modo di venir fuori finché non gli portarono tanti *bonbons,* quanti era giusto di dargliene perché potesse superar la vergogna.

Ma eccoci in vista del gran Lago Rotondo, un bellissimo luogo, dove le governanti vorrebbero sempre opporsi ad andare, perché, già, sono donne e non han punto coraggio. In compenso però esse vanno volentieri dall'altra parte, dove, proprio di faccia, sorgono il Monumento e il Palazzo delle Bambole. Nel Palazzo delle Bambole abita tutto un popolo di queste care personcine, in mezzo a tutte le comodità della vita con un'infinità di giocattoli bellissimi a propria disposizione, e protetto da un immenso esercito poderosamente armato. Il Monumento è una statua situata proprio davanti al palazzo, e deve certo rappresentare qualcuno che in vita si divertiva moltissimo a vedere i giuochi che si fanno nel Grande Viale, perché ha voluto anche dopo morto esser messo lì a contemplarli, comodamente seduto in una larga poltrona.

Adesso ci troviamo davanti alla Gobba, che è la parte del viale dove si fanno tutte le corse; ed anche se voi non avete intenzione di correre, voi correte lo stesso appena arrivate alla Gobba, perché è un posto che invita così lusinghevolmente a farlo, che non ci si può trattenere dal cedere ed accettare l'invito. Non di rado a mezza strada si è stanchi e ci si sente battuti; ma allora c'è lì accanto un'altra casetta di legno, chiamata la Casa dei Vinti, e si va lì a rifare le forze. Lasciarsi poi venir giù per l'erbosa Gobba è un piacere che non ve n'ha certo l'uguale, ma non si può farlo nei giorni di vento perché allora non si è condotti ai giardini: lo fanno però in cambio le foglie cadute. Non c'è forse nessuno che si diverta tanto a venir giù per la Gobba quanto una foglia caduta.

Di sulla Gobba noi possiamo vedere l'ingresso a cui ha dato il suo nome Miss Mabel Grey, la Pari di cui ho promesso parlarvi. Essa era sempre accompagnata da due governanti, o da una governante e sua madre, e per molto tempo si mantenne una bambina modello che si voltava sempre da parte quando tossiva e domandava: "Come sta Lei?" agli altri Pari, e il cui solo divertimento era quello di gettare graziosamente in aria una palla e farsela poi riportare dalla governante. Ma un bel giorno si stancò di tutto questo e volle un po' fare la pazza, e primamente, per mostrare che era diventata pazza davvero, si sciolse i lacci delle scarpe e cacciò fuori quant'era lunga la lingua mostrandola a tutti e quattro i punti cardinali; quindi gettò la sua cintura in una pozzanghera e ci ballò sopra finché l'acqua fangosa non le fu schizzata fino sopra la faccia, dopo di che scavalcò la difesa ed ebbe una serie d'incredibili avventure, e una delle ultime, tra queste, fu che lanciò in aria tutte e due le scarpine. Alla fine arrivò all'ingresso che ora ha nome di lei e corse fuori inoltrandosi per vie dove David ed io non siamo mai stati, sebbene ne abbiamo sentito dai giardini il rumore, e corri corri corri non si sarebbe più saputo nulla di lei, se sua madre non fosse balzata dentro una vettura e non avesse così riacchiappata la fuggitiva. Tutto ciò accadde, debbo dire, molto tempo fa e la Mabel Grey che David ora conosce è molto diversa.

Arrivati così all'altra estremità del Grande Viale, abbiamo alla nostra sinistra il Viale dei Bimbi, così pieno di carrozzelle che non v'è proprio gusto a trattenervisi, perché non vi si può correre liberamente e si è sempre sgridati dalle altrui governanti. Da questo viale un piccolo sentiero chiamato il Dito del Gigante, perché ha appunto questa larghezza, conduce al vialino del Picnic, dove si va a far merenda sotto i grandi castagni. Dall'altra banda del piccolo sentiero si trova invece il Pozzo di San Govor, che era pieno d'acqua il giorno in cui Malcolm l'Ardito vi cadde dentro. Era il cocco della mamma e in considerazione che questa era vedova, egli arrivava a permetterle che gli ponesse il braccio intorno al collo anche in pubblico; ma aveva una gran propensione per le avventure, e gli piaceva di giocare con un carbonaio che, quando faceva il carbone ne' boschi aveva ammazzato una gran quantità d'orsi. Il nome del carbonaio era Neri, e un giorno, mentre stavan giocando vicino al pozzo, Malcolm vi cadde dentro, e vi sarebbe miseramente annegato, se Neri non si fosse lanciato dentro anche lui e non lo avesse salvato; ma quando furono tornati su tutti e due, attaccati alla grossa corda della secchia, si trovò che l'acqua aveva ripulito benissimo il viso del presunto Neri, che così la mamma di Malcolm potè riconoscere per il babbo del medesimo, pianto per morto da tanto tempo. E la conseguenza immediata di questo si fu che Malcolm non permise più oltre che la mamma gli cingesse il braccio attorno al collo davanti alla gente.

Tra il pozzo e il lago c'è il gran prato per giocare al *cricket,* ma assai spesso la formazione e l'ordinamento delle schiere porta via tanto tempo che, per giocare, ce ne resta assai poco. Ciascuno vuol battere primo, ed allora comincian le lotte, e mentre voi lottate, gli altri generalmente decidono di giocare a qualcos'altro. Nei giardini ci sono due specie di *cricket:* il *cricket* dei maschi, che è un vero *cricket* col suo batti-palla, e il *cricket* delle ragazze che si fa colla racchetta e la governante.

Le ragazze realmente non sanno giocare al *cricket,* ed a stare a guardarle mentre fanno i loro vani sforzi c'è da far le più matte risate e da dar loro la baia proprio di gusto. È vero però che una volta si dette uno sgraziatissimo caso, e fu quando alcune di loro sfidarono la schiera di David e una impacciosa creatura chiamata Angela Clare fece tanti colpi che... Ma, piuttosto che tediarvi collo starvi a raccontare lo strano risultato di questa rincrescevole gara, mi sbrigherò invece a condurvi in riva al gran Lago Rotondo che è la mèta preferita di tutti i frequentatori dei giardini.

Esso è nel bel mezzo di questi e una volta arrivati li voi non desiderate di andar più lontano. Non potete restar buoni tutto il tempo quando siete sulla sponda del Lago Rotondo, per quanti sforzi facciate. Potete restar buoni tutto il tempo nel Viale Grande, ma no in riva al Lago Rotondo, e la ragione ne è che voi ve ne dimenticate, e quando ve ne ricordate, siete ormai così bagnati che poco importa se vi bagnate un pochino di più. Ci sono molti che fanno navigare delle barche sul Lago Rotondo, delle barche così grandi che qualche volta le portano sopra delle carrette a mano.

Tra i marinai del Lago Rotondo ce ne sono di tutte le età: il che voi potete spiegarvi benissimo pensando che tutto dipende dal quando si comincia a possedere una barca. Il primo giorno è però senza paragone il più bello: in ispecie la soddisfazione che si prova nel fare ammirare la nostra proprietà a chi non possiede ancora nulla di simile, è qualche cosa di veramente impagabile. Ma l'abitudine, si sa, è nemica mortale del diletto: e perciò la popolazione marinaia delle sponde del Lago si rinnova molto rapidamente.

Tuttavia, siccome ci sono delle barche più belle e delle barche più brutte
e dei bambini più incostanti e di quelli meno incostanti, non c'è regola
fissa: v'è chi arriva a divertirsi con una barca persino una settimana!
Questo accade particolarmente a quei bimbi che hanno la fortuna di
possedere una barca molto bella: perché, voi capite benissimo, più la
barca amata è bella e più l'amore ragion vuole che duri.

Da ogni parte affluiscono al lago sentieri, come bambini. Alcuni fra essi
sono sentieri ordinari, che han la loro difesa da un lato e dall'altro e
sono stati fatti da uomini in maniche di camicia, ma altri invece sono
capricciosi e vagabondi, in un punto larghi e in un altro così stretti che
vi possono passar fra le gambe. Questi si chiamano sentieri che si son
fatti da sé, e David ha sempre desiderato di vederne uno mentre si stava
facendo. Ma, come tutte le più maravigliose cose che accadono nei
giardini, anche questo ha luogo - noi riteniamo - di notte, dopo che i
cancelli son chiusi.

Uno di siffatti sentieri viene dal luogo dove si tosano le pecore. Quando
David lasciò i suoi riccioli dal parrucchiere, disse loro addio - mi fu
riferito - senza il minimo tremito nella voce, nonostante che sua madre
avesse le lacrime agli occhi; perciò egli disprezza la pecora che cerca
sfuggire al suo tosatore e le grida pieno di sdegno: "Vergognati,
vigliaccona!" Ma, quando poi il tosatore l'afferra stretta fra le sue
gambe, allora egli mostra il pugno a lui, perché adopera delle forbici
tanto grandi. Un altro momento terribile è quando l'uomo ha liberato
dal loro manto di sudicia lana le spalle della pecora, e questa
improvvisamente prende l'aspetto di una dama quando appare al
davanzale del suo palco in teatro. Le pecore hanno un tale spavento
della tosatura, che ne diventano tutte bianche e insecchite, ed appena
tornano libere, cominciano subito a morsecchiar l'erba, proprio
ansiosamente, come se temessero di non dover mangiare più mai.
David si maraviglia in vedere come si conoscan tutte fra loro e facciano
conversazione e si bacino, e poi bisticcino e se le diano e si separino
adirate ad ogni momento. Perché esse sono delle gran litighine, e così
diverse d'indole dalle pecore di campagna, che ogni anno vengono a
dar degli urtoni al mio cane di San Bernardo, Porthos. Porthos può fare
scappare tutto un pascolo di pecore di campagna solo annunziando il

suo arrivo, ma queste pecore di città, invece, gli vengono incontro, con tutt'altra intenzione che d'intrattenersi gentilmente con lui, ed allora il ricordo dell'anno passato illumina come un lampo la mente di Porthos. Egli non può per dignità, ritirarsi, ma si ferma e gira intorno la testa, come per ammirare il paesaggio, e poi riprende a camminare ostentando indifferenza e guardando verso di me con la coda dell'occhio.

Lì vicino comincia la Serpentina. È una magnifica riviera, dentro cui è affondata tutta una foresta. Se vi curvate sul margine, ne potrete veder gli alberi che crescono tutti all'incontrario. Di notte si dice che vi si vedono anche delle stelle affondate. Se è vero, Peter Pan le deve vedere quando traversa la riviera dentro il suo nido di tordo. Solo una piccola parte della Serpentina è dentro i giardini, perché presto essa passa al disotto di un ponte per arrivare là dove è l'isola, sulla quale nascono tutti gli uccelli che poi diventano bambini e bambine. A nessun essere umano, eccetto Peter Pan (e anche questi è solo a metà un essere umano) è permesso di approdare a quell'isola, ma voi potete scrivere ciò che desiderate (maschio o femmina, capelli neri o capelli biondi) sopra un pezzo di carta, e poi fate una barchetta con questo, ed essa a buio arriva all'isola di Peter Pan.

Adesso finalmente siamo sulla via del ritorno. Però è una bella pretesa voler girare tanti luoghi tutti in un giorno. Io avrei dovuto trascinar via David molto prima, o fermarmi su ogni sedile come il vecchio signor Salford. Noi lo chiamavamo così, perché egli ci parlava sempre di un bellissimo posto che si chiamava Salford e in cui egli era nato. Era un vecchio signore con una curiosa faccia di mela lazzerola, il quale andava errando tutto il giorno per i giardini da sedile a sedile, sempre in cerca di qualcuno che conoscesse la città di Salford. Ora, dopo un anno e più che avevamo fatta la sua conoscenza, ci capitò di far quella di un altro vecchio signore, il quale aveva una volta passata una domenica a Salford. Era un carattere timido e dolce, e portava scritto il suo indirizzo nell'interno del cappello, e, in qualunque parte di Londra dovesse recarsi, prima si portava sempre all'Abbazia di Westminster come a punto di partenza. Noi lo conducemmo in trionfo dall'altro amico e io non potrò mai dimenticare la esplosione di gioia con cui lo accolse il signor Salford. Da quel giorno son diventati amiconi, ed io ho potuto ammirare come vadano perfettamente d'accordo, l'uno sempre a parlare e l'altro sempre a sentire.

I due ultimi luoghi vicino a cui si passa prima di arrivare al nostro cancello sono la Tomba del Cane e il Nido del Fringuello. Noi però dichiariamo di non sapere che cosa sia la tomba del Cane: del cane nostro non è, perché Porthos è sempre con noi. Il Nido è un luogo molto triste. Esso è tutto bianco e la maniera in cui lo scoprimmo fu questa. Stavamo gettando un altro sguardo in mezzo ai cespugli per veder di ritrovare il gomitolo di filo di lana che David ci aveva qualche giorno innanzi perduto, ed invece del gomitolo trovammo un leggiadro nido fatto di filo di lana e contenente quattro uova, con sopra dei segni al tutto simili alla scrittura di David, cosicché noi pensammo che dovevano essere le affettuose lettere scritte alla mamma dai piccini che erano dentro. Ogni giorno che andavamo ai giardini, noi facevamo una visita al nido, badando bene che nessun bimbo crudele ci vedesse, e vi lasciavamo cadere dei minuzzoli di pane, cosicché in breve tempo l'uccello si abituò a considerarci come amici ed al nostro approssimarsi non fuggiva più via, ma rimaneva accovacciato nel nido e ci salutava battendo debolmente le ali e guardandoci amichevolmente con i suoi intelligenti occhiettini. Ma un giorno, quando arrivammo, non trovammo più che due uova nel nido, e la volta appresso niente. La cosa più triste era che la povera fringuellina svolazzava lì intorno lamentandosi acutamente e guardando noi con tale aria di rimprovero che si capiva come essa credesse che noi fossimo i colpevoli; e sebbene David cercasse di spiegarle che s'ingannava, era tuttavia tanto tempo dacché egli non aveva più parlato il linguaggio degli uccelli, che io temo che essa non comprese nulla di ciò che egli le disse. Tanto David quanto io quel giorno lasciammo i giardini colla nocca dell'indice davanti agli occhi.

II. Peter Pan

Qualora voi domandiate alla vostra mamma se essa sapeva nulla intorno a Peter Pan quand'era ancora una bimba, essa vi risponderà: "Ma certo che ne sapevo, mio caro"; e qualora le domandiate se a quei tempi egli andava in giro sopra una capra, vi risponderà: "Ma che domande! Certo che ci andava". Così, qualora domandiate alla nonna se sapeva nulla intorno a Peter Pan allorché era una bimba, essa pure vi risponderà: "Sicuro che ne sapevo, piccino"; ma qualora le domandiate se a quei tempi egli andava in giro sopra una capra, vi risponderà che essa non ha mai sentito dire che egli possedesse una capra. Forse lo ha dimenticato, precisamente come qualche volta dimentica il vostro nome e vi dà quello di un altro. Però sarebbe assai strano che avesse dimenticato una cosa così importante come la capra. E perciò è molto probabile che la capra non ci fosse ai tempi in cui la vostra nonna era ancora una bimba. Questo mostra che, nel raccontare la storia di Peter Pan, il cominciar dalla capra, come fanno tanti, è assai sciocco, non meno che mettersi la giacchetta prima della sottoveste.

Anche Peter Pan non è tanto vecchio quanto si potrebbe credere. Il vero è che egli ha sempre la stessa età, cosicché l'esser egli esistito anche ai tempi che la vostra mamma e la vostra nonna eran bimbe, non vuol dir proprio nulla. Egli ha solo una settimana di età e nonostante sia nato tanto e tanto tempo fa, non ha mai avuto un compleanno né c'è la minima speranza che sia mai per averne uno. La ragione ne è che egli scappò da essere una creatura umana quando aveva sette giorni; scappò per la finestra e rivolò addietro nei giardini di Kensington.

Se voi pensate che egli sia il solo bambino che abbia voluto scappare, ciò mostra solo quanto completamente abbiate dimenticato gli stessi vostri primi giorni.

Quando David udì questo fatto, dapprincipio era del tutto sicuro che egli non aveva cercato mai di scappare, ma io gli dissi di ripensarci su intensamente, con le tempie strette fra i pugni, e quando egli ci ebbe così ripensato intensamente e sempre più intensamente, finì col ricordarsi con la più grande chiarezza un suo giovenil desiderio di ritornare in sulle cime degli alberi e con tale ricordo ne vennero anche degli altri, come questo, che egli era a letto e meditava di scappare appena la mamma si fosse addormentata, e che una volta essa lo aveva ripreso a mezza via su per la cappa del camino. Tutti i bimbi possono farsi tornare simili ricordi stringendosi forte le tempie fra i pugni perché, essendo stati uccelli prima che creature umane, sono naturalmente dei piccoli esseri furastici durante le prime settimane, e si sentono un gran prurito alle spalle, al posto delle ali. Così mi dice David.

Io debbo spiegarvi che per le storie il nostro modo di procedere è questo: prima io racconto la storia a lui, e dopo lui rifà il racconto a me, colla differenza che non è più la stessa storia; e allora io torno a raccontarla ancora a lui colle sue addizioni e varianti, e così si va innanzi finché nessuno può più dire se la storia è mia oppure sua. In questa di Peter Pan, per esempio, la nuda narrazione e la maggior parte delle riflessioni morali sono mie, sebbene non tutte, perché anche David sa essere un severo moralista; ma i pezzi così interessanti circa gli usi e costumi dei bambini nello stadio uccellesco sono quasi esclusivamente reminiscenze di David, richiamate collo stringersi forte le tempie fra i pugni e pensare intensamente.

Dunque, Peter Pan andò via per la finestra, che per avventura era aperta. Stando sul davanzale egli potè vedere in gran lontananza degli alberi, che appartenevano senza dubbio ai giardini di Kensington, e nel momento che egli li vide, dimenticò completamente ch'egli era ormai un piccolo bimbo in camicia da notte e volò via diritto sopra le case verso i giardini. È una cosa maravigliosa che egli potesse volar senza ali, ma sentiva alle spalle un prurito tremendo e.... e.... forse che tutti quanti potremmo volare, se avessimo così profonda fiducia nella nostra capacità di farlo, come l'aveva l'audace Peter Pan quella sera.

Atterrò tutto allegro sull'ampio tappeto verde tra il Lago Rotondo e la Serpentina, e la prima cosa che fece fu di buttarsi sulla schiena e tirar de' calci all'aria. Egli s'era affatto scordato di esser mai stato una creatura umana e pensava di essere un uccello, anche nell'aspetto, proprio come nei suoi primissimi giorni, e quando cercò di chiappare una mosca non si rese già conto che la ragione per cui l'aveva mancata era che aveva tentato di afferrarla con la mano, cosa che senza dubbio un uccello non fa. Si avvide, comunque, che doveva già esser passata l'ora della chiusura, perché c'era una gran quantità di fate e di gnomi in giro, ma troppo occupati per accorgersi di lui: erano intenti a prepararsi la cena e chi mungeva le mucche, chi tirava su l'acqua, chi faceva altra cosa.

A proposito, una cosa che bisogna io vi dica è che gli gnomi sono i maschi del popolo delle fate, il quale riceve il nome unicamente da queste solo perché alle signore spetta la preferenza. Anche noi abbiamo due nomi del tutto diversi per indicare i maschi e le femmine e cioè uomo e donna; solo che siamo meno gentili degli gnomi, poiché, se vogliam poi indicare tutti i maschi e tutte le femmine insieme, diciamo "gli uomini".

Ora, la vista delle secchie fece venir sete a Peter Pan che volò per levarsela verso il Lago Rotondo. Si posò sulla sponda e tuffò il becco nell'acqua; egli credeva che fosse il becco, ma, certo, era solamente il naso, e perciò non venne su che poc'acqua e non così rinfrescante come di solito; allora volò in cerca di una pozza di acqua piovana, e trovatala, vi si calò giù con tanto impeto che ci cadde dentro. Quando un vero uccello cade dentro una pozza, esso gonfia le penne e le scrolla e le becca finché non sono asciugate, ma Peter non riuscì a ricordarsi che cosa fosse da fare, e decise piuttosto stizzito di andare a dormire sul salice piangente nel Viale dei Bimbi.

Dapprincipio trovò qualche difficoltà nello equilibrarsi sopra di un ramo, ma poi si ricordò la maniera, e si addormentò. Si svegliò molto prima dell'alba, rabbrividendo e dicendo a sé stesso: "Io non sono stato mai fuori con una notte così fredda"; realmente, egli era stato fuori in notti anche più fredde, quand'era un uccello, ma, senza dubbio, come ognun sa, quella che sembra una notte calda a un uccello è una notte fredda per un bimbo in camicia da notte. Peter perciò si sentiva stranamente indisposto, come se la sua testa fosse imbottita; udiva forti rombi che lo facevan guardare acutamente in giro, nonostante che non fossero che suoi propri starnuti. C'era qualche cosa che egli desiderava moltissimo, ma, sebbene sapesse che lo desiderava, non poteva rendersi conto che cosa mai fosse. Ciò che desiderava tanto era che sua madre gli soffiasse il naso, ma siccome non riusciva a venire mai in chiaro della cosa, così decise di rivolgersi alle fate per essere illuminato. Le fate hanno fama di esser molto sapienti.

Ce n'erano appunto due che se ne andavan passeggiando lungo il Viale dei Bimbi, tenendosi abbracciate per la cintura, ed egli si spiccò giù dal ramo per andarle a interrogare. Le fate hanno i loro motivi di malumore con gli uccelli, ma generalmente danno una risposta cortese a una cortese dimanda, ed egli restò molto male quando le vide scappar via a tutta corsa appena lo scorsero. Uno gnomo se ne stava sdraiato sur un seggiolone da giardino leggendo un francobollo che qualche creatura umana aveva lasciato cadere, ma come udì la voce di Peter si rifugiò rattamente, tutto spaventato, dietro un tulipano.

A sua gran confusione, Peter scoprì che la sua vista metteva in fuga ciascuno di quei piccoli esseri. Una schiera di operai che stava segando un fungo se la dette a gambe così precipitosamente che lasciò lì per terra tutti i suoi strumenti. Una ragazza che andava a munger del latte rivoltò la sua secchia e ci si nascose sotto. Presto i giardini furono tutti sossopra. Stuoli di fate andavan fuggendo in ogni senso, domandandosi fieramente tra loro chi era che aveva paura; tutte le luci si spengevano, tutte le porte venivano barricate, e dalle fondamenta del palazzo della regina Mab rimbombavano de' rulli di tamburo, segno che la guardia reale era chiamata alle armi. Un reggimento di lanceri si precipitò alla carica giù per il Grande Viale. Erano armati di foglie d'agrifoglio con le quali nel passare sgraffiano terribilmente il nemico. Peter udiva il piccolo popolo gridar da ogni parte che c'era una creatura umana nei giardini dopo l'ora della chiusura, ma non gli venne fatto di pensare neppure un momento che la creatura umana fosse lui. Egli si sentiva la testa sempre più piena e imbottita, e sempre più desiderava sapere che cosa dovesse fare al suo naso, ma invano affrontava le fate con la importante domanda: le timide creature scappavano dinanzi a lui, ed anche i lanceri, quand'egli si trovò loro vicino sul pendio della Gobba, svoltarono lesti in un vialino di fianco, pretendendo di aver visto l'intruso fuggir per di là.

Disperando di ottener risposta dalle fate, egli risolse di consultare gli uccelli, ma nel tempo stesso si ricordò, come di una cosa stranissima, che tutti gli uccelli appollaiati sul salice erano volati via al posarsi di lui, e sebbene questo allora non lo avesse affatto colpito, adesso ne capì il significato. Ogni essere vivente scansava il suo incontro! Povero piccolo Peter Pan! Egli si sedette giù e pianse, e anche in quel momento non si accorse che, per un uccello, non sedeva sulla giusta parte. Fu una fortuna che non se ne accorgesse, perché altrimenti avrebbe perduto la fede nel suo potere di volare, e nel momento stesso che voi dubitate di poter volare, cessate anche dall'essere in grado di farlo. La ragione per cui gli uccelli possono volare, e noi no, è semplicemente questa, che essi hanno perfetta fede, perché avere la fede è avere le ali.

Ora, salvo che volando, nessuno può raggiungere l'isola che è in mezzo alla Serpentina, perché alle barche degli umani è proibito di approdarvi, e tutto in giro ci son tanti pali che spuntan fuori dall'acqua, su ciascuno dei quali siede di sentinella giorno e notte un uccello. Verso quest'isola spiccò adesso il volo Peter Pan, per andare ad esporre il suo strano caso al vecchio Salomone Gracchia, e vi atterrò con sollievo, molto contento di ritrovarsi finalmente a casa, come gli uccelli chiamano l'isola. Tutti dormivano, comprese le sentinelle, ma eccetto Salomone, che stava affatto sveglio sopra il suo ramo. Senza punto scomporsi, egli prestò tranquillamente orecchio al racconto che Peter gli fece del suo caso, e quindi altrettanto tranquillamente rivelò al consultante il motivo della generale paura.

- Guarda alla tua camicia da notte - gli disse - se non vuoi credere a me; - e Peter guardò con occhi sbarrati la sua camicia da notte e poi gli uccelli dormienti. Nessuno di questi portava addosso nulla di simile.

- Quante zampe hai? - domandò Salomone alquanto crudelmente, e Peter vide con sua grande costernazione che egli ne aveva due più del giusto. Il colpo fu così forte che gli vuotò subito la testa.

- Gonfia le tue penne - seguitò ancora Salomone, e Peter si sforzò disperatamente di arruffar le sue penne, ma non gli riuscì perché non ne aveva. Allora si levò su tutto tremante e per la prima volta dacché s'era posato sul davanzale della finestra, si ricordò di una bella signora che era stata veramente pazza di lui.

- Io penso che farò bene di ritornar da mia madre - disse con timida voce.

- Buon viaggio - replicò Salomone Gracchia guardandolo di sotto in su.

Ma Peter esitava.

- Perché non parti dunque? - chiese il vecchio ironicamente.

- Io suppongo - disse Peter tossendo - io suppongo che potrò ancora volare? -

Voi vedete che egli aveva persa la fede.

- Povero piccolo mezzo e mezzo - esclamò Salomone, che, in fondo, non aveva il cuore duro. - Tu non sarai mai più capace di volare, neppure nei giorni di vento. Devi rassegnarti a vivere nell'isola per sempre.

- E non potrò neanche andare fino ai giardini? - chiese Peter con tragico accento.

- Come puoi traversare l'acqua? - gli obbiettò Salomone.

Tuttavia, molto gentilmente, il vecchio uccello promise a Peter di insegnargli tutti quegli usi uccelleschi che con una forma così sgraziata fosse per poter imparare.

- Allora io non sarò un vero e proprio essere umano?

- No.

- E neppure precisamente un uccello?

- Neppure.

- Che sarò dunque?

- Sarai un Forse-che-sì-forse-che-no - rispose Salomone, e certamente egli era un gran saggio, perché la predizione si avverò per l'appunto.

Gli uccelli dell'isola non potevano mai abituarsi a lui. Le sue singolarità li meravigliavano ugualmente ogni giorno, come se fossero cose sempre nuove, sebbene fossero piuttosto gli uccelli che erano sempre nuovi. Ne venivan fuori cotidianamente dal guscio e si divertivano un mondo a veder Peter Pan; dopo, ben presto, volavano a diventare dei bimbi, e altri piccoli rompevano il guscio; e così seguitava sempre. Le accorte mamme, quando i piccoli tardavano a mettere il capino fuori del guscio, solevano spingerli a sbrigarsi sussurrando loro che non si lasciassero sfuggir l'occasione di veder Peter che si lavava o mangiava o beveva. Migliaia di uccellini si affollavano intorno a lui ogni giorno per vederlo a far queste cose, precisamente come voi osservate gli uccellini, e mettevano grida di gioia quando egli chiappava con le mani invece che, come usa, con la bocca le croste gettategli. Il cibo glielo portavano dai giardini gli uccelli adulti su ordine ricevuto da Salomone. Egli non voleva mangiare né vermi né insetti (ciò che, a loro parere, era molto sciocco da parte sua), e perciò essi gli portavano del pane nei loro becchi. Così, voi che gridate: "Ingordo, ingordaccio! all'uccello che fugge via colla grossa crosta nel becco, ora sapete che non dovete farlo, perché esso molto probabilmente la porta a Peter Pan.

Peter non indossava più la camicia da notte. Dovete sapere che gli uccelli stavano sempre a pregarlo di darne loro un pezzetto per rivestirne i loro nidi, ed egli, siccome aveva buon cuore, non sapeva dire di no; cosicché per consiglio di Salomone aveva nascosto quel che gli era di essa rimasto. Ma, sebbene egli fosse ora completamente ignudo, non dovete già credere che avesse freddo e fosse infelice. Era invece abitualmente felicissimo e gaio, e la ragione era che Salomone aveva tenuto la sua promessa e gli aveva insegnato molti costumi degli uccelli: il contentarsi di poco, per esempio, e lo star sempre facendo qualche cosa, ed il credere che, a qualunque cosa attendesse, si trattasse sempre di una cosa della più alta importanza. Peter diventò anche molto bravo nell'aiutare gli uccelli a fabbricare i loro nidi; presto li seppe fabbricare meglio dei colombi selvatici, ed in seguito altrettanto bene quanto i merli, sebbene non riuscisse mai a soddisfare i fringuelli;

e costruiva dei piccoli abbeveratoi assai graziosi in vicinanza dei nidi e con le dita raccoglieva vermi pei piccoli. Diventò, insomma, assai dotto nella scienza uccellesca, e imparò anche, per esempio, a riconoscere il vento di levante da quello di ponente al loro diverso sentore, e venne in grado di veder l'erba crescere, e udire i vermi camminare sotto la corteccia dei tronchi. Ma la cosa più bella che Salomone aveva fatto, era stata quella d'insegnargli ad avere un cuore sempre lieto. Tutti gli uccelli hanno sempre il cuore lieto, salvo che voi prediate loro i lor nidi, e perciò, siccome quella era l'unica specie di cuore che Salomone conoscesse, non gli era stato difficile d'insegnare a Peter come fare per averla.

Il cuore di Peter era così lieto, che egli si sentiva obbligato a cantar tutto il giorno, precisamente come gli uccelli cantano per gioia, ma, essendo in parte creatura umana, egli aveva bisogno di uno strumento, e perciò si fece una zampogna di canne. Usava la sera andare a sedersi sulla spiaggia dell'isola, afferrando l'odore del vento e il mormorare dell'acque e raccogliendo manciate di lume di luna, e metteva tutto ciò dentro la sua zampogna, e poi suonava così dolcemente che gli uccelli ne restavano ingannati e dicevano tra loro: "È un pesciolino che guizza nell'acqua o è Peter Pan che suona la sua zampogna?"

Qualche volta egli cantava la nascita degli uccelli, e allora le mamme si guardavano intorno nei nidi per vedere se non avessero deposto un altr'uovo. Chi frequenta i giardini conosce certamente il castagno vicino al ponte, che mette i fiori prima di tutti gli altri castagni, ma forse non ha inteso dire perché quell'albero ha questo privilegio. Ciò è perché Peter desidera molto l'estate e suona che essa è venuta, e il castagno essendo così vicino lo ode e resta ingannato.

Ma qualche volta, quando Peter sedeva così sulla spiaggia e suonava così divinamente sopra la sua zampogna, gli venivano dei tristi pensieri, e allora la musica diventava triste pur essa, e la ragione di tutta questa tristezza era che egli non poteva arrivare sino ai giardini, sebbene potesse vederli attraverso l'arcata del ponte. Egli sapeva che non avrebbe più potuto tornare ad essere una vera creatura umana e poco gl'importava in realtà, ma, oh!, quanto, quanto bramava di poter

giocare come giocano i bimbi, e senza dubbio per giocare non c'è posto
più splendido dei giardini. Gli uccelli gli portavano notizie del come
giocano i bimbi e le bimbe, e grosse lacrime di desiderio rigavano la
faccia attenta di Peter.

Forse voi vi maravigliate che egli non traversasse a nuoto il braccio
della riviera. La ragione era che egli non sapeva nuotare.

Desiderava d'imparare come si fa, ma nessuno era pratico, salvo le
anatre, e queste son tanto stupide. Avevano tutta la buona volontà
possibile di insegnarglielo, ma quanto sapevano dirgli era tutto qui:
"Tu ti siedi sull'acqua in questa maniera e poi dài dei colpi di piede
all'acqua stessa così". Peter si provò varie volte, ma ogni volta, prima
che potesse menare i piedi, affondava. Quello che egli realmente aveva
bisogno di sapere era come ci si siede sull'acqua senza affondare, e le
anatre dicevano che era affatto impossibile di spiegare una cosa tanto
facile quanto quella. Occasionalmente approdavano all'isola dei cigni,
ed egli dava loro volentieri tutto il suo cibo di quel giorno per poi
saperne in ricambio come ci si siede sull'acqua, ma appena egli non
aveva più nulla da dar loro, quelle cattive bestiacce lo ricompensavano
a fischi e salpavano subito via.

Una volta egli credette realmente di avere scoperto un mezzo per
raggiungere i giardini. Uno strano oggetto bianco, simile a un foglio di
giornale fuggiasco, svolazzava su in alto sopra l'isola e a poco a poco
venne cadendo giù a terra, ondeggiando e sbandando come un uccello
che ha avuto rotta una delle sue ali. Peter ne fu così spaventato che
corse a rimpiattarsi, ma gli uccelli gli dissero che non era altro che un
cervo volante, e gli spiegarono che cos'è un cervo volante e che quello
doveva avere strappato la sua funicella di mano a un qualche ragazzo e
così esser volato via. Dopo di che ebbero a burlare Peter, perché si
mostrava tanto innamorato del cervo volante; egli ne era infatti così
innamorato che dormì persino con una mano su esso, ma io penso che
questo era anzi commovente e grazioso, perché la sua ragione era a
trovarsi nel fatto che il cervo volante aveva appartenuto a un bimbo
vero.

Per gli uccelli questa era una ragione molto meschina, ma i più vecchi fra essi erano in quel tempo pieni di gratitudine per lui perché aveva assistito un buon numero di piccini presi dalla rosolia, e perciò si offrirono di mostrargli come gli uccelli fanno volare un aquilone. Cinque di essi presero l'estremità della funicella nei loro becchi e staccarono il volo tenendola stretta; e con grande stupore di Peter l'aquilone volò dietro loro e si levò anche assai più in alto di loro.

- Un'altra volta, un'altra volta! - egli pregò, e gli uccelli gentilmente servizievoli lo rifecero parecchie volte, e sempre invece di ringraziarli egli esclamava con voce di preghiera: - Un'altra volta! - ciò che mostra come egli non avesse ancora dimenticato del tutto le abitudini dei bimbi.

Alla fine, chiudendo un gran disegno nel valoroso suo petto, egli li supplicò di farlo un'unica volta ancora, ma con lui aggrappato alla coda.

Questa volta non più cinque, ma un centinaio di uccelli strinsero la fune nel becco, mentre Peter serrava tra le mani la coda coll'intenzione di lasciarla andare appena fosse sopra i giardini. Ma per aria la coda si staccò e Peter sarebbe affogato nella Serpentina, se non si fosse aggrappato a due cigni invano reluttanti e non li avesse costretti a ritrasportarlo sino alla riva dell'isola. Dopo di che gli uccelli dichiararono che non lo avrebbero più aiutato nella sua matta intrapresa.

Ciò nondimeno, Peter alla fine riuscì a raggiungere i giardini coll'aiuto della barchetta di Shelley, come ora vi racconterò.

III. Il nido di tordo

Schelley era un giovane *gentleman* e così finito di crescere come non si sarebbe mai potuto aspettare che fosse. Era un poeta: e i poeti son gente che non è mai finita di crescere. Son persone che disprezzano il danaro salvo quanto ne occorre loro per l'oggi, ed egli di denaro ne aveva tanto che non riusciva a finirlo, per quanta buona volontà ci mettesse. Così, un giorno che passeggiava per i giardini di Kensington, fece una barchetta con un biglietto di banca e la mandò a navigare giù per la Serpentina.

La notte essa arrivò all'isola; e la sentinella la portò a Salomone Gracchia, che dapprincipio pensò fosse la solita cosa, e cioè il bigliettino di qualche signora, la quale gli dicesse che gli sarebbe stata obbligata se avesse voluto mandarle un uccellino buono. Le signore lo pregano sempre di mandar loro il più buono che ha, ed egli, se la lettera gli piace, ne manda uno della classe A, ma se lo indispettisce ne manda invece di quelli che hanno proprio l'argento vivo nelle vene. Qualche volta non ne manda addirittura nessuno e qualche altra volta ne manda una nidiata: tutto dipende dal modo con cui lo si piglia.

Egli ama che ci si rimetta a lui, e se si fa particolare menzione di ciò che si desidera, per esempio, d'aver "questa volta un maschietto", è quasi sicuro che egli manda invece una femmina. Soprattutto poi ricordate una cosa: o che voi siate una signora o solamente un piccolo bimbo che desidera una sorella, datevi sempre cura di scrivere l'indirizzo ben chiaro; voi non vi potete immaginare quante volte Salomone ha mandato dei bimbi a chi non doveva.

La barchetta di Shelley, come fu da lui aperta, rese assai perplesso Salomone, che chiamò a consiglio tutti i suoi assistenti. Questi dopo averci zampettato sopra due volte, l'una in avanti e l'altra a ritroso, conclusero che doveva essere un biglietto proveniente da qualche persona ingorda, la quale chiedeva nientedimeno che cinque bimbi. Credettero così perché sul biglietto c'era stampato un grosso cinque.

- Idiota! - gridò Salomone tutto arrabbiato all'indirizzo della persona mittente, e regalò il biglietto a Peter: tutte le cose inutili che capitavano nell'isola venivano usualmente regalate a lui perché ci giocasse.

Ma egli non giocò col suo prezioso biglietto di banca, perché riconobbe di che cosa si trattava, essendo stato un grande osservatore durante quella settimana in cui era stato un bambino come tutti gli altri. Con tanto danaro, egli riflettè, avrebbe sicuramente potuto alla fine riuscire a raggiungere i giardini, e, considerate tutte le maniere possibili, decise (saggiamente, a mio credere) di attenersi alla migliore. Ma, per prima cosa, bisognava informasse gli uccelli del valore della barchetta di Shelley: ora essi, sebbene fossero troppo onesti per ritorgliela, rimasero tuttavia poco soddisfatti della cosa e gettarono tali neri sguardi sopra Salomone, il quale era piuttosto vano della sua chiaroveggenza, che questi s'andò a rincantucciare all'estremità dell'isola, rimanendo lì molto depresso con la testa nascosta tra l'ali. Allora Peter, che gli era affezionato e riconoscente, gli andò vicino e cercò di rincuorarlo.

Né questa fu la sola maniera con cui Peter cercò di riguadagnarsi la potente benevolenza del vecchio capo. Voi dovete sapere che Salomone non aveva intenzione di rimanere in ufficio per tutta la vita. Egli meditava di rinunziare un bel giorno al governo e ritirarsi a godere in agiata pace la sua restante vecchiaia sopra un certo cipresso della Camera dei Pari, che aveva colpito la sua immaginazione, e così per varii anni era venuto quietamente riempiendo la sua calza. Era una calza, appartenuta a qualche bagnante, che era stata gettata a riva sull'isola, e nel tempo di cui io parlo essa conteneva centottanta pezzetti di pane, quarantaquattro noci, sedici torsoli di mela, un puliscipenne ed un laccio da scarpe. Quando la sua calza fosse piena, Salomone calcolava che sarebbe stato al riparo dal bisogno e quindi in grado di attuar la sua idea. Ora Peter gli regalò una sterlina, che staccò dal suo biglietto di banca mediante un bastoncello appuntito.

Questa liberalità gli rese amico per sempre il vecchio Salomone, il quale, dopo che si furono consultati insieme, convocò un'assemblea generale dei tordi. Vedrete ben tosto perché solo i tordi furono invitati.

Il piano da esser sottoposto all'approvazione dell'assemblea era di

Peter, ma fu Salomone che lo espose, perché egli perdeva presto la pazienza se un altro parlava e lui doveva star zitto. Cominciò col dire che egli aveva un'alta opinione dei tordi per la singolare ingegnosità che addimostrano nel fabbricare i loro nidi, e con questo dispose subito favorevolmente gli uditori, com'era il suo scopo nel dirlo: perché voi dovete sapere che tutte le quistioni che nascono fra uccelli vertono intorno alla migliore maniera di fabbricare i nidi. Gli altri uccelli, disse Salomone, omettono di rivestire internamente i loro nidi con fango, e il resultato ne è che questi non trattengono l'acqua. Qui egli gettò indietro la testa, come se avesse arrecato un argomento che non ammetteva replica; ma, disgraziatamente, all'adunanza era intervenuta, non invitata, una signora Fringuello, la quale, sentendo questo, strillò: - Noi non fabbrichiamo i nostri nidi per tenerci dentro dell'acqua, ma per custodirci le uova, - e allora i tordi persero tutto il loro buon umore, e Salomone rimase così perplesso che tirò su parecchie beccate d'acqua.

- Consideri Lei - obbiettò alla fine - quanto il fango rende caldi i nidi.

- Consideri Lei - rimbeccò la signora Fringuello - che quando l'acqua è entrata dentro i nidi e vi resta, i nostri piccini corron pericolo di morire affogati.

I tordi pregarono con gli sguardi Salomone di replicare con qualche argomento di peso, ma Salomone era rimasto di nuovo perplesso.

- Becchi un altro sorso - gli suggerì impertinentemente la signora Fringuello. Essa si chiamava Pepita e tutte le Pepite hanno la lingua pepata.

Salomone beccò un'altra sorsata, e ciò lo inspirò.

- Se - disse - un nido di fringuello è messo sulla Serpentina, si riempie e si sfa, mentre un nido di tordo resta sodo e sicuro come il dorso d'un cigno. -

Come applaudirono i tordi! Adesso sapevano perché rivestivano internamente i loro nidi di fango, e quando la signora Fringuello strillò: - Noi non andiamo a mettere i nostri nidi sulla Serpentina, - essi fecero quel che avrebbero dovuto fare sin da principio e cioè cacciarono via l'intrusa a beccate. Il che può parervi poco gentile da parte loro trattandosi di una signora: ma dovete ricordare che tra i tordi ci sono i maschi e le femmine, e David mi assicura che la violenza venne da queste.

Dopo, tutto procedette con ordine. Ciò che essi erano stati chiamati ad udire, continuò Salomone, era questo: il loro giovane amico lì presente, Peter Pan, com'essi ben sapevano, desiderava moltissimo di poter traversare la riviera per arrivar nei giardini, e ora s'era proposto, col loro aiuto, di costruirsi una barca.

A queste ultime parole i tordi cominciarono ad agitarsi, ciò che fece tremar Peter per il suo piano.

Salomone si affrettò a spiegar loro che ciò che egli voleva non era una di quelle incomode barche che sono usate dagli uomini; la barca progettata doveva essere un semplice nido di tordo grande abbastanza per contenere Peter.

Ma, con grande angoscia di Peter, i tordi seguitavano ancora a dar segni dì malumore. - Noi abbiamo molto da fare - brontolavano, - e questa vuol essere una grossa fatica.

- È vero - rispose Salomone, - ma Peter non intende che voi lavoriate gratis per lui. Dovete ricordarvi che presentemente egli si trova in buone condizioni di fortuna, e vuol pagarvi una mercede quale non avete mai ricevuta. Egli mi autorizza a dirvi che voi tutti e ciascuno riceverete da lui sessanta centesimi al giorno. -

A tanta promessa tutti i tordi si misero a saltellar dalla gioia, e quel giorno medesimo cominciò la famosa costruzione della Barca. Tutti i loro affari ordinari restarono addietro. Era il tempo dell'anno in cui essi avrebbero dovuto accoppiarsi, ma nessun nido fu costruito eccetto quel grande di Peter, e così Salomone presto rimase a corto di piccoli tordi con cui far fronte alle continue dimande che gliene arrivavano dal paese degli uomini. Quei bimbi bofficioni e piuttosto ghiotti che hanno un così bell'aspetto dentro le carrozzelle, ma che soffiano facilmente quando camminano, sono stati tutti dapprincipio tanti giovani tordi. Le signore hanno una speciale predilezione per questi, che sono quindi la razza più domandata. Che cosa credete che facesse Salomone? mandava su pei tetti a far requisizione di passeri e ordinava loro di depor le uova nei vecchi nidi dei tordi, e poi spediva i loro piccini alle signore, giurando che erano tordi! Quell'anno restò dopo celebre nell'isola come l'anno dei Passeri; e così, se mai voi incontrate nei giardini delle persone adulte che s'impettiscono e gonfiano come per darsi a credere a sé stesse ed agli altri per più grandi di quel che sono in realtà, pensate che probabilmente appartengono a quell'anno. Interrogateli, per sincerarvene.

Peter era un padrone onesto e pagava regolarmente ogni sera i suoi operai. Essi si schieravano in file sui rami e aspettavano pazientemente che egli avesse tagliato via tanti pezzetti da sessanta centesimi l'uno dal suo biglietto di banca. Finito ciò, erano chiamati a nome un per uno, e un per uno volavano giù e ricevevano la loro mercede. Dev'essere stata una bellissima vista.

Alla fine, dopo mesi di lavoro, la barca fu terminata. Oh, la gioia di Peter mentre la vedeva crescere sempre più, e sempre più prender la forma di un enorme nido di tordo! Sin dal primo principio della sua costruzione egli aveva preso l'abitudine di dormire a essa accanto, e spesso si svegliava per susurrarle delle cose gentili. Quando poi fu internamente rivestita di fango e il fango si fu seccato, allora invece ogni notte ci andò a dormir dentro. Dopo non ha mai smesso quest'uso che conserva ancor oggi, ed ha una maniera graziosissima di rannicchiarsi nel nido, che è grande giusto quanto basta perché egli vi stia comodamente se si rannicchia a tondo come un gattino. Il nido è internamente bruno, s'intende, ma di fuori è verde, essendo intrecciato d'erba e di vimini, e quando l'una e gli altri diventan gialli e marciscono, le pareti vengono intessute di nuovo con erba e vimini freschi. Ci sono anche qua e là alcune piume, perdute dai tordi durante la fabbricazione.

Gli altri uccelli erano estremamente gelosi, e dissero che la barca non si sarebbe sostenuta sull'acqua: ma, a loro confusione, vi si sostenne magnificamente bene; allora dissero che l'acqua vi sarebbe penetrata dentro e l'avrebbe fatta affondare: ma l'acqua non vi penetrò; finalmente trovarono che Peter non aveva remi, e questo fece sì che i tordi si guardassero angosciata mente l'un l'altro: ma Peter replicò che egli non aveva bisogno di remi, perché possedeva una vela, e con aria di soddisfazione e d'orgoglio fece vedere una vela da lui confezionata con la sua camicia da notte, e che sebbene avesse ancora una certa rassomiglianza con una camicia da notte, ciò nondimeno era pure una graziosa vela. E quella stessa notte, essendo piena la luna, e tutti dormendo gli uccelli, egli entrò a bordo e salpò dall'estrema punta dell'isola. E nel primo momento - egli non seppe spiegarsi il perché - i suoi occhi si levarono in alto, mentre le sue mani si giungevano; dopo invece il suo sguardo si fissò all'occidente.

Aveva promesso ai tordi di cominciare con viaggi corti, servendosi di loro per guide, ma laggiù c'erano i giardini di Kensington che occhieggiavano così lusinghieramente di sotto l'arco del ponte, ed egli non potè ritenersi. Il suo viso era in fiamme, ma non lo volse mai addietro: c'era una esultanza nel suo piccolo cuore, che ne aveva cacciato via ogni paura. Fu Peter l'ultimo eroe che salpò verso occidente incontro all'ignoto?

Dapprincipio la barca girò su sé stessa e fu respinta addietro verso il suo punto di partenza; in seguito a ciò egli diminuì la velatura, rimovendo una delle maniche, ma fu subito trascinato via da una brezza sfavorevole con suo non lieve pericolo. Allora lasciò cadere tutta la vela, ma il risultato fu che lo afferrò la corrente spingendolo all'ingiù, lontano dal ponte e verso un punto della costa, dove si levavano nere ombre, delle quali non conosceva, ma ben poteva sospettare i pericoli. Vedendo questo, issò e spiegò di nuovo la sua camicia da notte e riuscì così ad allontanarsi sempre più dalle ombre, finché un vento favorevole lo colse, che lo portò verso nord-ovest, ma a tanto gran velocità, che per poco non lo mandò a finire contro un pilone del ponte. Scansato il pilone, passò sotto il ponte e giunse, con immensa sua gioia, in piena vista dei dilettosi giardini. Ma, avendo provato a gettar l'ancora, che era una pietra attaccata all'estremità di un pezzo della funicella del cervo volante, non trovò fondo, e fu costretto a continuare cercando un ormeggio. Mentre saggiava la via, urtò contro una catena di scogli subacquei, e l'urto fu così violento che lo lanciò sopra bordo nell'acqua: mancò poco che affogasse, ma per fortuna riuscì ad arrampicarsi di nuovo dentro la barca. Poi scoppiò una furiosa tempesta, accompagnata da un tale muggito delle acque, quale egli non aveva udito mai per l'innanzi, ed egli fu sballottato di qua e di là dai venti e dalle onde, e le sue mani erano così intirizzite dal freddo che non poteva più chiuderle. Calmatosi un po' il furore degli elementi, un ultimo colpo di vento lo trasportò gentilmente dentro una piccola baia, dove la sua barca potè alla fine galleggiare tranquilla.

Ciò nondimeno, non era ancor salvo, perché, quando volle sbarcare, trovò sulla spiaggia una moltitudine di piccoli esseri che gliene contestava il diritto e gli gridava iratamente di stare lontano, perché era passata da un pezzo l'ora della chiusura. Nel tempo stesso che gli gridavano questo, quei piccoli esseri agitavano con minaccioso contegno delle foglie di agrifoglio, e anzi una parte di loro era occupata a trasportare innanzi una freccia che qualche bimbo aveva dimenticata nel giardino e che essi si apprestavano a far servire da ariete.

Allora Peter, il quale sapeva che erano le fate, gridò loro a sua volta che egli non era una creatura umana simile alle altre e non aveva intenzione di far loro dispiacere, ma di esser loro amico; frattanto, avendo trovato un buon punto d'approdo, non se la sentiva di tornare indietro, e le avvertì che, se avessero cercato di fargli del male, ciò sarebbe stato a loro danno.

Così dicendo, saltò arditamente a terra. Il piccolo popolo si affollò intorno a lui coll'intenzione di ammazzarlo, ma tutt'a un tratto si levò un alto grido tra la parte femminile di esso, e ciò fu perché le fate avevano ora osservato che la vela della sua barca era una piccola camicia da notte da bimbo. Immediatamente furono prese da un grande affetto per lui e si dolsero infino che i loro grembi fosser troppo piccini per poterlo capire, mutamento improvviso di cui non so darvi ragione, se non dicendo che così fanno le donne. Gli gnomi allora riposero nel fodero le loro armi, vedendo il contegno delle loro donne, nell'intelligenza delle quali hanno una grande fiducia, e guidarono gentilmente Peter dalla loro regina, che graziosamente gli conferì potestà e privilegio di aggirarsi a suo piacimento nei giardini dopo l'ora della chiusura, sicché Peter d'allora in poi è libero di andare dovunque vuole e le fate hanno ordine di provvedere ai suoi comodi.

Tale fu il primo viaggio di Peter ai giardini, e dall'antichità del linguaggio usato alla corte voi potete facilmente concludere che esso dovette aver luogo molto tempo fa. Ma Peter resta sempre lo stesso e mai non cresce d'età, e perciò, se noi potessimo appostarci una notte lì sotto l'arco del ponte per vederlo passare (ma purtroppo non possiamo) è certo che lo vedremmo ancora venir verso noi dentro il suo nido di tordo, con la sua piccola camicia da notte per vela, veleggiando o remando. Quando va a vela, allora sta giù rannicchiato, ma per remare sta diritto in piedi. Ora debbo dirvi come venne in possesso di un remo.

Molto prima dell'ora in cui si riaprono i cancelli, egli ritorna furtivamente addietro alla sua isola, perché nessuno lo deve vedere (egli non è un essere del tutto umano come gli altri frequentatori dei giardini), ma ciò nondimeno ha dinanzi a sé parecchie ore per giocare, ed in esse egli giuoca, e la sua maniera di giocare è la stessa precisa dei bimbi veri. Almeno egli crede così, ma una delle cose che intorno a lui più commuovono è appunto il fatto che spesso egli giuoca in maniera del tutto sbagliata.

Voi capite, egli non aveva nessuno che gli dicesse come giuocano realmente i bimbi, perché le fate stanno tutte più o meno nascoste fino a buio, e perciò non ne sanno nulla, e gli uccelli, sebbene pretendessero di potergli dare una gran quantità d'informazioni, quando poi veniva il momento di dargliele, non è a creder quanto poche gliene sapessero dare in realtà. Per esempio, lo informarono giusto circa il giocare a rimpiattarsi, ma neppure le anatre dello stesso Lago Rotondo seppero dirgli che cosa rendesse il lago così attraente per tutti i bimbi. Ogni notte le anatre dimenticano tutti gli avvenimenti della giornata, eccetto il numero di pezzetti di schiacciata gettati a ciascuna di loro. Sono creature malinconiche e dicono che la schiacciata oggi non è più come era ai loro giovani tempi.

Così Peter aveva da trovare molte cose da sé. Spesso giocava a navigare sul Lago Rotondo, ma la sua nave non era che un bicchierino di latta, da lui trovato sull'erba. Senza dubbio, egli non aveva mai visto un bicchiere, e perciò, trovato ch'ebbe quell'uno, si domandò con maraviglia a che cosa mai voi poteste giocare con un simile oggetto, e dopo lunga riflessione concluse che voi ci dovete giocare pretendendo che sia una barca. Così egli lo metteva a galleggiare su l'acqua e lo faceva navigare lungo la riva del lago tenendolo per il suo manico (il che qualche volta faceva sì che la presunta nave imbarcasse dell'acqua), ed era molto orgoglioso di avere scoperto che cosa fanno coi bicchieri i bambini.

Un'altra volta, avendo trovato un panierin da merenda, egli credette che fosse fatto per sedervisi dentro, e volle provare, ma vi si trovò così allo stretto che a fatica ne potè riuscir fuori. Trovò anche un pallone. Lo scorse che ballonzolava sopra la Gobba come se stesse giocando da sé, e dopo una caccia molto mossa arrivò finalmente a chiapparlo. Ma lo prese per una palla, e siccome Jenny Scricciolo gli aveva detto che i bimbi fanno correre le palle a colpi di piede, così volle fare anche lui; ma tirato che gli ebbe un calcio, non fu buono di più ritrovarlo per quanto lo cercasse.

Forse l'oggetto più sorprendente che trovò fu una carrozzella. Stava essa sotto una gran pianta di limone, vicino all'ingresso del palazzo d'inverno della regina delle fate (che sorge in mezzo al cerchio formato dai sette grandi castagni), e Peter le si avvicinò con prudenza, perché gli uccelli non gli avevano mai fatto menzione di simili oggetti. Per paura che fosse un essere vivente, le rivolse la parola con gentilezza; e dopo, non avendo ricevuto risposta, si arrischiò ad avvicinarsi di più e a toccarla timidamente. Le dette una piccola spinta e la carrozzella si trasse rapidamente indietro, ciò che lo indusse a pensare che, se anche era muta, tuttavia viva era certo; Ma siccome aveva indietreggiato dinanzi a lui, così gli passò la paura. Stese quindi la mano per tirarla a sé; ma questa volta essa corse in avanti, ed egli ne ebbe un tale spavento, che scavalcò d'un salto la ringhiera e fuggì via a tutte gambe alla sua barca. Però voi non dovete già credere che egli sia un codardo: infatti la notte dopo ritornò con una crosta in una mano e un bastone nell'altra, ma la carrozzella se n'era andata ed in seguito egli non ne ha mai incontrata alcun'altra.

Ma io vi ho promesso di dirvi qualcosa intorno al suo remo. Vi dirò dunque che è una vanga da bimbi che egli trovò vicino al pozzo di San Govor, e credette che fosse un remo.

Forse voi sentite compassione di Peter, perché prende di questi abbagli? Se è così, io penso che ciò è sciocco da parte vostra. Voglio dire, insomma, che sentir compassione di lui qualche volta e per qualche cosa va bene, ma sentirne compassione sempre e per tutto sarebbe una cosa fuori di luogo. Egli è convinto di godersi le più belle ore possibili nei giardini e l'esser convinto di goderle è su per giù lo stesso che goderle realmente. Giuoca senza mai smettere, mentre voi spesso sciupate il tempo a fare i muli o le smorfie. Egli non può fare nessuna di queste due cose, perché non ne ha mai inteso parlare, ma credete che debba esser compatito per questo?

E com'è sempre allegro! È tanto più allegro di voi quanto voi, per esempio, siete più allegri del vostro babbo. Certe volte non può assolutamente star fermo un momento, per pura allegria. Avete mai visto voi un levriere a saltare le difese e le siepi dei giardini? Così è come salta Peter allora.

E poi, non dimenticate la sua zampogna e i dolci suoni ch'egli ne trae. Dei signori che tornavano a casa di notte hanno scritto qualche volta ai giornali d'aver udito un usignolo nei giardini, ma in realtà era la zampogna di Peter che avevano udito. Senza dubbio, egli non ha una mamma - o almeno a che gli serve o gli ha servito d'averla? Voi potete essere angustiati per lui a causa di questo, ma non dovete poi angustiarvene troppo, perché la prima cosa che ora io intendo di raccontarvi, è appunto come Peter tornasse a veder la sua mamma. Furono le fate che gliene fornirono il mezzo.

IV. Chiusura

Tremendamente difficile è di scoprir alcunché intorno alle fate, anzi quasi quasi la sola cosa che si possa dare per certa è che ci sono fate dovunque ci sono bambini. Tanti e tanti anni fa questi non potevano entrar nei giardini, ed a quel tempo non c'era sul posto neppure una fata; dopo, i bambini furono ammessi e le fate accorsero in folla quella medesima sera. Esse non sanno tenersi dal seguire dappertutto i bambini, ma voi le vedete di rado, in parte perché durante il giorno esse vivono di là dalle difese, dove è proibito di andare, ma in parte anche perché sono delle personcine assai furbe.

Quando eravate uccellini, conoscevate le fate benissimo e durante l'età delle fasce tutti ricordate ancora molte cose di loro; sicché è un vero peccato che a quell'età non sappiate già scrivere: perché poi gradualmente viene l'oblio, tanto che io ho inteso dei bimbi dichiarare che essi non avevano mai visto una fata. E molto probabilmente, mentre dicevano questo, se erano nei giardini di Kensington, ne avevano qualcuna davanti! La ragione per cui non se ne accorgevano, era che la fata fingeva di essere qualche cos'altro, e loro si lasciavano prendere a quest'inganno. È una delle loro astuzie più comuni. Generalmente anzi pretendono di essere fiori, perché la corte risiede presso la Vasca delle Fate e là ci sono molti fiori, e molti ce ne sono pure lungo tutto il viale dei Bimbi, che è l'altro luogo più frequentato da esse, e allora, per la grande quantità, un fiore è la cosa che meno attrae l'attenzione. Esse vestono esattamente come fiori, e cambiano secondo le stagioni, mettendosi, per esempio, in bianco quando ci sono i gigli, in azzurro quando ci sono le lingue di leone, e così via. Amano molto tutti i fiori, ma la loro speciale predilezione è per i tulipani, e il vestirsi da tulipani è per loro il vestire più pomposo, cosicché la stagione dei tulipani è generalmente il tempo più adatto a sorprenderle.

Quando credono che voi non le vediate, allora saltellano vivamente qua e là, ma se il vostro sguardo si dirige verso di loro, ed esse temono di non aver tempo bastante a nascondersi, allora è il momento che rimangono perfettamente immobili e fanno finta d'esser dei fiori. E dopo che voi siete passati senza accorgervi che erano fate, corron subito a casa e raccontano alle loro mamme l'avventura che hanno avuta. La vasca delle Fate, per esempio, è tutta incorniciata di edera, con fiori che occhieggiano di tra il verde cupo qua e là. Molti di questi fiori sono realmente fiori, ma alcuni sono invece delle fate. Non è facile, certo, assicurarsene, ma un buon mezzo è quello di camminare simulando indifferenza e guardando dall'altra parte e poi voltarsi all'improvviso. Un altro buon mezzo, che qualche volta io e David adoperiamo, è di guardare fissamente il fiore sospetto. Dopo un po' di tempo la fata non può fare a meno di batter le palpebre ed allora voi siete ormai certi che è proprio una fata.

Molto frequentato da esse è anche, come si è detto, il viale dei Bimbi. Una volta ventiquattro di loro ci corsero una straordinaria avventura. Erano un collegio uscito a passeggio con la sorvegliante, e tutte portavano gonnelle di giacinto. Passeggiavano e chiacchieravano gaiamente tra loro, quando ad un tratto la sorvegliante portò il dito alla bocca, ed esse subito ammutolirono tutte e rimasero immobili sopra un'aiuola vuota, facendo finta di essere giacinti. Sfortunatamente le persone che la sorvegliante aveva udito avvicinarsi erano due giardinieri, che per l'appunto venivano a piantar nuovi fiori proprio in quell'aiuola. Spingevano una carretta a mano con dentro i fiori, e restarono non poco sorpresi di trovar l'aiuola occupata. "Che peccato di toglier via quei giacinti!" disse l'uno. "Ordine del Duca," replicò l'altro, e tutti e due, vuotata la carretta dei fiori portati, presero su l'una dopo l'altra le malcapitate educande e ve le disposero dentro in due file. Naturalmente né la sorvegliante né le ragazze osarono di svelare che esse erano fate, e così furono trasportate via molto lontano di lì in una prigione di coccio, dalla quale scapparono senza scarpe la notte. La cosa destò molto rumore, e molti lamenti da parte dei genitori delle ragazze, e il collegio fu rovinato per sempre.

Quanto alle loro case, è inutile cercar di vederle, perché esse sono proprio il contrario delle nostre. Voi potete vedere le vostre case di giorno, ma non le potete più vedere nel buio. Ebbene, voi potete invece vedere le loro case nel buio, ma non le potete vedere di giorno, perché esse hanno il colore della notte ed io non so di nessuno che sia capace di veder la notte di giorno. Ciò tuttavia non significa che siano esse nere, perché anche la notte ha i suoi colori precisamente come il giorno, e più brillanti che questo. L'azzurro, il rosso, il verde delle case delle fate sono simili ai nostri con un lume di dietro. Il palazzo reale è costruito interamente di vetri multicolori, ed è la più graziosa residenza che si possa immaginare, se non che la regina qualche volta si lamenta perché la gente del popolo viene ogni poco a gettar delle occhiatine nell'interno per vedere che cosa essa sta facendo. Perché le fate, dovete sapere, sono persone assai curiose, e premono forte il naso contro il vetro per distinguere meglio, nel che sta la ragione del fatto che i loro nasi sono quasi sempre schiacciati.

Una delle grandi differenze fra noi e le fate è che esse non fanno mai nulla di utile. Hanno sempre l'aria di gente affaccendata, che non ha un minuto di tempo da buttar via, ma se voi domandaste loro che cosa stanno facendo, non vi saprebbero dare risposta.

Sono spaventosamente ignoranti e non sanno e non fanno che gettar polvere negli occhi. Così, per esempio, posseggono delle bellissime scuole, ma non vi s'insegna nulla: la più piccola, essendo la persona più importante, è sempre eletta maestra, e quando essa ha fatto l'appello, escono tutte a passeggio e non tornano più alla scuola sino alla mattina di poi, per rifare lo stesso. Una cosa molto notevole è appunto che nelle famiglie delle fate il capo di casa è sempre la persona più giovane: e i bambini si ricordano questo, e ciò spiega perché trovino ingiusto che tra gli uomini comandino i grandi.

Voi avete probabilmente osservato che la vostra piccola sorellina mostra una speciale inclinazione a voler fare una gran quantità di cose che la vostra mamma e la governante desiderano invece che essa non faccia: per esempio, di stare in piedi quando è tempo di star seduta, e star seduta quando è tempo di stare in piedi, oppure di stare sveglia quando dovrebbe dormire o rotolarsi sul pavimento quando ha indosso il suo vestitino migliore, e così via; e forse attribuite tutto questo a cattiveria. Ma non è: ciò significa semplicemente che essa fa quel che ha visto fare alle fate; essa comincia col seguire gli usi di queste, e ci vogliono circa tre anni perché si avvezzi alle abitudini umane. I suoi eccessi di collera che son tremendi a frenare e che usualmente vengon chiamati "dentizione", non sono già questo: sono il segno della sua naturale esasperazione, perché voi non la comprendete nonostante che essa parli un linguaggio intelligibile. Essa parla fatesco. La ragione per cui mamme e governanti capiscono prima degli altri che "eh, eh" significa "bello, bello", mentre "ieeeh" esprime il più alto grado dello scontento, è che, avendo avuto a che fare con tante piccine, hanno finito con l'imparare qualche parola del linguaggio delle fate. Voi vedete che è un linguaggio nient'affatto facile, perché le parole si rassomigliano molto, pur avendo significati diversissimi.

Ultimamente David ha concentrato la sua memoria stringendosi forte le tempie fra i due pugni, e così si è risovvenuto di un certo numero di frasi della lingua fatesca, ch'è io vi ridirò una qualche volta, se non me le scordo. Egli le ha udite in quei giorni che era ancora un tordo, e sebbene io gli abbia espresso il dubbio non forse invece sien frasi della lingua degli uccelli quelle tornategli a mente, egli asserisce di no, perché queste frasi si riferiscono a giuochi e avventure, mentre gli uccelli per solito non parlano d'altro che di niditettura. Egli si ricorda distintamente che gli uccelli usano andar da luogo a luogo fermandosi davanti a ogni nido, come le signore davanti alle vetrine dei negozi, e dicendo: "Che brutto colore che avete scelto, miei cari!", e "Come sarebbe se ci metteste una soffice imbottitura?" e "Ma reggerà?", e "Che fattura orribile, poveri voi!" e così via.

Le fate sono infaticabili ballerine, e questa è la ragione per cui i bimbi amano tanto o di ballare sulle ginocchia dei grandi o di fare il girotondo. Esse tengono i loro grandi balli all'aria aperta, dentro quello che è chiamato un circolo delle fate. Per parecchi giorni appresso voi potete continuare a vedere questo circolo sull'erba. Esso non c'è quando il ballo comincia, ma lo fanno poi loro, seguitando a ballare sempre a tondo. Qualche volta voi troverete dei funghi dentro la superficie del cerchio, e quelli sono poltroncine delle fate che i servi hanno dimenticato di riportar via. Le poltroncine ed i cerchi sono i soli segni che le piccole creature lasciano dietro di sé, e certo non lascerebbero neppur quelli, se non fossero così appassionate pel ballo, che seguitano a ballare proprio sino al momento della riapertura dei cancelli. David e io una volta abbiamo trovato uno di questi cerchi ancora caldo.

Ma c'è anche il mezzo di sapere del ballo, prima che esso abbia luogo. Voi conoscete i pali che portano scritto a che ora si chiudono i cancelli ogni giorno. Ebbene, quelle furbe di fate qualche volta cambiano abilmente l'indicazione dell'ora, per modo, ad esempio, che il palo dice che i giardini si chiudono oggi alle sei e mezzo invece che alle sette. Questo permette loro di cominciare una mezz'ora più presto.

Se in una tale notte noi potessimo restare nascosti dentro i giardini, come fece la celebre Maimie Mannering, vi vedremmo delle cose deliziose: centinaia di graziose fate affrettantisi al ballo, le maritate portando i loro anelli matrimoniali attorno alla vita per cintura; i signori, tutti in uniforme, che reggono gli strascichi delle dame, ed i servi che corrono innanzi, reggendo in mano delle ciliegie d'inverno, le quali sono le lanterne delle fate; il guardaroba, dove esse depongono le loro scarpine d'argento, ricevendo in cambio un biglietto col numero relativo; i fiori che accorrono in folla dal Viale dei Bimbi per goder lo spettacolo, e che sono sempre i benvenuti perché possono prestare uno spillo; la tavola della cena, con la regina Mab a capotavola, e dietro la sua poltrona il Gran Maggiordomo che tiene in mano un dente di leone sul quale soffia quando Sua Maestà desidera di conoscere l'ora.

La tovaglia varia secondo le stagioni, ed in maggio è fatta di fiori di castagno. La maniera in cui la servitù delle fate la fabbrica è questa: gli uomini, parecchie dozzine, si arrampicano sugli alberi e scuotono i rami, e i fiori cadon giù fitti come fiocchi di neve. Allora le donne li scopano colle loro sottane riunendoli insieme in figura regolare e pareggiando la superficie dello strato finché questo non ha assunto proprio l'aspetto di una tovaglia. Per piatti adoperano dei petali di rosa e per bicchieri e per tazze i calici del medesimo fiore, che fornisce loro anche i cucchiai e le forchette colle spine del suo stelo (sicuro, anche i cucchiai, perché ogni spina, divisa in due, è da una parte forchetta e cucchiaio dall'altra).

Come vedete, la rosa è un fiore molto utile per le fate: e per questo anche loro l'hanno proclamata la regina dei fiori. Quando le rose non ci sono, le spine sopra la pianta ci son sempre, e di piatti e di calici si fa provvista presso altri fiori, particolarmente presso le viole del pensiero. Si può dire che queste, le quali sbocciano, come sapete, quasi appena finito l'inverno, e le rose, le quali, come pure sapete, seguitano ad esserci sino ad autunno inoltrato, bastino da sole a provvedere le fate di stoviglie durante tutta la buona stagione; nell'inverno esse si accontentano di adoperare per piatti delle foglie di mirto e per calici dei semi scavati. Quando è l'ora della cena, si siedono in giro sopra i loro soffici funghi, e dapprincipio serbano un buon contegno e tossiscono sempre fuori di tavola, ma dopo un po' non si tengono più così perbenino, e ficcano le dita dentro il miele o la conserva od il burro (che è fatto col latte di certe piante), o rovescian le tazze con dentro il caffè e latte od il tè, o, peggio ancora, si trascinano sopra la tovaglia dando la caccia colla lingua allo zucchero sparso. Quando la regina le vede far questo, fa segno ai servi di sparecchiare e riporre, e dopo tutte si mettono in via verso il luogo della danza, la regina alla testa e dietro a lei il Maggiordomo che porta in braccio due piccoli vasi, uno dei quali contiene del sugo di viole a ciocche e l'altro dell'unguento di rose. Il siroppo di viole a ciocche è appropriatissimo per somministrar nuove forze alle stanche danzatrici, mentre l'unguento di rose è un rimedio eccellente contro le ammaccature. Esse si producono spesso delle ammaccature, perché, a loro richiesta, Peter suona sempre più presto, finché la danza a tondo diventa vertiginosa, e allora voi capite com'è facile finir per le terre. Anche senza bisogno che io ve lo dicessi, voi vi sareste immaginati che Peter Pan è l'orchestra delle fate. Egli siede nel mezzo del cerchio, e oramai esse non si sognerebbero neppure di tenere un ballo veramente scic senza il suo concorso. Non c'è famiglia di buona società i cui biglietti d'invito non portino indicato: "P.P.„. Il piccolo popolo delle fate è anzi un popolo riconoscente, ed al ballo che fu dato per festeggiare la maggiore età della principessa ereditaria (le fate diventano maggiorenni in occasione del loro secondo natalizio, e i loro natalizi ricorrono ogni mese) accordarono a Peter Pan il voto del suo cuore.

La maniera in cui ciò venne fatto fu la seguente. La regina gli ordinò d'inginocchiarsi, e, quando egli ebbe ubbidito, gli annunziò solennemente che, in premio dei suoi alti meriti come musicista, essa aveva decretato di accordargli il compimento del suo voto più caro.

Tutti i presenti si strinsero intorno a Peter per udire quale fosse il voto del suo cuore, ma Peter restò a lungo silenzioso, perché neanche lui lo sapeva. Alla fine disse:

- Se io scelgo di tornar dalla mamma, potete accordarmelo, questo? -

Questa domanda riuscì loro sgradita, perché, se egli fosse ritornato dalla mamma, esse avrebbero perduto la sua musica, e perciò la regina arricciò sprezzantemente il nasino e rispose:

- Ohibò! Domanda dunque qualche cosa di più grande!

- Perché? È piccolo questo desiderio?

- Piccolo così - rispose la regina facendo combaciare le palme delle sue mani.

- Che dimensioni ha un desiderio molto grosso? - domandò egli allora.

Essa lo misurò spalancando ambedue le braccia e ciò faceva, nientedimeno, la larghezza della mano del vostro babbo. Allora Peter rifletté un pochino e disse:

- Ebbene, allora, io credo che posso domandare il compimento di due voti piccini, invece che di un solo grosso, non è vero? -

A questo le fate nulla potevano opporre, sebbene la furberia di lui le indisponesse un pochino, ed egli dichiarò dunque che il suo primo desiderio era di andare a rivedere la mamma, ma col diritto di ritornare ai giardini, per il caso di una possibile delusione. Il suo secondo desiderio preferiva di tenerlo in riserva.

Esse cercarono di dissuaderlo, ma tutto fu invano.

- Io ti posso accordare il potere di volare alla casa di lei - disse la regina, - ma non posso far sì che la porta sia aperta.

- La finestra almeno dalla quale io volai via sarà aperta - replicò Peter con la più ferma fiducia. - La mamma non la chiude mai nella speranza che io ritorni.

- Come lo sai? - domandarono le fate sorprese, e, in verità, Peter non
potè spiegare come lo sapesse.

- Lo so - rispose.

Siccome egli persisteva nel suo desiderio, esse dovettero adattarsi. La
maniera in cui gli dettero il potere di volare fu questa: tutte l'una dopo
l'altra gli fecero il solletico sulle spalle, e allora egli cominciò a sentire
un prurito terribile in quella parte, e, sentendo il prurito, si sollevò
sempre più alto e volò via fuori dei giardini e sopra i tetti delle case.

Il piacere che provava era così delizioso che, invece di volar
dirittamente verso casa, egli s'indugiò a vagabondare sopra San Paolo e
il Palazzo di Cristallo ed il Parco del Reggente e il Tamigi, e quando
alfine raggiunse la nota finestra, era cosa già quasi decisa nella sua
mente che il suo secondo desiderio sarebbe stato di diventare un
uccello.

La finestra era veramente spalancata, come Peter aveva saputo sin da
prima, ed egli entrò nella stanza e là era sua madre che giaceva in letto e
dormiva. Peter si posò leggermente sulla barra di legno ai piedi del letto
e lì stette a guardarla. Essa giaceva con la testa sulla mano, e la fossa del
cuscino era simile a un nido imbottito coi suoi folti capelli neri.
Com'erano graziose le gale della sua camicia da notte! Egli era proprio
contento di possedere una mammina così bella.

Ma essa aveva un'aria triste ed egli capiva il perché. Una delle braccia
della dormiente si mosse come se volesse circondar qualche cosa, ed
egli capiva che cosa desiderasse di cingere.

- Oh mamma! - disse a sé stesso. - Se tu sapessi chi sta seduto qui sulla
sbarra ai piedi del tuo letto! -

Molto delicatamente carezzò con la mano il piccolo rialzo formato dai
piedi di lei, e potè vedere dalla sua faccia che ciò le faceva piacere. Capì
che non aveva da dir altro che "Mamma" altrettanto dolcemente, se

voleva che essa si svegliasse.

Sempre le mamme si svegliano subito, appena voi chiamate il loro nome. E allora essa avrebbe gettato un tale grido di gioia e lo avrebbe serrato così forte al suo petto! Come sarebbe stato gradito per lui, ma, oh!, come sarebbe anche stato squisitamente delizioso per lei! Quello che mi colpisce, infatti, è la fiducia nel proprio valore che aveva Peter. Tornando da sua madre, egli non dubitava punto di farle il maggior regalo e procurarle la gioia più grande che si posson fare e procurare a una donna. Niente può esser più bello, egli pensava, che il possedere un piccolo bimbo proprio. Come ne sono orgogliose! Ed a ragione, anche.

Ma perché Peter si tratteneva così a lungo sulla sbarra; perché non diceva dunque alla mamma ch'egli era tornato?

Io debbo dire la verità: egli rimaneva lì fermo combattuto da due sentimenti. Ora guardava lungamente la mamma, e ora guardava lungamente alla finestra. Certo, sarebbe stato piacevole di ridiventare il caro piccino della sua mamma, ma, dall'altro canto, che belle ore eran quelle passate nei giardini! Poteva dirsi sicuro che non gli avrebbe dato noia il dover portar di nuovo delle vesti? Balzò giù dal letto ed aprì certi tiretti, per dare un'occhiata alla sua antica roba. Tutto era ancora lì, ma egli non potè venir a capo di ricordarsi l'uso di ciascun oggetto. Le scarpine, per esempio, si portavano alle mani od ai piedi? Era sul punto di provare a infilarsene una a una mano, quando corse una grossa avventura. Forse il tiretto aveva scricchiolato: improvvisamente la mamma si svegliò, perché egli la udì mormorare "Peter", come se questa fosse la più cara e più bella parola di tutte. Egli rimase immobile seduto sul pavimento e trattenne il respiro, meravigliandosi come essa potesse sapere che egli era tornato addietro. Se essa avesse chiamato di nuovo "Peter", egli era deciso a rispondere "Mamma" e correr da lei. Ma essa non parlò più, mise soltanto qualche piccolo gemito, e quando egli fece novamente capolino di sopra la sbarra del letto, era di nuovo addormentata, benché delle lagrime rigassero la sua faccia.

Questo afflisse molto Peter, e che cosa credete che egli facesse? Seduto sulla sbarra ai piedi del letto egli suonò una dolcissima ninnananna alla mamma sopra la zampogna. La compose da sé sulla maniera con cui la mamma aveva detto "Peter", e non ismise finché non vide tornata essa in calma.

Trovava così bella la sua composizione che a fatica si seppe trattenere dallo svegliare la dormiente per sentirle dire: - Oh, Peter, come suoni divinamente! - Ma si trattenne, e, poiché essa oramai sembrava consolata, i suoi sguardi si volsero di nuovo verso la finestra. Voi non dovete già credere che egli pensasse di rivolare via e non tornare più addietro. Aveva assolutamente deciso di ridiventare il caro piccino della sua mamma, ma esitava a cominciare proprio quella notte stessa. Era il secondo desiderio che lo teneva incerto. Non pensava più a chiedere di esser trasformato in uccello, ma il rinunziare senz'altro alla facoltà di formulare un secondo voto gli sembrava da sciupone e, d'altra parte, formularlo non poteva se non tornando dalle fate. Inoltre, se avesse aspettato molto ad esprimerlo, ciò poteva esser male. Domandò a sé stesso se non fosse ingratitudine il non tornare a prender commiato da Salomone. - Avrei molta voglia di fare una traversata sulla mia barca una sola volta ancora - disse pensieroso rivolto alla mamma addormentata: egli ragionava con lei proprio come se essa potesse sentirlo. - Sarebbe così bello di raccontare agli uccelli di questa avventura - disse ancora con voce carezzevole. - Prometto di tornare - assicurò solennemente e, in realtà, pensava anche di farlo.

La fine fu, voi capite, che rivolò via. Due volte tornò indietro preso dal desiderio di baciare la mamma, ma temette che la deliziosa sensazione potesse svegliarla, cosicché, alla fine, le suonò un affettuoso bacio sopra la sua zampogna, e quindi rivolò verso i giardini senza più voltarsi addietro.

Molte notti e anche settimane e anche mesi passarono prima che egli esprimesse alle fate il suo secondo desiderio; e ciò per non poche ragioni. Una fu che aveva tanti addii da fare, dovendo salutare non solo i suoi particolari amici, ma anche tutti i suoi luoghi preferiti. Dopo, aveva da compiere la sua ultima traversata, e poi l'ultima davvero, e poi l'ultima di tutte, e così via dicendo. Inoltre, vennero date in suo onore un'infinità di feste d'addio; ed infine un'altra ottima ragione fu questa che, dopo tutto, non c'era furia, perché la mamma non si sarebbe stancata mai d'aspettarlo. Veramente, quest'ultima ragione non garbava troppo al vecchio Salomone, perché era un incoraggiamento a procrastinare. Salomone aveva alcune eccellenti sentenze per ispronare gli uccelli a compiere senza indugio ciò che dovevano fare, come, per esempio: "Non rimettete a domani quel che potete far oggi"; "oggi possiamo e domani chi lo sa?"; "l'occasione non si presenta due volte"; e ora Peter dava allegramente il cattivo esempio col suo spensierato temporeggiare, e non c'è nulla di più pericoloso del cattivo esempio. Gli uccelli lo facevano notare gli uni agli altri, e a poco a poco prendevano l'abitudine dell'ozio.

Tuttavia, nonostante che si mostrasse così pigro a ritornare dalla mamma, Peter era decisissimo a tornarci. La miglior prova di ciò era la sua prudenza di fronte alle fate. Queste avrebbero veduto assai volentieri che egli restasse, per l'egoistico motivo di non perdere in lui un così buon musicista, e a tale scopo cercavano sempre di spingerlo a fare qualche osservazione sul genere di questa: "Vorrei che l'erba fosse meno umida", oppure ballavano fuori di tempo nella speranza che egli le riprendesse dicendo: "Desidererei che andaste più a tempo". Allora esse avrebbero detto che egli aveva ormai espresso il suo secondo desiderio. Ma Peter frustrava le loro insidie, e benché qualche volta gli accadesse di cominciare: "Vorrei… ", pure, fortunatamente, si fermava sempre in tempo. Cosicché, quando alla fine disse loro risolutamente: "Adesso desidero di ritornare dalla mamma, e per sempre", esse dovettero solleticargli le spalle e lasciarlo andare.

Egli venne in tutta fretta a questa decisione una notte, perché aveva sognato che sua madre stava piangendo e sapeva quale ne fosse il motivo ed era convinto che una carezza del suo diletto Peter le avrebbe subito ricondotto sulle labbra il sorriso. Oh!, egli non nutriva il minimo dubbio a tale riguardo, e questa volta gli tardava tanto di essere a nido fra le braccia di lei, che volò dirittamente alla finestra la quale doveva restar sempre aperta per lui.

Ma la finestra era chiusa, e v'erano ad essa delle sbarre di ferro, e, gettando dentro lo sguardo, egli scorse la mamma che pacificamente dormiva col braccio avvolto intorno a un altro piccino.

Peter chiamò: "Mamma! Mamma!„; ma essa non lo udì; e invano egli scosse con le sue piccole mani le sbarre di ferro. Dové far ritorno, singhiozzando, ai giardini, e mai più non ha poi riveduto la sua cara mammina.

Che bravo bambino si era proposto di esser per lei! Ah, Peter, Peter! Tutti, quando abbiamo commesso qualche grosso sbaglio, come diversamente vorremmo agire alla seconda occasione! Ma dice bene Salomone: non si presenta una seconda occasione, almeno per la maggior parte di noi. Quando raggiungiamo la finestra, vi troviamo scritto sopra: Chiusura. E le sbarre di ferro sono lì per la vita.

V. La casina

Tutti hanno inteso parlare della Casina nei giardini di Kensington, l'unica casa in tutto il mondo costruita dalle fate per esseri umani. Ma nessuno l'ha vista, eccetto proprio due o tre, e questi non solo l'hanno veduta, ma ci hanno anche dormito, perché senza dormirci non è possibile vederla. La ragione di ciò è che essa non esiste quando voi vi addormite, ma esiste quando vi svegliate e ne uscite fuori.

C'è sì un modo in cui tutti possono vederla, ma ciò che allora uno vede non è proprio la casina, è solo la luce delle finestre. Questa luce si può vedere passata l'ora della chiusura. David, per esempio, la vide distintissimamente a una grande distanza in mezzo agli alberi una sera che tornavamo dal teatro delle marionette: io, per dir la verità, non la vidi, ma David afferma che quella sera io avevo troppo sonno per poter vedere qualsifosse cosa. Del resto centinaia di bimbi l'hanno veduta, chi questa sera chi quella, ora in questo luogo ora in quello, perché le fate la costruiscono ogni notte, sempre in una parte diversa dei giardini. Ma la prima persona per cui la Casina venne costruita fu la celebre Maimie Mannering.

Maimie era una bimba piuttosto straordinaria, e ciò precisamente di notte. Aveva quattro anni e durante il giorno era una bimba come tutte le altre. Le faceva molto piacere quando suo fratello Tony, un magnifico giovanotto di sei anni, mostrava di accorgersi della sua esistenza; e lo ammirava nella maniera dovuta, sforzandosi, per quanto vanamente, d'imitarlo, e si sentiva lusingata piuttosto che annoiata quand'egli la trascinava in giro con sé. Così pure, quando doveva batter la palla, accadeva molto spesso che essa si fermasse, nonostante che la palla fosse per aria, per mostrarvi che aveva in piede delle scarpine nuove. Era proprio una bimba come tutte le altre durante il giorno.

Ma appena cadevano le ombre della notte, Tony, il rodomonte, dimenticava il suo diurno disprezzo per Maimie e la guardava paurosamente con gli occhi sbarrati, e ciò non è maraviglia perché coll'oscurità gli occhi di lei prendevano un'espressione che io non vi saprei descrivere altro che chiamandola estatica. Era uno sguardo sereno che contrastava non poco con le occhiate inquiete di Tony.

Questi allora le offriva spontaneamente in regalo i suoi giocattoli favoriti (che regolarmente le ritoglieva la mattina di poi) ed essa li accettava con un sorriso assai sconcertante. La ragione per cui Tony diventava così gentile e Maimie così misteriosa era, a dirla in breve, che essi sapevano di dover di lì a poco andare a letto. Questo era il momento in cui Maimie diventava terribile. Tony la scongiurava ogni sera che non lo facesse quella notte, e la mamma e la governante nera la minacciavano di punirla, ma Maimie, per tutta risposta, si limitava a sorridere di quel suo sconcertante sorriso. E quand'erano rimasti soli col loro lumino da notte, tutt'a un tratto essa si rizzava sul letto ed esclamava con voce di pianto: "Oh Tony! Oh Tony! Che è questo, Tony?" Tony allora la supplicava: "Non è nulla, Maimie; non lo fare, non lo fare, Maimie!" e si tirava il lenzuolo fin sopra la testa. "S'avvicina", essa piagnucolava. "Oh Tony! Oh, sta attento, Tony! Essa tocca il tuo letto colle sue corna! Buca la coperta! Oh Tony!", e non ismetteva finché anche Tony non balzava su, gettando grida di terrore. Quando poi la governante accorreva, di solito trovava Maimie che tranquillamente dormiva - non per finta, veh!, ma davvero - e che pareva la più buona e innocente angioletta di questo mondo, il che, a mio credere, rendeva la cosa anche più irritante.

Ma, quand'erano nei giardini, naturalmente era giorno, e allora Tony faceva un gran discorrer di sé. Dai suoi discorsi voi potevate subito congetturare che egli doveva essere un ragazzo molto coraggioso, e nessuno andava così orgoglioso di lui come la sua sorellina Maimie. Essa avrebbe voluto portare un cartellino attaccato sul petto, dove tutti potessero leggere che essa era sua sorella. E in nessuna occasione lo ammirava di più che quando egli le dichiarava, come spesso faceva con eroica fermezza, che un qualche giorno pensava di rimanere nei giardini dopo la chiusura dei cancelli.

- Oh Tony! - essa esclamava allora col più grande rispetto; - ma le fate si adireranno!

- Se tu credi che me ne dia pensiero! - replicava Tony col più profondo disprezzo.

- Forse - essa continuava ammirata - Peter Pan ti farà fare un viaggio sulla sua barca!

- Vorrei vedere di no - rispondeva Tony. Nessuna maraviglia che essa andasse orgogliosa di lui.

Ma essi non avrebbero dovuto parlare così forte, perché una volta le loro parole furono sorprese da una fata, che stava raccogliendo delle foglie di felce nana, con cui esse fabbricano le loro cortine da estate, e da quel giorno Tony fu preso di mira. Le fate scioglievano i fili delle barriere prima che egli ci si sedesse sopra, cosicché, appena provava a sedercisi, si ritrovava invece a sedere per terra; lo facevan cadere pigliandolo per i lacci delle scarpe e corrompevan le anatre, perché gli affondassero la sua nave. Quasi tutti i brutti accidenti che vi occorrono nei giardini sono dovuti al fatto che le fate vi hanno preso a malvolere, e perciò bisogna che voi stiate molto attenti a quello che dite sul loro conto.

Maimie era una di quelle bimbe che amano di fissare il giorno in cui fare una cosa, ma Tony invece no, e quand'essa gli domandava in che giorno intendeva di rimanere nascosto nei giardini dopo l'ora della chiusura, egli si limitava a rispondere: "Un giorno", rimanendo sempre incerto circa la data da fissare, salvo che essa non gli domandasse: "Sarà per oggi?,,, perché allora egli poteva sempre dare per certo che non sarebbe stato quel giorno. Così essa capì che egli aspettava una vera buona occasione.

Questo ci porta a un dopo pranzo che i giardini erano bianchi di neve e che c'era del ghiaccio sul Lago Rotondo: non era grosso abbastanza per poterci pattinare, ma almeno ci si poteva divertire a romperlo gettandovi delle pietre, e una gran quantità di bimbi e di bimbe si stava appunto divertendo così.

Quando Tony e Maimie arrivarono, avrebbero voluto anche loro andar diritti al lago, ma la loro governante disse che prima dovevano fare una passeggiata, e dicendo questo gettò uno sguardo su al palo per vedere a che ora si chiudevano i giardini quel giorno. Lesse le cinque e mezzo. Povera governante! Essa era una grande sciocca che rideva continuamente guardando i bambini che passavano (forse le pareva strano che ci fossero tanti bambini bianchi nel mondo), ma non doveva ridere molto più a lungo quel giorno.

Bene, essi andarono in su lungo il Viale dei Bimbi e poi tornarono indietro, e quando ripassarono dinanzi al palo dell'ora, la governante rimase sorpresa di vedere che presentemente vi erano invece segnate le cinque come ora di chiusura. Ma essa non conosceva le astuzie delle fate, e perciò non capì (come invece Maimie e Tony capirono subito) che l'ora era stata cambiata da esse, perché c'era un ballo quella notte. Ella disse che ormai non c'era più tempo che di arrivare sino alla Gobba e tornare indietro, ma, mentre i due bimbi trottavano oltre con lei, non indovinò punto quali sentimenti e quali idee si agitassero dentro i loro piccoli petti e dietro le loro fronti pensose. Voi capite che l'occasione di vedere un ballo delle fate era venuta. Mai, Tony lo sentiva benissimo, mai egli non avrebbe potuto contare sopra un'occasione migliore.

Egli doveva sentirlo perché Maimie lo sentiva così bene per lui. I suoi occhi bramosi domandavano chiaramente: "È per oggi?" ed egli sospirò e quindi accennò di sì col capo. Maimie insinuò la sua mano dentro quella di Tony, e la sua scottava, ma quella di Tony era ghiaccia. Allora essa fece una cosa molto gentile: si tolse la sua sciarpa e la dette a lui. "Per il caso che tu debba sentir freddo", gli bisbigliò. La sua faccia era rossa infocata, ma quella di Tony era scura.

Com'essi si voltarono indietro, dopo esser giunti in cima alla Gobba, egli le susurrò:

- Ho paura che la governante mi veda, e allora non posso farlo. -

Maimie lo ammirò più che mai per non aver paura di nulla eccetto che della governante, quando c'erano tanti pericoli sconosciuti da temere, e gli disse forte: `

- Tony, facciamo a chi arriva prima al cancello; - aggiungendo sottovoce: - Così ti puoi nascondere. -

E corsero via.

Tony poteva sempre distanziare facilmente Maimie, ma questa non lo aveva ancora mai visto andar così di volo come adesso, ed era sicura che si affrettava tanto per aver più tempo a nascondersi. "Bravo, bravo!" gli gridavano i suoi occhi espressivi, quando ad un tratto essa ricevette un gran colpo: invece di nascondersi, il suo eroe era corso fuori del cancello! A questa amara vista Maimie si arrestò pallida e confusa, e per la grandezza dello sdegno non potè neppur singhiozzare; in un impeto di protesta contro tutti i pulcini corse al pozzo di San Govor e si nascose essa stessa in luogo di Tony.

Quando la governante raggiunse il cancello e scorse Tony in lontananza lungo la strada di casa, credette che l'altro prezioso suo carico fosse pure laggiù, e passò oltre. Il crepuscolo scendeva lentamente sopra i giardini e centinaia di persone vennero passando il cancello, incluso l'ultimo, che ha sempre da correre, ma Maimie non lo vide. Essa aveva serrato fortemente gli occhi per non lasciarne uscire alcune cocenti lacrime, che però riuscivano a farsi strada lo stesso. Quando li riaperse, qualche cosa di molto freddo le correva su per le gambe e pel corpo e le s'insinuava nel cuore. Era il silenzio dei giardini. Poi essa udì *clang*, poi ancora da un'altra parte *clang*, ed ancora *clang*, *clang* in lontananza. Era la chiusura dei cancelli.

Era appena cessato di vibrare l'ultimo *clang*, quando Maimie udì distintamente una voce che diceva: "Ecco fatto!,,. Aveva un suono di legno e sembrava venire dall'alto, ed alzando la testa essa arrivò in tempo a vedere un olmo che stendeva le braccia, come per isgranchirsi, e sbadigliava.

Stava per dire: "Io non avevo mai saputo che Lei potesse parlare!" quando una voce metallica che sembrava venire dalla secchia del pozzo osservò all'olmo: "È un po' fresco lassù, non è vero?,, e l'olmo rispose: "Mica tanto, ma Lei si gelerà a restar sempre ferma a quel modo!"; e così dicendo allargò e ripiegò energicamente le braccia facendo toccar ciascuna mano contro l'opposta spalla. Maimie fu non poco meravigliata di vedere che anche tutti gli altri alberi intorno facevano simili gesti, e furtivamente s'allontanò in direzione del viale dei Bimbi, dove s'insinuò, facendo un reverente inchino, sotto un agrifoglio di Minorca che alzò le sue spalle, ma non sembrò curarsi né accorgersi minimamente di lei.

Essa non sentiva affatto freddo. Aveva indosso una cappottina assai pesante colla fodera e col bavero e i risvolti grandi di pelliccia, ed in testa il cappuccio pure foderato di pelliccia, che non le lasciava scoperta se non la faccina ed i riccioli della fronte. Le gambe erano infilate dentro delle grosse calze di lana, e sotto la lunga cappottina, che scendeva giù sino quasi all'altezza degli stivalini, c'erano poi tante altre vesti perché stesse ben calda, che, nel complesso, e in ispecie a distanza, non le si poteva negare una certa somiglianza con una grossa palla.

C'era una gran quantità di gente a passeggio su pel viale dei Bimbi, e Maimie arrivò in tempo per vedere una magnolia e un lillà persiano scavalcare d'un salto il riparo e mettersi in via di buon passo. Veramente avanzavano a balzi, ma ciò era perché usavano trampoli. Un sambuco saltellava attraverso il viale e si fermò a chiacchierare con alcuni giovani cotogni, e tutti si reggevano su trampoli. I trampoli erano quei bastoni a cui vengono legati tutti gli arbusti e tutte le piante giovani. Erano oggetti ben famigliari a Maimie, ma essa non aveva mai saputo perché proprio ci fossero, fino a quella notte.

Dette un'occhiata su per il viale e vide la prima fata. Era una fata monella che correva lungo il viale divertendosi a chiudere gli alberi. La maniera in cui lo faceva era questa: premeva una molla nei tronchi e questi si chiudevano come ombrelli, inondando di neve le piccole piante che si trovavano sotto. "Oh! cattiva, cattiva creatura!" gridò Maimie sdegnata, perché sapeva bene che cos'è avere un ombrello gocciolante intorno alle orecchie.

Per fortuna, la fata maligna non era a portata di voce, ma un crisantemo udì le parole di lei ed esclamò con tanta ironia: "Oh, oh! Avete sentito?" che essa ebbe da venir fuori e mostrarsi. Allora tutto il regno vegetale rimase piuttosto imbarazzato circa il da fare.

- Veramente non è affar nostro - disse alla fine una fusaggine dopo una lunga discussione a bassa voce, - ma tuttavia Lei sa benissimo che non dovrebbe esser qui, e forse il "nostro dovere è di andarlo a dire alle fate; che cosa ne pensa Lei stessa?

- Io penso di no - rispose Maimie, e questa risposta li piombò di nuovo in un tale imbarazzo, che, non sapendo più cosa dire, le usarono la sconvenienza di replicarle che non si poteva ragionare con lei.

- Io non domanderei Loro di non farlo, se non lo credessi mal fatto - spiegò allora pazientemente Maimie; e, senza dubbio, dopo questa spiegazione, essi non potevano più andare a fare la spia. Perciò esclamarono: "Ahimè!" e "Così va la vita!" perché essi possono anche mostrarsi terribilmente sarcastici. Ma Maimie sentiva compassione per quelli fra loro che non avevano trampoli e, buona com'era di cuore, invece di prendersela, propose:

- Prima che io vada al ballo delle fate, amerei prenderli con me per una passeggiata, uno alla volta; Loro possono appoggiarsi a me, sarno? -

A queste parole essi batterono le mani e Maimie li condusse a passeggio su e giù per il viale dei Bimbi, uno alla volta, cingendo il braccio oppure il dito attorno alla vita ai più esili, badando a raddrizzare la loro andatura quando camminavano storti o sbilenchi in una maniera troppo ridicola, e trattando i forestieri con la stessa identica cortesia che gl'indigeni, sebbene non potesse capire una parola di ciò che essi dicevano.

Essi in complesso si comportarono bene e furono contenti, nonostante che alcuni si lamentassero sottovoce che essa non li aveva condotti a passeggio così a lungo come aveva fatto con Nancy o Grace o Dorotea, e qualche altro la bucasse, senza volerlo del resto, e senza che lei dicesse mai "Ohi!" perché era troppo compita per farlo. Tutte queste passeggiate le presero molto tempo, ed essa era ansiosa di mettersi in via per il ballo. Non provava più nessuna paura, e la ragione perché non provava più nessuna paura, era questa, che ormai s'era fatta notte, e di notte, voi lo ricordate, Maimie era sempre una bambina piuttosto straordinaria.

Adesso tutti quei vegetali non la volevano più lasciare andar via: "Se le fate la vedono" le dicevano, "le faranno del male: la uccideranno, o la costringeranno a far loro la serva, o la trasformeranno in qualche cosa di spiacevole, in una querce sempre verde, per esempio". Così dicendo affettavano di guardar con pietà una querce sempre verde, perché nell'inverno tutti i vegetali che perdono le loro foglie sono invidiosi dei sempreverdi.

- Oi là! -ribatté la querce con maligna sodisfazione - com'è deliziosamente dolce di star qui abbottonati sino al collo a veder voi, povere creature nude, che rabbrividite dal freddo! -

Questo fece prendere loro una gran bile, nonostante che se lo fossero voluto, ed essi fecero a Maimie una pittura addirittura terrificante di tutti i pericoli che l'attendevano se si fosse ostinata a voler andare al ballo.

Essa apprese da un'avellana purpurea che presentemente a corte non c'era più il consueto buonumore, e che la causa n'era il cuore del Duca delle Margherite afflitto dal male del ghiaccio. È questo un terribile male che consiste nella incapacità di amare, ed il povero Duca, benché avesse girato molte corti, non s'era potuto mai innamorare di nessuna fra le tante dame vedute. Adesso era capitato anche nei giardini di Kensington, e la regina Mab aveva nutrito fiducia che le damigelle della sua corte lo avrebbero tosto guarito; ma invece il cuore di lui - diceva il dottore - rimaneva sempre freddo. Questo dottore un po' irritante che era il suo medico particolare, appena qualche dama era stata presentata al Duca, si affrettava a sentire il cuore di questo, e invariabilmente scoteva la calva sua testa e annunziava: "Freddo, freddissimo". Naturalmente la regina Mab ne era afflitta e umiliata non poco, e prima aveva ordinato alla corte di mettersi in lacrime per ben cinque minuti, e poi aveva rivolto dei severi rimproveri agli Amori e decretato che dovessero portare delle berrette da matti coi sonaglini attaccati, finché non fossero riusciti a fare sgelare il cuore ghiacciato del Duca.

- Oh!, quanto mi piacerebbe di vedere gli Amori con le loro berrettine da matti in sul capo! - esclamò Maimie e corse via per cercarli, ripromettendosi di rider di gusto: molto imprudentemente, perché gli Amori si offendono di esser burlati.

È sempre facile di scoprire dove vien tenuto un ballo di fate, perché tra il luogo del ballo e tutti i punti dei giardini dalle fate abitati sono stesi dei nastri, su cui le dame possono recarsi alla festa senza bagnare né sporcare i loro strascichi. Quella notte i nastri erano rossi e facevano un molto bell'effetto sopra la neve.

Maimie camminò lungo uno di essi un pezzetto senza incontrare nessuno, ma alla fine distinse un corteo che si avvicinava, ed ebbe giusto appena il tempo di piegare i ginocchi estendere innanzi le braccia fingendo di essere una poltrona da giardino.

A sua sorpresa, il corteo sembrava ritornare dal ballo. Sei cavalieri formavano la testa e altri sei la coda di esso. Nel mezzo camminava una prima dama con una veste dal lunghissimo strascico tenuto su da due paggi, e sopra lo strascico stesso come se fosse una portantina era adagiata una graziosa fanciulla, perché questa è la maniera in cui le fate dell'aristocrazia vanno in giro. La bella fanciulla indossava una magnifica veste azzurra trapunta d'oro e d'argento, che avrebbe reso perfettamente felice Maimie, ma non rendeva tale di certo la piccola dama, la quale al contrario appariva tutta triste e piangente. Un'aria piuttosto adirata avevano invece i membri del suo seguito, che arricciavano i loro piccoli nasi più di quel che la prudenza anche alle fate consiglia, e da tutto questo Maimie fu indotta a concludere che doveva trattarsi di un altro caso in cui il dottore aveva annunziato: "Freddo, freddissimo".

Bene, passato che fu il corteo, essa continuò a seguire il suo nastro, fino a un punto in cui questo si trasformava in un ponte sopra una pozza, dentro la quale un'altra fata era caduta senza poterne più uscire. Dapprincipio la piccola creatura ebbe spavento di Maimie, che molto gentilmente si disponeva a soccorrerla, ma poco, dopo sedeva del tutto rassicurata nel grembo di lei, chiacchierando gaiamente e spiegandole che il suo nome era Bruna e che, sebbene non fosse se non una povera cantatrice di strada, pure era anch'essa diretta al ballo, dove la conduceva il desiderio di provare se il Duca s'innamorasse di lei.

- Certo però - disse in fine, facendosi improvvisamente un po' triste, - io sono piuttosto mal messa; - e questa confessione commosse molto

Maimie, perché veramente la povera piccina era mal vestita per una fata.

Era difficile trovare qualche cosa da rispondere.

- Io vedo che anche Lei pensa che non ci debbo sperare - soggiunse Bruna con rassegnata umiltà.

- Io non dico questo - rispose allora cortesemente Maimie; - senza dubbio la sua *toilette* è un pochino troppo modesta, ma… - Davvero, era proprio un peccato che la simpatica fatina non avesse un vestito più elegante da mettersi.

Per fortuna Maimie si ricordò in buon punto un'osservazione del babbo. Questi l'aveva una volta condotta a una gran fiera di beneficenza, dove tutte le più eleganti signore di Londra erano in vista per il modico prezzo di tre lire, e di ritorno a casa, invece di non esser più soddisfatto della mamma, aveva detto a essa, contemplandola amorosamente: "Tu non ti puoi immaginare, mia cara, che sollievo sia di tornare a vedere una giovine signora vestita con un po' di semplicità!"

Maimie raccontò questo fatto, e la piccola Bruna ne restò maravigliosamente incuorata, tanto da non nutrire più il minimo dubbio che il Duca si sarebbe innamorato di lei. E subito corse via sopra il nastro, gridando a Maimie di non seguirla, se non voleva che la regina ne la facesse pentire.

Ma la curiosità era troppo forte e spinse innanzi Maimie, i cui occhi vennero alla fine colpiti da una luce meravigliosa che brillava tra i sette grandi castagni. Essa continuò ad avanzare pian piano senza far rumore, sinché non ebbe raggiunto il meno discosto tra i sette, ed allora fece prudentemente capolino di dietro il grosso tronco.

La luce, che era alta da terra tanto quanto la vostra testa, era formata da miriadi di lucciole (per le fate le lucciole ci sono anche d'inverno), che si tenevano tutte strette e serrate l'una accanto dell'altra, così da formare un baldacchino abbagliante sopra il cerchio delle fate. Fuori del cerchio, tutto all'intorno, si affollavano altre fate a migliaia, ma erano figure scialbe, in mezz'ombra, a paragone delle splendide creature nell'interno del cerchio medesimo, le quali sfolgoravano tanto che Maimie doveva batter le palpebre tutte le volte che le guardava.

Era cosa che la empiva veramente di stupore e nello stesso tempo di stizza il fatto che il Duca delle Margherite potesse restare anche un solo momento senza innamorarsi; eppure Sua Altezza Noia restava ancora indifferente: si poteva capirlo dalla tristezza e dall'umiliazione dipinta negli sguardi della regina e di tutta la corte (nonostante che volessero darsi l'aria di non curarsene), dal fatto che ogni bella damina novellamente condotta dinanzi a lui per ottener la sua approvazione cedeva subito il posto ad un'altra, scoppiando in pianto dirotto, e dalla stessa faccia scura e malinconica dell'incontentabile principe.

Maimie poteva anche vedere il solenne dottore che sentiva il cuore del Duca, e udirlo poi emettere il suo pappagallesco responso, ed era particolarmente angustiata per la sorte dei poveri amori, che se ne stavano rincantucciati colle loro berrettine da matti in sul capo in un angolo oscuro e ogni volta che udivan ripetere: "Freddo, freddissimo!" abbassavano vergognosamente le loro piccole teste.

Essa rimase tuttavia delusa di non vedere Peter Pan, ma io sono in grado di dirvi perché mai egli ritardasse tanto quella notte. La ragione fu che la sua barca s'era impigliata tra i campi di ghiaccio erranti sulla Serpentina, attraverso ai quali egli dovette aprirsi un pericoloso passaggio coll'aiuto del fedele suo remo.

Le fate avevano sin allora sentito poco la sua mancanza, perché non potevano ballare, tanto pesanti erano i loro cuori. Esse dimenticano tutti i passi quando sono afflitte, e se li ricordano di nuovo quando tornano liete. David mi afferma che le fate non dicono mai: "Siamo di buon umore"; dicono invece: "Siamo d'umor *ballerino*". Bene, esse si sentivano veramente d'umore assai poco ballerino, quando a un tratto echeggiò un generale scoppio di risa da parte degli spettatori, causato da Bruna, che era giusto arrivata e insisteva nel suo diritto di esser presentata al Duca.

Maimie si sporse vivamente innanzi per vedere come la sua amica riusciva, benché in realtà non ci fosse luogo a speranza: nessuno pareva che credesse alla possibilità del successo, salvo Bruna stessa, che, nonostante tutto, si manteneva completamente fiduciosa. Essa fu condotta dinanzi a Sua Altezza, e il dottore poggiò delicatamente il dito sopra il cuore ducale (per comodità, era stata praticata nel petto una porticina d'accesso), e aveva già cominciato a dire meccanicamente: "Freddo, fred… " quando bruscamente s'arrestò.

- Che è questo? - esclamò, e scosso un po' il cuore come un orologio, vi poggiò sopra l'orecchio.

- Oh, oh, oh! - esclamò di nuovo il dottore, e frattanto l'ansia tra gli spettatori era tremenda e molte fate svenivano a destra e a sinistra.

Tutti tenevano gli occhi fissi sul Duca, dimenticandosi perfino di tirare il respiro, mentre Sua Altezza appariva molto spaventata ed aveva l'aria di una persona che sarebbe molto volentieri scappata di lì.

- Dio di misericordia! - fu la terza esclamazione del dottore, e adesso il cuore doveva addirittura bruciare, perché egli ne ritrasse rapidamente le dita per ficcarsele in bocca.

L'attesa era immensa.

Allora con un profondo inchino e con voce sonora il medico solennemente annunziò:

- Altezza, io ho l'onore di informarla che Ella è in amore. -

Voi non potete immaginarvi l'effetto prodotto da queste parole. Bruna aprì le braccia al Duca e questi vi si gettò dentro; la regina si gettò fra le braccia del Gran Maggiordomo, e allora tutte le dame di corte si gettarono in quelle dei loro rispettivi cavalieri, perché l'etichetta vuole che si segua in ogni cosa l'esempio della regina. Così in un solo momento ebbero luogo più di cinquanta matrimoni, perché tra le fate le nozze si fanno appunto in tal modo: la signorina si getta fra le braccia del signore o viceversa, e tutto è fatto. Senza dubbio bisogna che sia presente il sindaco, ma esso era tra gl'invitati.

La folla degli spettatori non poteva più star ferma dalla gioia. Venne fuori la luna, e immediatamente un migliaio di coppie s'impadronirono dei suoi raggi come se fossero nastri per una danza di maggio, e cominciarono a ballare con disordinato abbandono attorno al cerchio della corte. Ma la vista più allegra di tutte la offrivano gli Amori che s'erano strappati di capo le berrettine coi sonagli e si divertivano a gettarle per aria, saltando e gridando come se fossero ammattiti davvero. E allora Maimie venne fuori e guastò ogni cosa.

Essa non potè trattenersi. Era sì lieta della buona fortuna toccata alla sua piccola amica che bisognava glielo dicesse. Fece dunque alcuni passi innanzi, ed esclamò come in estasi:

- Oh Bruna, come sono contenta! -

Tutti si fermarono, la musica tacque, i lumi si spensero, e tutto ciò in meno tempo che non s'impiega a dir: "Ohi!". Un angoscioso sentimento del pericolo in cui si era messa s'impadronì di Maimie; troppo tardi essa si ricordò che era una bimba sperduta in un luogo dove a nessun essere umano è lecito di restare tra la chiusura e la riapertura dei cancelli; udì il mormorio minaccioso di un'adirata moltitudine; vide centinaia di spade brillare assetate del suo sangue, gettò un grido di terrore e fuggì.

Come correva! e i suoi occhi pareva le volessero schizzar via dalla testa. Parecchie volte inciampò e cadde, ma sempre immediatamente balzava di nuovo in piedi e riprendeva la corsa. La sua piccola mente era così occupata dal terrore, che essa non sapeva più che si trovava nei giardini e non poteva più uscirne sino alla mattina seguente. L'unica cosa che sapesse era che non doveva mai smettere di correre sinché non fosse arrivata a casa. E quando fu giunta alla Camera dei Pari le parve di riconoscere il suo letticciuolo e si stese giù sfinita a dormire. I fiocchi di neve che cadevano sulla sua faccia erano i baci della mamma che le dava la buona notte. La coperta di neve era la sua coperta di lana, ed essa voleva tirarsela fino sopra la testa. E allorché tra il sonno udì persone a discorrere pensò fosse la mamma venuta col babbo a veder se dormiva. Ma erano invece le fate.

Io son molto contento di potervi dire che le fate non avevano desiderato a lungo di farle del male. Quando essa era fuggita, avevano lacerato l'aria con acute grida di questo genere: "Ammazziamola!" e così via, ma l'inseguimento era stato ritardato dal fatto che prima era bisognato discutere chi doveva stare alla testa, e questo aveva dato tempo alla Duchessa Bruna di portarsi dinanzi alla regina e domandare una grazia.

Tutte le novelle spose hanno diritto a una grazia, e quella che essa domandò fu la vita di Maimie. "Qualunque cosa eccetto questa" rispose bruscamente la regina Mab, e tutte le altre fate fecero eco: "Qualunque cosa eccetto questa". Ma quando ebbero appreso come Maimie era stata gentile con Bruna, sì da metterla in grado di venire al ballo a grande gloria e rinomanza di tutte, esse mutarono tosto di sentimenti, e, gridati tre urrà per la piccola umana, si misero in marcia come un esercito per andare a ringraziarla. In fronte avanzava la corte e il baldacchino veniva alla pari con essa. Maimie fu rintracciata facilmente a causa delle impronte lasciate dai suoi piedi nella neve.

Ma, sebbene la trovassero affondata nella neve dentro la Camera dei Pari, tornò loro impossibile di porgerle in effetto le decretate grazie, perché non furono capaci di risvegliarla. Adempirono alla forma, vale a dire che il nuovo Re montò sul corpo di lei e le lesse un lungo indirizzo di lieta accoglienza, ma essa non udì una sola parola. Fu anche sbarazzata dalla neve che la copriva, ma presto dell'altra neve l'aveva coperta di nuovo; e apparve chiaro che essa correva pericolo di morire di freddo.

- La trasformino in qualche cosa che non soffra il freddo - suggerì allora il dottore; ma l'unica sorta di cose di cui esse sapevano che non soffrivano il freddo, erano i fiocchi di neve. - Ed un fiocco di neve può sciogliersi - spiegò la regina, cosicché quest'idea dovette essere abbandonata. Fu fatta la prova di trasportarla in un luogo più riparato, ma sebbene fossero lì in tanti, essa era troppo pesante. Allora tutte le signore per la disperazione si misero a piangere nei loro fazzoletti, ma finalmente gli Amori ebbero una magnifica idea.

- Costruiamole attorno una casa! - essi gridarono, e subito ognuno capì che questa era la cosa da fare. In un attimo un centinaio di segalegna erano su pei rami degli alberi, ed alcuni architetti correvano intorno a Maimie prendendo le misure; un cantiere fu allestito ai suoi piedi, settantasette muratori apportarono la prima pietra e le Loro Maestà assisterono al suo collocamento; vennero nominati dei sorveglianti per tener lontani i ragazzi, sorsero le impalcature, l'intero luogo echeggiò dello stridor delle seghe e del rimbombar dei martelli, e ben presto il tetto era su ed i vetri venivano messi alle finestre.

La casa era esattamente della grandezza di Maimie, e infinitamente graziosa. Uno dei bracci di Maimie giaceva disteso, e questa cosa per la durata di un secondo aveva imbarazzato i costruttori, ma dopo essi avevano immaginato di costruire lungo e attorno a quel braccio una galleria coperta, e così la difficoltà era stata risolta. Le finestre e la porta erano certo troppo piccole perché Maimie si potesse affacciare alle une od uscire dall'altra, ma, in compenso, le doveva riuscir facile di affacciarsi ed uscire per di sopra sollevando il tetto. Le fate, secondo è loro costume, battevano con gioia le mani per felicitarsi del loro ingegno, ma erano così pazzamente innamorate della loro casina, che non potevano sopportar di pensare d'averla finita. Perciò le vennero dando numerosi ritocchi, e non si stancavano mai di pensarne dei nuovi.

Per esempio, due di esse si arrampicarono su per una scala portatile e collocarono una banderuola col suo bravo galletto all'estremità posteriore del tetto. Altri due non vollero esser da meno e presa un'altra scala collocarono sul davanti un gran fumaiuolo.

- Adesso abbiamo paura che sia proprio finita - sospirarono.

Ma no, perché altri due ancora si arrampicarono alla loro volta su per la scala e attaccarono al fumaiuolo un pocolino di fumo.

- Ora è certo finita - dissero con riluttanza.

- Non del tutto - obbiettò una lucciola; - se la bimba si sveglia così al buio, senza un lumicino da notte, si può spaventare; io sarò il suo lumicino da notte.

- Aspetta un momento - disse un negoziante di porcellane cinesi; - io ti darò una sottocoppa. -

Adesso, ahimè!, era assolutamente finita.

Nient'affatto, miei cari!

- Dio di misericordia! - esclamò un fabbro ferraio; - non c'è battente alla porta! - E ce ne mise uno.

Un'altro aggiunse un raschiatoio per le scarpe, e una vecchia signora si fece avanti con una stuoia per la porta. Poi dei pittori vollero pitturare le mura.

- Finita oramai, purtroppo finita!

- Finita? Come può esser finita - domandò sprezzantemente un fumista - prima che ci sia messo il riscaldamento? - E ci mise il riscaldamento. Dopo arrivò un esercito di giardinieri con carrette e con vanghe, e semi e bulbi e piccole serre, e presto ci fu un giardinetto di fiori dalla parte di qua della galleria coperta e un orticello dalla parte di là, e rose e clematidi su per le mura della casa, ed in meno di cinque minuti tutte le piante erano in pieno fiore.

Ma adesso bisognava anche chiudere l'orto e il giardino col loro muricciolo e l'inferriata di sopra ed il cancello d'ingresso: e questo pure fu fatto.

Oh com'era bella ora la piccola casina! Ma era anche terminata! davvero senza più nessuna speranza, e le fate avevano a lasciarla e tornare al loro ballo. Tutte nell'andar via le gettarono baci con le mani, e l'ultima a partire fu Bruna. Essa si fermò un momento più degli altri per calar giù attraverso la gola del camino un bel sogno dorato.

Durante tutta la notte la maravigliosa casina stette lì nella Camera dei Pari a protegger Maimie, e questa non se ne accorse. Essa dormì fino a che il sogno non fu tutto finito, e si svegliò che si sentiva deliziosamente riposata, giusto quando il mattino rompeva il guscio del suo uovo, e allora chiamò a voce alta "Tony", perché credeva di essere a casa nella camera dei bimbi. Ma siccome Tony non dava risposta, essa si levò su a sedere, la qual cosa fu causa che la sua testa urtasse contro il tetto e questo si sollevasse sul davanti come un coperchio, ed allora, con suo grande stupore, essa vide dinanzi a sé i giardini di Kensington tutti coperti e abbaglianti di neve. Vedendo che non si trovava nella sua stanza, le venne il dubbio di non essere lei, e perciò si pizzicò le gote, il che la fece subito sicura che era proprio lei, la qual certezza la fece poi alla sua volta risovvenire della grande avventura in mezzo a cui si trovava. Si ricordò chiaramente di ogni cosa che le era accaduta dalla chiusura dei cancelli sino al momento in cui si era messa a correre disperatamente per isfuggire all'ira delle fate; ma come mai - domandava a sé stessa - come mai si era rifugiata e fermata là dentro? Pian pianino si rizzò un po' di più, sorreggendo colle braccia alzate quello che credeva il coperchio della grande scatola, e sollevando prima una gamba e poi l'altra uscì fuori da un fianco e lasciò andare il coperchio, che ricadde. Poi, diritta, si voltò. Allora vide che il luogo dove aveva passata la notte non era una scatola, ma una deliziosa casina. E la vista di essa la rapì in tale estasi, che non le fu più possibile di pensare a null'altro.

- Oh carina! oh carina! Oh che amore di casina! - esclamò giungendo le mani.

Forse il suono di una voce umana spaventò la piccola casa, o forse pure essa capì che il suo compito oramai era finito: fatto sta che Maimie non aveva ancora terminato di dire, che la casina cominciò a diventare sempre più piccola; s'impiccoliva così lentamente che Maimie dapprincipio ci poteva appena credere: ma presto potè notare che essa non l'avrebbe contenuta più.

Rimaneva sempre intera egualmente, ma seguitava di continuo a impiccolire e il giardino impiccoliva nello stesso tempo esso pure, e la neve s'insinuava sempre più accosto, avviluppando la casa e il giardino. Oramai la casina non era più grande della cuccia di un piccolo cane; oramai non era più grande di una scatola da bambola, ma sempre voi avreste potuto vedere il fumo del camino e la banderuola col galletto e il battente della porta e le rose dei muri, tutto insomma, al completo. Il lume della lucciola si andava indebolendo, ma esso pure era ancor lì. - Cara, amore, no, non sparire! - supplicò Maimie cadendo in ginocchio, perché la casina aveva ormai la grandezza di un rocchetto di filo, nonostante fosse sempre completa. Ma nel tempo che essa stendeva implorando le braccia, la neve sembrò restringersi sempre più intorno alla casina finché si riunì, e dove la casina era stata non fu più che una ininterrotta superficie di neve.

Maimie batté i piedi indispettita e si fregò i pugni contro gli occhi, ma, mentre faceva questo, udì una vocina gentile che diceva: "Non piangere, piccola creatura umana, non piangere" e allora essa si voltò togliendosi i pugni di su gli occhi e vide un grazioso piccino tutto ignudo che la guardava con pensosa attenzione. E capì subito che doveva essere Peter Pan.

VI. La capra di Peter

MAIMIE si sentiva addosso una gran timidezza, ma Peter non sapeva neppure che cosa fosse timidezza.

- Spero che abbia passato bene la notte - egli s'informò gentilmente.

- Oh, sì, grazie - essa rispose, - sono stata così comoda e calda. Ma Lei - e, così dicendo, con poco tatto accennava dello sguardo alla sua nudità - ma Lei non sente freddo?

Freddo era un'altra parola che Peter aveva dimenticato, e perciò rispose:

- Io non credo, ma potrei sbagliarmi: Lei vede che io sono un pochino ignorante. Io non sono propriamente un bambino: Salomone dice che io sono un Forse-che-sì-forse-che-no.

- Cosicché questo è il nome che Le vien dato - disse Maimie con aria pensierosa.

- Questo non è il mio nome - egli spiegò; - il mio nome è Peter Pan.

- Sì, senza dubbio - essa disse, - lo so, ogni persona lo sa.

Voi non vi potete immaginare quanto piacere facesse a Peter l'apprendere che tutte le persone al di là dei cancelli sapevano di lui. Egli pregò Maimie di dirgli che cosa esse sapevano e che cosa dicevano, e Maimie soddisfece il suo desiderio. Frattanto si erano seduti sopra un albero caduto; Peter ne aveva sgombrato dalla neve un tratto per Maimie, ma quanto a sé s'era assiso sopra un punto non sgombro.

- Si faccia più accosto - disse Maimie.

- Che cosa vuol dire? - egli domandò. Allora essa glielo mostrò ed egli lo fece.

Dunque, essi chiacchierarono insieme ed egli trovò che la gente sapeva una gran quantità di cose intorno a lui, ma non tutto, non che era tornato dalla mamma e aveva trovato la finestra sbarrata, per esempio, e di ciò non disse nulla a Maimie, perché la cosa ancora lo umiliava.

- Sa la gente che io giuoco esattamente come i veri bambini? - domandò con orgoglio.

- Oh, Maimie, raccontaglielo, ti prego! - Essi avevano ormai fatto amicizia e deciso di darsi del tu.

Ma quando egli le mostrò come giocava, facendo galleggiare e guidando pel manico il suo bicchierino di latta sul Lago Rotondo, e così via, essa restò semplicemente inorridita.

- Tutte le tue maniere di giocare - osservò guardandolo con due grandi occhi pieni di stupore - sono del tutto, del tutto sbagliate, e non rassomigliano affatto a come giuocano i bimbi. -

Il piccolo Peter emise un piccolo lamento a sentir questo, e, per la prima volta da non so quanto tempo, gli corsero giù delle lacrime per le gote. Maimie provò molta pena per lui e gli prestò il suo fazzoletto, ma egli non sapeva affatto che cosa farne, cosicché essa dovette mostrarglielo, vale a dire che si asciugò gli occhi, e poi gli porse il fazzoletto di nuovo, dicendo: "Ora fallo tu"; ma Peter, invece di asciugare i suoi propri occhi, asciugò quelli di lei, ed essa allora pensò che era meglio far finta di nulla e lasciargli credere che aveva inteso giusto:

Sentiva tanta pietà per lui che non potè trattenersi dal dirgli: "Se vuoi, ti do un bacio"; ma, sebbene un tempo egli avesse saputo che cosa sono i baci, oramai lo aveva dimenticato da un pezzo, cosicché rispose: "Grazie", e stese la mano, credendo che si fosse offerta di metterglici dentro alcunché. Questo fu un gran colpo per lei, ma essa tuttavia sentì che non poteva spiegargli meglio la cosa senza farlo vergognare, e perciò con delicatezza squisita gli pose in mano o, meglio, infilò in dito un piccolo ditale che per caso si trovava in una delle sue tasche, dandogli a credere che quello fosse un bacio. Povero piccino! Egli le credette ciecamente e ancor oggi per ricordo porta in dito il piccolo ditale, nonostante che qualche volta si sia domandato con meraviglia perché mai i veri bimbi s'infilino in dito un oggetto così impaccioso. Ma voi, come Maimie, dovete mostrarvi indulgenti verso la sua ignoranza: sebbene fosse sempre tanto piccino, pure in realtà erano passati anni e anni dacché per l'ultima volta aveva rivisto sua madre, e il bambino da cui era stato sostituito doveva essere ormai un bel pezzo di uomo con tanto di baffi: salvo che non li portasse, per seguire la moda.

Non dovete tuttavia pensare che Peter Pan fosse un bimbo piuttosto da compiangere che da ammirare; se Maimie cominciò col pensarlo, presto trovò che si era di molto sbagliata. I suoi occhi brillarono d'ammirazione quando egli le raccontò delle sue avventure, e specialmente del come egli passasse continuamente dall'isola ai giardini e dai giardini nell'isola dentro il suo nido di tordo.

- Com'è romantico tutto ciò! - esclamò essa, ma quella era un'altra parola sconosciuta per Peter, e il povero piccino abbassò mesta mente la testa credendo che essa lo burlasse.

- Tony non lo farebbe, non è vero? - domandò con grande umiltà.

- Oh no, mai, mai! - essa rispose con convinzione; - è troppo pauroso!

- Come si fa ad esser paurosi? - chiese subito Peter con un ardore di desiderio che Maimie scambiò per isdegno. Egli s'immaginava che l'esserlo fosse una cosa assai bella. - Tu mi dovresti insegnare come si fa, se sei buona, Maimie!

- Io non credo che nessuno sia buono di insegnartelo - Maimie rispose con adorazione, ma Peter pensò che lo credesse troppo stupido. Essa gli aveva già parlato di Tony e adesso gli raccontò delle malignità che lei immaginava per ispaventarlo la notte (la signorina sapeva benissimo che erano delle malignità), ma Peter fraintese il senso delle sue parole ed esclamò:

- Oh quanto bramerei d'avere il coraggio di Tony!

Ciò finì coll'irritarla.

- Tu hai mille volte più coraggio di Tony - proruppe spazientita; - anzi, io non conosco nessun bambino che abbia tanto coraggio quanto te. -

Egli non poteva credere che essa lo pensasse davvero, ma, quando Maimie glielo ebbe solennemente assicurato, non potè trattenere un grido di gioia.

- E se desideri molto di darmi un bacio - Maimie aggiunse, - puoi benissimo darmelo.

Con molta riluttanza Peter cominciò a sfilarsi dal dito il piccolo ditale. Egli credeva che essa lo rivolesse addietro.

- Non volevo dire un bacio - essa s'affrettò a correggere, - ma un ditale.

- Che cos'è un ditale? - chiese Peter.

- È questo - essa disse, e lo baciò.

- Desidero davvero di darti un ditale - dichiarò Peter gravemente, e gliclo dette. Anzi gliene dette una gran quantità, e poi una magnifica idea gli sorse nella mente.

- Maimie - disse, - ci vogliamo sposare?

Orbene, strano a dirsi, la medesima idea era venuta proprio nel medesimo istante in mente a Maimie.

- Volentieri - essa rispose, - ma ci sarà posto nella tua barca per due?

- Se ti stringi accanto a me, sì - egli si affrettò a dichiarare.

- Ma gli uccelli ne saranno contenti? -

Egli assicurò che gli uccelli sarebbero stati contentissimi di averla per ospite, sebbene io non sia convinto ch'egli lo sapesse di certa scienza, aggiungendo che del resto, siccome si era d'inverno, d'uccelli non ve n'erano molti.

- Senza dubbio però - egli dovette ammettere con un po' d'esitazione -

può darsi che ti chiedano le vesti.

Essa non accolse con punto piacere questa prospettiva.

- Le mie vesti? Oh no davvero! E per che farne, se è lecito?

- Essi hanno sempre in mente i loro nidi - egli spiegò a mo' di difesa, - e ci sono certe parti del tuo abbigliamento - così dicendo passò sfiorando la mano sopra il pelo della cappottina - che ecciteranno molto i loro desiderii.

- Oh! ma non lo avranno davvero il mio pelo! - essa affermò bruscamente.

- S'intende - egli rispose, seguitando tuttavia ad accarezzarlo, - s'intende. - Oh! Maimie! - esclamò a un tratto con estasi, - sai tu perché t'amo? Perché rassomigli un bel nido. -

Questo poi, non so come, la inquietò affatto.

- A me pare che tu parli più da uccello che da bimbo ora - osservò tirandosi addietro; e realmente egli aveva un non so che d'uccello nel suo aspetto. - Già, dopo tutto, non sei che un Forse-che-sì-forse-che-no. - Ma questo lo ferì tanto che essa aggiunse immediatamente: - Del resto, dev'essere una cosa deliziosa di esserlo.

- Vieni e diventa anche tu uno, allora, diletta Maimie - egli la implorò, e tutti e due si misero in cammino verso la barca, perché era ormai assai vicina l'ora della riapertura dei cancelli.

- Non rassomigli mica punto ad un nido, sai? - egli le susurrò strada facendo, per riparare allo sbaglio di prima.

- Ma io credo che dev'essere anzi carino di rassomigliare ad un nido - ribatté essa con lo spirito di contraddizione proprio delle donne. - E, Peter mio caro, sebbene io non possa dare agli uccelli il mio pelo, non mi opporrò se vorranno costruirci in mezzo. Immaginati un nido nel mio bavero con i suoi piccoli uovi picchiettati dentro! Oh Peter, quanto ha da esser grazioso! -

Ma, come furono in vista della Serpentina, essa rabbrividì un pochino, e disse:

- Senza dubbio però io dovrò andare spesso a veder la mia mamma, molto spesso. Non è come se dicessi addio per sempre alla mia mamma, non è nient'affatto così.

- Oh certo che non è così! - la rassicurò Peter, ma nel suo cuore egli sapeva benissimo che invece era proprio così, e glielo avrebbe voluto anche dire, ma tremava troppo di perderla. Era tanto innamorato di lei, sentiva che non avrebbe potuto vivere senza. "Col tempo dimenticherà sua madre e sarà felice con me" disse, per calmare la sua coscienza, a sé stesso, e, passato il braccio attorno alla vita della sua sposa, la trascinò innanzi dolcemente, fermandosi tuttavia per darle un bacio ogni tanto.

Ma, anche quando essa ebbe vista la barca, e dimostrata un'ammirazione entusiastica per la sua leggiadria, anche allora il pensiero della mamma non voleva lasciarla e la rendeva esitante e dubbiosa.

- Tu sai benissimo, non è vero, Peter, che io non verrei, se non sapessi per certo che posso tornare dalla mamma tutte le volte che voglio? Non è vero, Peter? Tu me lo assicuri che ci posso contare? - Egli tornò ad assicurarglielo, ma non potè guardarla in faccia.

- Quasi tu fossi certa che tua madre desidererà sempre di rivederti! - aggiunse un pochino acremente.

- Quale idea che mia madre possa mai non desiderare di rivedermi! - esclamò Maimie, diventando di porpora in viso.

- Chi sa che un giorno o l'altro non t'abbia a chiudere fuori! - spiegò Peter tossendo.

- La porta di casa- replicò Maimie - sarà sempre, sempre aperta, e mia madre starà sempre sulla soglia ad attendermi.

- Allora - disse Peter, non senza malumore, - monta dentro se ti senti così sicura di lei; - e aiutò Maimie ad entrare nel nido di tordo,

- Perché non mi guardi in viso? - essa chiese prendendolo per il braccio.

Ma Peter rimase muto e seguitò a sfuggire il suo sguardo; poi tutt'a un tratto con una viva mossa liberò il proprio braccio, saltò novamente a terra e si sedette giù sulla neve in attitudine di grande abbandono.

Essa lo seguì e gli si pose vicino.

- Che cos'hai, caro, caro Peter? - gli domandò maravigliata.

- Oh Maimie! - egli rispose piangendo - non è bello di prenderti con me, facendoti credere che potrai tornare addietro. Ma la tua mamma… - e qui un grosso singhiozzo lo interruppe; - tu non le conosci così bene come le conosco io le mamme! -

E allora le raccontò la dolorosa storia del come egli era stato chiuso fuori, ed essa lo ascoltò col respiro sospeso.

- Ma la *mia* mamma - prese a dire, quando egli ebbe finito - la *mia* mamma…

- Oh sì, lo farebbe anche lei! - la interruppe Peter. - Son tutte uguali. Chi sa che non istia già ora pensando a sostituirti!

- Oh no, non posso crederlo! - esclamò Maimie impaurita. - Vedi, quando tu la lasciasti, la mamma tua rimase sola, ma la mia ha sempre Tony e certamente esse son soddisfatte, quando n'hanno già uno.

- Dovresti vedere le lettere che Salomone riceve da signore che ne hanno già sei! - replicò Peter con amara ironia.

Giusto in questo momento essi udirono uno stridente *cric*, seguito da altri *cric, cric* tutt'attorno ai giardini. Era l'apertura dei cancelli, e Peter balzò con nervosa risolutezza nella sua barca. Egli sapeva che ora Maimie non sarebbe più voluta partire con lui e bravamente si sforzava di non piangere. Invece Maimie singhiozzava ch'era una pena.

- Se dovesse essere troppo tardi! - esclamò con angoscia. - Oh Peter! Se essa mi avesse già sostituito!… -

Di nuovo egli balzò a terra, come se lei lo avesse chiamato indietro.

- Io verrò e cercherò di te stanotte - le susurrò facendosele accanto; - ma se corri via subito, io credo che arriverai ancora a tempo. -

Quindi egli depose l'ultimo ditale sulla dolce bocchina di lei, e si coprì la faccia con le mani per non vederla andar via.

- Peter, amato Peter! - esclamò essa in pianto.

- Maimie, adorata Maimie! - esclamò il tragico eroe.

Essa si gettò fra le sue braccia, il che fu una specie di matrimonio fatesco, e quindi corse via. Oh, con che fretta corse via in direzione del suo cancello!

Peter, potete immaginarlo, quella sera, appena sonata l'ora della chiusura, era già di ritorno ai giardini, ma non vi trovò Maimie, e così capì che essa era arrivata in tempo. Seguitò a sperar lungamente che una notte o l'altra sarebbe tornata da lui; spesso gli parve anche di scorgerla che lo aspettava in riva alla Serpentina, mentre la sua barca si avvicinava alla costa: ma Maimie non fece ritorno mai più. Essa lo desiderava, ma temeva che, se avesse rivisto il suo caro Forse-che-sì-forse-che-no, si sarebbe trattenuta con lui troppo a lungo, ed inoltre la governante la teneva oramai molto d'occhio. Spesso tuttavia essa parlava con amore di Peter, ed un giorno che andava pensando quale regalo di Pasqua egli avrebbe gradito di più, sua madre le dette un suggerimento.

- Nulla - disse seriamente - nulla gli potrebbe riuscire più utile di una capra.

- Infatti - confermò Maimie - egli potrebbe andarci sopra a passeggio e nello stesso tempo suonare la sua zampogna.

- Allora - domandò la mamma - perché non gli regali la tua, delle capre, quella con cui di notte fai spaventare Tony?

- Ma quella non è una capra vera! - obbiettò Maimie. -

- Sembra pur vera a Tony - replicò la mamma.

- Sembra terribilmente vera anche a me, anzi - ammise Maimie; - ma come posso regalarla a Peter? -

La mamma sapeva il mezzo, e il giorno appresso la condusse ai giardini insieme con Tony (che era realmente un fratello di cui si poteva andare orgogliose, nonostante non fosse da paragonarsi con Peter); là Maimie si pose diritta lei sola nel centro di un cerchio delle fate, ed allora la mamma, che era una signora alla moda e perciò amava l'arte e s'intendeva di versi, le chiese:

- Maimie, Maimie, dimmi su,

  Al tuo Pan che doni tu? -

Al che Maimie rispose:

- Io gli dono, mia mammina,

  una bella caprettina. -

E, detto questo, disegnò nell'aria una capra, e poi, colle braccia distese, girò su sé stessa tre volte.

Allora disse Tony:

- E se Pan la gradirà,

  Con sé sempre la terrà?

E Maimie rispose:

- Sempre, Tony, te lo giuro,

  Specialmente quand'è scuro! -

Essa lasciò anche, in luogo conveniente, una lettera per Peter, in cui spiegava a questo che cosa aveva fatto e lo pregava di chieder alle fate che trasformassero la capra in una adatta per andarci sopra a passeggio.

E tutto seguì come essa aveva sperato, perché Peter trovò la lettera, e senza dubbio nulla poteva esser più facile per le fate che il trasformare la capra in una capra reale. Così dunque accadde che Peter venne in possesso della capra sulla quale adesso passeggia pei giardini ogni notte, suonando dolcemente sopra la sua zampogna. E Maimie tenne la sua promessa e non fece spaventare Tony mai più con una capra, sebbene io abbia inteso che ben presto ella creasse un'altra bestia per il medesimo scopo. Essa continuò a lasciar nei giardini dei regali per Peter (unitamente a lettere in cui spiegavagli il modo nel quale i bimbi giocavano con quegli oggetti) sino quasi a che non fu diventata una signorina grande; e non è già essa sola che abbia fatto ciò. Anche David lo fa, per esempio, anzi io e lui conosciamo il luogo più adatto per lasciare i regali, e, se volete, potremo anche dirvelo, purché non ce lo domandiate in presenza di Porthos, giacché questo va così pazzo pei giocattoli, che se venisse a sapere dov'è il posto, non ce ne lascerebbe mai uno.

Sebbene Peter non abbia mai dimenticato Maimie, è tuttavia tornato così allegro com'era prima, e spesso per pura allegria si getta supino sull'erba e si diverte a tirar calci all'aria. Oh!, egli ha una vita veramente felice! Ma conserva ancora una vaga memoria del tempo in cui era una creatura umana, e ciò lo rende specialmente gentile verso te rondini domestiche, quando vengono a visitare l'isola, perché le rondini domestiche non son altro che gli spiriti dei bimbi che muoiono. Questa è la ragione per cui fabbricano sempre i loro nidi sui tetti delle case (quelle che hanno amato quando erano creature umane) e qualche volta volano anche per le finestre aperte dentro le stanze.

E la casina? Ogni notte feriale (vale a dire ogni notte in cui non c'è ballo) le fate la costruiscono ancora per paura che ci sia qualche piccolo essere umano sperduto nei giardini, e Peter va attorno e perlustra tutte le regioni, e se ne trova uno lo carica sulla sua capra e lo trasporta sino alla casina, e allora quand'esso si sveglia ci si ritrova dentro e quando n'esce fuori la vede. Le fate costruiscono la casina e poi se ne vanno e non tornano più, perché il loro divertimento è finito quando l'han terminata, ma Peter, dopo fatto il suo giro, vi torna anche se non ha trovato nessuno, e vi passa e ripassa davanti in memoria di Maimie, e perché ama sempre egualmente di fare come crede che i bimbi veri farebbero.

Ma voi non dovete credere che, perché, ora in un punto ora in un altro, la Casina brilla così spesso attraverso gli alberi, sia una cosa senza pericolo di rimaner nei giardini dopo l'ora della chiusura.

Se per caso quella notte vi trova fuori e vi vede qualche fata maligna, essa vi farà certamente del male, ed anche all'infuori di questo, voi potreste morire di freddo e di paura pel buio, prima dell'arrivo di Peter. Parecchie volte egli è arrivato troppo tardi, e, quando vede che è troppo tardi, allora torna subito addietro fino al Nido di Tordo per pigliare il suo remo, del quale Maimie gli ha spiegato il vero uso, e con esso scava una tomba per il povero bimbo, e poi ci pone sopra una piccola pietra, sulla quale incide le iniziali del morto. Fa così perché crede che così i bimbi veri farebbero, e voi dovete aver notato queste piccole pietre, le quali sono sempre accoppiate. Egli mette sempre due bimbi insieme, perché così si tengono compagnia. Io credo che la vista più commovente dei giardini siano le due piccole tombe di Walter Stephen Matthews e Phoebe Phelps. Stanno l'una accanto all'altra nel punto dove la parrocchia di Santa Maria di Westminster confina con quella di Paddington. Peter trovò lì i due bimbi che erano caduti dalle carrozzelle senza che le loro governanti se ne accorgessero. Phoebe, la bimba, aveva tredici mesi e Walter era probabilmente più giovane, e pare appunto che sia stato per un senso di delicatezza che Peter ha tralasciato d'indicare l'età di lui sulla tomba. Essi giacciono dunque insieme e le iscrizioni delle due piccole pietre dicono semplicemente:

W. St. M.

e

13 a. P. P.

David qualche volta depone dei fiori bianchi su queste due innocenti tombe.

Ma, strano a dirsi, nessuno ha mai visto i genitori di Phoebe e di Walter venire a visitare essi pure le tombe dei loro poveri bimbi! David se ne maraviglia moltissimo. Tutto ciò, bisogna dirlo, è piuttosto triste.

REINAR DESPUÉS DE MORIR

Luis Vélez de Guevara

PERSONAS QUE HABLAN EN ELLA:

- **El REY don Alonso de Portugal**
- **El PRÍNCIPE don Pedro**
- **BRITO, criado**
- **Doña Blanca, INFANTA de Navarra**
- **Doña INÉS de Castro**
- **ELVIRA, criada**
- **VIOLANTE, criada**
- **El CONDESTABLE de Portugal**
- **NUÑO de Almeida**
- **EGAS Coello**
- **ÁLVAR González**
- **ALONSO, niño**
- **DIONÍS, niño**
- **MÚSICOS**
- **CAZADORES**

[En el palacio real de Lisboa]

Salen MÚSICOS cantando, el PRÍNCIPE vistiéndose, y el CONDESTABLE

MÚSICOS: "Soles, pues sois tan hermosos,
     no arrojéis rayos soberbios
     a quien vive en vuestra luz,
     contento en tan alto empleo."
PRÍNCIPE: La capa.
MÚSICO 1:   El príncipe sale.
MÚSICO 2: Prosigamos.
PRÍNCIPE: El sombrero.

Cantan

MÚSICOS: "Vuestra benigna influencia
     mitigue airados incendios,
     pues el raudal de mi llanto
     es poca agua a tanto fuego."
PRÍNCIPE: ¡Ay, Inés, alma de cuanto
     peno y lloro, vivo y siento!
     Proseguid, cantad.
MÚSICO 1:   Digamos
     otra letra y tono nuevo.

Cantan

MÚSICOS: "Pastores de Manzanares,
     yo me muero por Inés,
     cortesana en el aseo,
     labradora en guardar fe."

PRÍNCIPE: Parece que a mi cuidado
                esa letra quiso hacer,
                lisonjeándome el alma,
                eterna en mi pecho a Inés.
                Volved, volved por mi vida
                a repetir otra vez
                aquesa letra, cantad,
                que me ha parecido bien.

Cantan

MÚSICOS: "Pastores de Manzanares,
                yo me muero por Inés,
                cortesana en el aseo,
                labradora en guardar fe."
PRÍNCIPE: Pues los pastores publican
                que tanta hermosura ven
                en la deidad de mi amante,
                con justa causa diré
                que en perderme fui dichoso,
                en tan soberano bien.
                Siempre que llega al Mondego
                parece que sólo al ver
                a mi Inés bella, las aves
                quisieran besar su pie.
                Las plantas de su deidad
                reciben fruto. No hay mes
                que en viéndola no sea mayo;
                no hay flor que a su rosicler
                no tribute vasallaje.
                Si aquesta es verdad, si es
                dueño de aves y plantas
                y de todo cuanto ve
                el cielo en la tierra hermosa,
                no la lisonjeo en ser
                también yo su esclavo, amor;
                pues a mi Inés me humillé,
                pues me rendí a su hermosura
                a voces confesaré.

diciendo con toda el alma
a los que amantes me ve:
"Pastores de Manzanares,
yo me muero por Inés,
cortesana en el aseo,
labradora en guardar fe."

Sale BRITO, de camino

BRITO: Déla vuestra alteza a Brito,
           príncipe, a besar sus pies.
PRÍNCIPE: Brito, seas bien venido.
           ¿Cómo dejas a mi bien?
BRITO: Déjame alentar un poco
           y luego te lo diré,
           que aun no pienso que he llegado,
           que un rocín de Lucifer
           que el portugués llama posta,
           que jebao llama el francés,
           y el bridón napolitano
           algunas veces corsier,
           de tan altos pensamientos,
           que en subiendo encima de él,
           anda a coces con el sol
           y a cabezada después,
           me trae sin tripas, que todas
           se me han subido a la nuez,
           a hacer gárgaras con ellas,
           sin lo que toca al borrén
           que viene haciéndose ruedas
           de salmón.
PRÍNCIPE: Calla, no des
           suspensión a mi cuidado
           sino, dime, ¿cómo fue
           tu viaje? Cuenta, Brito,
           que ya deseo saber
           nuevas de mi hermosa prenda.
           Habla, Brito.
BRITO: Bueno, a fe,

para contarlo quedamos
solos los dos.
PRÍNCIPE: Dices bien.
Condestable, despejad;
y a estos músicos les den,
cuando no por forasteros,
porque han celebrado a Inés,
mil escudos.
CONDESTABLE: Despejad.
PRÍNCIPE: Id con Dios.
MÚSICO 1:   El cielo dé
a vuestra alteza, señor,
un siglo de vida, amén.
PRÍNCIPE: Id con Dios.
MÚSICO 1:   ¡Qué gran valor!
MÚSICO 2:   ¡Qué cordura!
MÚSICO 1:   Octavio, ven.
No es señor quien señor nace,
sino quien lo sabe ser.

Vanse los MÚSICOS y el CONDESTABLE

PRÍNCIPE: Ya, Brito, quedamos solos;
dime, ¿cómo queda Inés?
¿Cómo la dejaste, Brito?
Responde presto.
BRITO: A perder
el sentido cada instante
que entre tus brazos no esté.
PRÍNCIPE: ¿Y Alonso y Dionís?
BRITO: El uno
es jazmín y otro clavel,
y cada cual es retrato
de los dos.
PRÍNCIPE: Has dicho bien;
prosigue, prosigue, Brito.
BRITO: Oye y te la pintaré
si de tanta beldad puede
ser una lengua pincel.

      Llegué a Coímbra apenas
ayer, cuando al blasón de sus almenas
a un tiempo hicieron salva
los músicos de cámara del alba,
el sol, y luego el día,
y primero que todos mi alegría.
Guié los paso luego
a la quinta, Narciso del Mondego,
que guarda en dulce empeño
la beldad soberana de tu dueño,
cuando, dando al Aurora
celos, el sol parece que enamora
el oriente divino
de Inés, sol para el sol más peregrino.
que aun no he llegado creo,
piso el umbral y en el zaguán me apeo.
(Que gustan los amantes   **Aparte**
que les vayan contando por instantes,
por puntos, por momentos,
las dichas de sus altos pensamientos,
que brevemente dichas
no les parece que parecen dichas).
Al fin al cuarto llego,
alborozado, sin aliento, y luego
a las cerradas puertas,
sólo a tu amor eternamente abiertas,
dos veces toco en vano,
que en este oriente aun era muy temprano;
si bien tu hermoso dueño,
rendida a su cuidado más que al sueño,
voces dio a las crïadas,
menos de mi venida alborozadas.
Perdóneme Violante,
a quien más debe el sueño que su amante,
mas yo, como es mi vida,
la quiero bien dormida y bien vestida,
esté ausente o presente
porque mi amor es menos penitente.
PRÍNCIPE: Pasa, Brito, adelante

y con mi amor no mezcles a Violante,
ni burlas con mis veras,
que espero nuevas de mi bien.
BRITO: Esperas
las que siempre procuro
yo traerte, ¡vive Dios! Al fin el muro,
el oriente dorado
de aquel sol, de aquel cielo, franqueado,
sin reparo ninguno,
corro los aposentos uno a uno
y no paro hasta donde
está la esfera que tu sol esconde;
su amor me desalumbra,
y sin la permisión que se acostumbra,
verla y hablarla trato,
que el alborozo precedió al recato.
Entro, al fin, sin sentido,
y en el dorado tálamo que ha sido
teatro venturoso
más de tu amor que del común reposo,
amaneciendo entonces
y enamorando mármoles y bronces,
los ojos en estrellas,
en nieve y nácar las mejillas bellas,
en claveles la boca,
la frente y manos en cristal de roca,
en rayos los cabellos,
entre Alonso y Dionís, tus hijos bellos,
asidos a porfía
--por maternal terneza o compañía--
del cuello de alabastro,
deidad admiro a doña Inés de Castro;
aurora en carne humana,
taraceado abril con la mañana,
todo un cielo abreviado
y al sol de dos luceros abrazado.
Quedé tierno y dudoso,
que, como de aquel árbol generoso
tan hermoso pendían,
racimos de diamantes parecían;

ella, amor ostentando,
aunque de honestidad indicios dando
a la nieve divina,
de púrpura corriendo otra cortina,
que de tales mujeres
siempre son los recatos sumilleres;
más encendida aurora,
sobre las almohadas se incorpora,
y ya, como embarazos,
deja a Dionís y Alonso de los brazos,
que de sentido ajenos,
favores y ternezas no echan menos,
tanto en tan dulce empeño
pueden los pocos años con el sueño;
y con ansia infinita,
antes que una palabra me permita,
ni besarla una mano
--recato portugués o castellano--
me dijo: "¿Cómo dejas
a Pedro, Brito?" Y con celosas quejas
prosiguió, más hermosa
que lo está una mujer que está celosa,
porque han dado los celos
hasta el color que viste a los cielos,
tu tardanza culpando
en Santarén con doña Blanca, cuando
tu padre la ha traído
para tu esposa.
PRÍNCIPE: Perderé el sentido,
Brito, si Inés no fía
todo su amor a toda el alma mía.
Primero verá el cielo
su vecindad de estrellas en el suelo,
verá la noche fría
que puede competir al claro día,
que falte la firmeza
con que yo adoro a Inés.
BRITO: Oiga tu alteza.
Basta, basta, no ofusques
mi relación ni imposibles busques

mal guisados, ni modos,
que yo los doy por recibidos todos,
y lo mismo hará el dueño
por quien me he puesto en semejante empeño.
Al fin escucha atento.
PRÍNCIPE: Prosigue.
BRITO: Como digo de mi cuento...
PRÍNCIPE: Acaba.
BRITO: Ven conmigo;
la tal Inés, en la ocasión que digo,
finezas y ansias junta,
y entre falsa y celosa me pregunta;
"Dime, Brito, ¿es bizarra
doña Blanca la infanta de Navarra,
de Pedro nueva empresa,
que viene a ser de Portugal princesa?"
Yo la respondo entonces,
haciéndome de pencas y de gonces:
"Aunque Blanca no es muy fea,
es contigo muy poca taracea,
moneda mal segura
que no puede correr con tu hermosura,
y si intenta igualarse
contigo, muy de noche ha de pasarse."
En esto despertaron
Dionís y Alonso, y juntos preguntaron
a una vez por su padre;
enternecióse oyéndolos la madre;
o fuese amor o celos,
tocó a anegar en lágrimas dos cielos,
y en lluvias tan extrañas,
sartas de perlas hizo las pestañas
que en sus luces hermosas
de perlas se volvía mariposas,
y abrasándose en ellas
granizaron los párpados estrellas;
y viendo contra el día
que abajo tanto cielo se venía,
calmando sus recelos
dile tu carta y serenó sus cielos.

Cedióse a su alegría,
convaleció de su tristeza el día,
quedó el sol sin nublado,
porque del desperdicio aljofarado
al último suspiro
mucho cristal sobró para zafiro.
Tomó el pliego y besóle,
y tres o cuatro veces repasóle
con señas diferentes
--que es costumbre de espías y de ausente--.
Pidió la escribanía,
volvió otra vez a perturbarse el día,
los cielos se cubrieron,
a la tinta las lágrimas suplieron
y mientras escribía,
un alma en cada lágrima cabía,
siendo en tantos renglones
las almas muchas más que las razones;
cerró llorando el pliego,
sellóle, despachóme y partí luego
otra vez por la posta,
pareciéndome el mundo senda angosta,
y con el "fuera, aparta,"
entré por Santarén y ésta es su carta.

PRÍNCIPE: Levanta, Brito, del suelo,
que sólo tú puedes dar
tal alivio a mi pesar,
tal fin a mi desconsuelo.
    Toma esta cadena, Brito,
en tanto que a besar llego
las letras de aqueste pliego
que Inés con el llanto ha escrito.
BRITO: Besa muy enhorabuena,
mientras que, tomada a peso,
primero yo también beso
las letras de esta cadena.
    ¡El rey!
PRÍNCIPE: ¿Mi padre?
BRITO: Señor,

él mismo.
PRÍNCIPE: El pliego guardaré
     de Inés.
BRITO: Y yo a guardar iré
     mi cadena, que es mejor.

Sale el REY don Alonso

REY: ¿Príncipe?
PRÍNCIPE: ¿Señor?
REY: ¿Qué hacéis?
PRÍNCIPE: ¿Vos aquí?
REY: No hay que admiraros
     de que venga yo a buscaros,
     Pedro, pues vos no lo hacéis.
          Yo os quisiera hablar despacio.
PRÍNCIPE: (Hoy corre mi amor fortuna).   **Aparte**

A BRITO

REY: ¿Quién sois vos?
BRITO: Señor, soy una
     sabandija de palacio.
REY: ¿De qué al príncipe servís?
BRITO: De mozo fidalgo.
REY: Bien,
     ¿de camino estáis también?
BRITO: Soy su maza.
REY: ¿Qué decís?
BRITO: Que voy siempre con su alteza
     adonde quiera que va.
REY: Y aun donde no va.
BRITO: Esa es ya
     maliciosa sutileza.
REY: Algo desembarazado
     sois.
BRITO: Sí, señor poderoso,
     que en palacio al vergonzoso

siempre el refrán ha culpado.
REY: ¿Cómo os llamáis?
BRITO: Brito.
REY: ¿Vos
        sois Brito? Quien sois sé,
        sois hombre de mucha fe.
BRITO: Eso sí, señor, por Dios,
        porque con ella he servido
        a su alteza, como ya
        de mí satisfecho está.
PRÍNCIPE: Es Brito muy entendido,
        con razón le estimo y quiero,
        téngole notable amor.
REY: Para que le hagáis favor
        no habrá menester tercero,
        que en esto debe tener
        gran maña y agilidad.
BRITO: Mintió a vuestra majestad
        quien fe de ese parecer,
        que a su alteza no le han dado
        tan poca parte los cielos,
        que haya menester anzuelos
        en el ardid del crïado.
        No me ha menester a mí
        para ninguna facción,
        porque los méritos son
        siempre terceros de sí;
        y cuando en alguna se halle
        dificultosa de obrar,
        no ha de ir, ni es justo, a buscar
        alcahuetes a la calle.
        Porque el príncipe es humano
        y alguna vez se enamora,
        aunque a esta plaza hasta agora
        no le he tomado una mano.
        Vuestra real majestad
        perdone estas baratijas,
        porque hasta en las sabandijas
        la defensa es natural.
        Y adiós, que contra cautelas

de palacio asisto en mí,
que estoy indecente así
con botas y con espuelas.

Vase BRITO

REY: Pedro, los que hemos nacido
padres y reyes, también
hemos de mirar al bien
común más que al nuestro.
PRÍNCIPE: Ha sido,
   padre y señor, atención
debida a esa majestad.
¿Qué me mandáis?
REY: Escuchad.
Veréis que tengo razón.

   Yo os he casado en Navarra
con la infanta, que Dios guarde;
y en Lisboa, a vuestras bodas
se han hecho fiestas y tales
que todos nuestros fidalgos
procuraron señalarse
dando muestras con su afecto
de ser nobles y leales.
Después que llegó la infanta
he reparado que sale
a vuestro rostro un disgusto
que os divierte de lo afable,
os retira de lo alegre,
y sólo pueden llevarse
aquestos extremos, Pedro,
con el mucho amor de padre.
Doña Blanca disimula,
y aunque la causa no sabe,
piensa sin duda que es ella
causa de vuestros pesares.
Hacedme gusto de verla
con amoroso semblante;

príncipe, desenojadla,
que es vuestra esposa, no halle,
cuando con vos tanto gana,
el perderse en el ganarse.
Yo os lo ruego como amigo,
os lo pido como padre,
os lo mando como rey,
no deis lugar a enojarme.
Ella viene, aquí os quedad,
prudente sois, esto baste.

Vase el REY

PRÍNCIPE: ¡Ay Inés, cómo por ti,
loco, rendido y amante,
ni admito la corrección
ni hay ventura que me cuadre!

Sale la INFANTA

INFANTA: Guarde Dios a vuestra alteza.
PRÍNCIPE: ¿Señora?
INFANTA: ¿Príncipe?
PRÍNCIPE: Dadme
la mano a besar.
INFANTA: Señor,
deteneos. No es galante
acción que beséis mi mano,
cuando advierto que no sale
ese cortesano afecto
de marido ni de amante.
Yo, señor, soy vuestra esposa
y debéis considerarme
reina ya de Portugal
si fue de Navarra infante.
PRÍNCIPE: (Eso no, viviendo Inés).   **Aparte**
Señora, sólo un instante
os suplico que me deis

audiencia; sentaos y hable
el alma, que muda ha estado
hasta poder declararse.
INFANTA: Decid.
PRÍNCIPE: Atended.
INFANTA: Ya oigo.
     Pasad, Príncipe, adelante.
PRÍNCIPE: Casé, señora, en Castilla,
     obedeciendo a mi padre,
     primera vez con su infanta,
     que en globos de estrellas yace.
     Tuve de esta dulce unión
     un hijo, y puesto que sabe
     vuestra alteza estos principios,
     paso a lo más importante.
     Cuando mi difunta esposa
     vino conmigo a casarse,
     pasó a Portugal con ella
     una dama suya, un ángel,
     una deidad, todo un cielo;
     perdóneme que la alabe,
     vuestra alteza, en su presencia,
     que informada de sus partes
     importa, porque disculpe
     osadas temeridades
     cuando advertida conozca
     las causas de efectos tales.
     Era al fin por acabar
     la pintura de esta imagen,
     el retrato de este sol,
     de este archivo de deidades,
     doña Inés de Castro Coello
     de Garza, que con su padre
     pasó a servir a la reina,
     mejor dijera a matarme;
     y aunque siempre su hermosura
     fue una misma, ni un instante
     me atreví, señora, a verla
     con pensamientos de amante,
     que a sola mi esposa entonces

rendí de amor vasallaje,
hasta que crüel la Parca
le cortó el vital estambre.
Muerta mi esposa, trató
casarme otra vez mi padre
con vuestra alteza, señora,
que el cielo mil siglos guarde,
sin que este segundo intento
conmigo comunicase;
yerro que es fuerza que agora
vuestro decoro le pague,
y le sienta yo, por ser
vuestra alteza a quien se hace
la ofensa; que el sentimiento
no será bien que me falte
a tiempo que por mi causa
padecéis tantos desaires.
(Confusa, hasta ver el fin,   **Aparte**
será fuerza que se halle.
Mas supuesto que es forzoso
el decirlo y declararme,
rompa el silencio la voz
pues que no puedo excusarme).
   Muerta, señora, ya mi esposa amada,
querida tanto como fue llorado,
pasados muchos días de tormento,
difunto el gusto y vivo el sentimiento,
en un jardín, al declinar el día,
mis imaginaciones divertía,
mirando cuadros y admirando flores,
archivos de hermosuras y de olores.
Al doblar una punta de claveles,
de esta hermosa pintura los pinceles,
al pasar por un monte de azucenas,
que mirar su blancura pude apenas,
porque la candidez de su hermosura
la vista me robó con la blancura;
y en una fuente hermosa,
que tendía el remate de una rosa,
para su adorno un fénix de alabastro,

vi a doña Inés de Castro,
que al margen de la fuente
se miraba en el agua atentamente;
y olvidado de mí, viendo mi muerte
en su deidad, la dije de esta manera:

    "Nunca pensé que pudiera,
muerta mi esposa, querer
en mi vida otra mujer,
ni que otro cuidado hubiera
con que el dolor divirtiera
de mi pena y mi dolor;
pero ya he visto en rigor,
advirtiendo tu deidad,
que aquello fue voluntad,
y aquesto sólo es amor.
    ¿Cómo puede ser --¡ay cielos!--
que en mi casa haya tenido
el mismo amor escondido,
sin que remontase el vuelo
a su atención mi desvelo?
¿Cómo este bien ignoré?
¿Cómo ciego no miré,
cómo en esta luz hermosa
no fui incauta mariposa,
y cómo no te adoré?"
    Hice este discurso apenas,
cuando a mirarme volvió
el rostro, y entonces yo
puse silencio a mis penas.
Heladas todas las venas,
quedé, mirándola, helado;
ella, el aliento turbado,
quiso hablar, hablar no pudo,
quedó suspensa y yo mudo,
en su imagen transformado.
    El alma al verla salió
por la puerta de los ojos,
y a sus plantas, por despojos,
las potencias le ofreció;

el corazón se rindió
sólo con llegar a ver
esta divina mujer,
y ella, viéndome rendido
y en su hermosura perdido,
pagó con agradecer.

  Desde este instante, señora,
desde aqueste punto, infanta,
hicimos tan dulce unión
reciprocando las lamas,
que girasol de su luz,
atento a sus muchas gracias,
vivo en ella tan unido
debajo de la palabra
y fe de esposo, que amor
cuando perdido se halla,
para poderla cobrar
se busca entre nuestras ansias.
En una quinta que está
cerca del Mondego, pasa
ausencias inexcusables,
solamente acompañada
a ratos de mi firmeza
y siempre de mi esperanza.
Tenemos de aqueste logro
de Cupido, de esta llama
del ciego dios, dos infantes,
dos pimpollos y dos ramas,
tan bellos, que es ver dos soles
mirar sus hermosas caras.
Querémonos tan conformes,
son tan unas nuestras almas,
que a un arroyo o fuentecilla
adonde algunas mañanas
sale a recibirme Inés,
todos los de la comarca
llaman, por lisonjearnos,
el Penedo de las ansias.
En fin, señora, mi amor

es tan grande que no hay planta
que para amar no me imite,
no hay árbol que con las ramas
esté tan unido como
lo estoy con mi esposa amada.
Y aunque parezca desaire
a vuestra alteza contarla
aqueste empleo, he advertido
que es mejor, para obligarla,
cuando engañada se advierte,
decirlo y desengañarla,
pues cuando de Portugal
no sea reina, en Alemania,
en Castilla y Aragón,
hay príncipe que estimaran
saber aquesta ventura
que habéis juzgado a desgracia;
y porque me espera Inés
y culpará mi tardanza,
dadme licencia, señora,
que a verme en su cielo vaya,
pues es bien que asista el cuerpo
allá donde tengo el alma.

Vase el PRÍNCIPE

INFANTA: ¿Han sucedido a mujer
como yo tales desaires?
¿cómo es posible que viva
quien ha oído semejante
injuria? ¡Al arma! ¡Venganza!
Despida el pecho volcanes
hasta quedar satisfecha.
Muera conmigo quien hace
que a una infanta de Navarra
el decoro le profanen.

¡Que una mujer celosa y agraviada
sola consigo mismo es comparada!

¡Que si la aflige amor y acosan celos,
aun seguros no están de ella los cielos!

Vase la INFANTA

[En la quinta cerca del Mondego]

**Salen INÉS, en traje de caza, con escopeta,
y VIOLANTE, criada**

VIOLANTE: ¿No estás cansada, señora?
INÉS: Sí, Violante, y triste estoy;
    hacia el Mondego me voy,
    que el sol el ocaso dora;
      y antes que sea más tarde,
    pues Pedro no viene, quiero
    retirarme.
VIOLANTE: Siempre espero
    que hagas de tu gusto alarde,
      sin cuidados amorosos.
INÉS: Violante, no puede ser,
    que en la que llega a querer
    no hay instantes más gustosos
      que los que da a su cuidado.
    ¿Qué será no haber venido
    mi Pedro?
VIOLANTE: Le habrá tenido
    el rey, su padre, ocupado;
      desecha ya la tristeza
    que te aflige.
INÉS: No te asombre;
    que, aunque Pedro es rey, es hombre,
    y temo olvidos.
VIOLANTE: Su alteza
    sólo en ti vive, señora,
    sólo tu amor le desvela.
INÉS: Como el pensamiento vuela,
    hizo este discurso agora.

Violante, advierte mi pena;
que no temo sin razón,
ni esta profunda pasión
es bien que la juzgue ajena;
    el príncipe, mi señor,
aunque amante le he advertido,
se ve, Violante, querido,
y esto aumenta mi temor;
    advierto que está delante,
contrastando mi fortuna,
una hermosa Venus, una
Blanca, de Navarra infante;
    su padre quiere casarle,
aunque casado se ve,
y puede ser que mi fe
llegue, Violante, a cansarle;
    mira tú si mi fortuna
infelice puede ser,
que a la más cuerda mujer
se la doy de dos la una;
    toma la escopeta allá,
ya que ésta la quinta es.
VIOLANTE: Descansa, señora, pues.
INÉS: Todo disgusto me da.
VIOLANTE: ¿Quieres, señora, que cante,
para divertir tu pena,
una letra nueva y buena
que te alegre?
INÉS: Sí, Violante;
    canta, y no por alegrar
mi pena te lo consiento,
sino porque a mi tormento
quisiera un rato aliviar.

Cantan

VIOLANTE: Saüdade minha,
    ¿cuándo vos vería?
INÉS: Diga el pensamiento,

pues sólo él siente,
adorado ausente,
lo que de vos siento;
mi pena y tormento
se trueque en contento
con dulce porfía.
    Saüdade minha,
¿cuándo vos vería?
VIOLANTE: Minha saudade
caro senhor meu
¿a quem direi eu
tamanha verdade?
Na minha vontade
de noite e de dia
siempre vos veria.
    Saüdade minha,
¿cuándo vos vería?

Sigue hablando

    Parece que se ha dormido,
y con paso diligente
vuelve atrás la hermosa frente,
todo el curso suspendido.
    Dejarla quiero al beleño
de este descanso, entre tanto
que da tregua a su llanto,
árboles guardadla el sueño.

Vase y sale el PRÍNCIPE don Pedro con BRITO

PRÍNCIPE: Gracias a Dios, Brito amigo,
que he salido a ver mi bien.
¿Quién fue más dichoso, quién
pudo igualarse conmigo?
    ¿Posible es, Brito, que estoy
donde pueda ver mi esposa,
entre cuya llama hermosa

simple mariposa soy?
BRITO: Tan posible, que llegamos
    a la quinta que está enfrente
    del Mondego.
PRÍNCIPE: Aguarda, tente.
BRITO: ¿Has visto algo entre los ramos?
PRÍNCIPE: ¿No ves a Inés celestial
    que aquí a la vista se ofrece?
BRITO: Que está dormida parece
    al margen de aquel cristal
      que la fuente vierte. Calla.
    No la despiertes, señor.
PRÍNCIPE: Díselo, Brito, a mi amor.
BRITO: Luego, ¿quieres despertalla?
PRÍNCIPE: Quiero, Brito, y no quisiera
    impedirla el descansar.
BRITO: Será lástima inquietar
    su sosiego.

Soñando

INÉS: Tente, espera...
PRÍNCIPE: Parece que habla.
BRITO: Estará,
    señor, entre sueño hablando.
PRÍNCIPE: ¿Qué estará mi bien soñando?
BRITO: Contigo el sueño será.
INÉS: ¡Que me mata, tente, aguarda!
      ¡Alonso, Dionís, Violante!
PRÍNCIPE: Deja, Brito, que adelante
    pase, porque ya se tarda
      mi deseo en ver despierto
    mi hermoso sol.
BRITO: Llega pues,
    pero despertar a Inés
    será grande desacierto.
INÉS: No me maten tus rigores;
    ¿por qué me quitas la vida?
    Pedro, Pedro de mi vida,

esposo, mi bien.
PRÍNCIPE: Amores,
        mucho he debido al pesar
        que en ti ha ocasionado el sueño,
        pues te trajo, hermoso dueño,
        en mi pecho a descansar.
INÉS: ¡Pedro, señor, dueño amado!
PRÍNCIPE: ¿Qué tienes, Inés?

Despierta

INÉS: Soñaba
        que la vida me quitaba...
PRÍNCIPE: ¿Quién?
INÉS: Un león coronado,
        y a mis dos hijos, --¡ay cielo!--
        de mis brazos ajenaba
        y airado los entregaba
        --aun no cesa mi recelo--
        a dos brutos que inhumanos
        los apartaron de mí.
PRÍNCIPE: ¿Eso, Inés, soñaste?
INÉS: Sí.
PRÍNCIPE: Fueron tus recelos vanos,
        desecha, Inés, el dolor,
        cóbrate más valerosa,
        si bien estás más hermosa
        con el susto y el temor.
INÉS: ¿Eres mío?
PRÍNCIPE: Tuyo soy.
INÉS: Y tuya me fe será.
BRITO: ¿Adónde Violante está?
        A pedirla celos voy.

Vase BRITO

INÉS: Nunca como hoy, dueño mío,
        temí de mi amor mudanzas,

no porque de ti no fío,
sino por ser desdichada.
Apenas de nuestra quinta
salí a caza esta mañana,
cuando vi una tortolilla
que entre los chopos lloraba
su amante esposo perdido.
Yo, de verla lastimada,
llegué a temer que mi suerte
no me trajese a imitarla.
Vi luego que de una vid
un olmo galán se enlaza,
y envidiosa de sus dichas
también se me turbó el alma.
Pues un tronco bruto goza
posesión más bien lograda,
yo apenas gozo el bien
cuando todo el bien me falta.
Y como en la tortolilla
he visto más declaradas
mis sospechas temerosas,
siendo yo tan desdichada,
no es mucho, Pedro, que tema
llegar a imitar sus ansias.
PRÍNCIPE: Inés, si el sol en la tierra,
como produce las plantas,
infundiera en cada flor
una deidad, y llegara
a reducir las bellezas
con las de tu hermosa cara
--que es la mayor, dueño mío--,
en otra mujer, palabra
te doy que siendo tuyo
en mi corazón no hallara
ni un cortesano cariño,
ni una amorosa palabra,
ni un pequeño ofrecimiento,
ni un afecto en que mostrara
átomos de la afición
con que te adoro, que tanta

fuerza tiene tu hermosura
desde que está retratada
en mi pecho, que tu nombre
tiene por objeto el alma.
¿Alonso y Dionís, adónde
están?

Sale ALONSO, niño

ALONSO: ¿Padre?
PRÍNCIPE: ¡Prenda amada!
 ¿Y vuestro hermano?
ALONSO: Señor,
 ahora merendando estaba,
 ¿quieres que vaya a llamarle?
PRÍNCIPE: Sí, mi vida.
INÉS: Espera, aguarda.

Salen BRITO y VIOLANTE alborotados

BRITO: ¡Señor! ¡Señor! Oye.
PRÍNCIPE: Brito,
 ¿qué dices?
VIOLANTE: ¡Señora!
INÉS: ¡Cielos!
 ¿qué es esto? Dilo, Violante.
VIOLANTE: Dilo, Brito, que no puedo.
PRÍNCIPE: ¿De qué os turbáis? Hablad ya.
BRITO: Por la orilla del Mondego
 y el camino de la quinta
 tres coches se han descubierto
 y del rey parecen.
INÉS: ¿Hay
 más desdichas?
PRÍNCIPE: Ve en un vuelo
 y reconoce quién es.
BRITO: Yo ya he visto, aunque de lejos,
 que el rey y la infanta vienen

y Alvar González con ellos
y Egas Coello.
PRÍNCIPE: Ambos son
dos traidores encubiertos.
VIOLANTE: Ya llegan.
INÉS: Pues yo me voy
a retirar.
PRÍNCIPE: Deteneos,
señora, que estando yo
con vos, no hay que temer riesgos.

**Salen el REY don ALONSO, la INFANTA, ÁLVAR González,
EGAS
Coello y acompa¤amiento**

REY: Aquesta es la quinta, entrar.
          ¡Pedro!
PRÍNCIPE: Señor, ¿qué es esto?
INFANTA: Ahora empieza mi venganza.   **Aparte**
INÉS: Ahora empiezan mis celos.   **Aparte**
REY: Ahora empieza mi castigo.   **Aparte**
PRÍNCIPE: Ahora empieza mi tormento.   **Aparte**
ÁLVAR: Ahora se enoja el rey.   **Aparte**
EGAS: Ahora se quieta el reino.   **Aparte**

Aparte los dos

VIOLANTE: Ahora te echan a galeras.
BRITO: Ahora te dan ducientos
          por alcahueta, Violante.
VIOLANTE: Miente y calle.
BRITO: Callo y miento.
REY: No sé cómo reportarme.
          En fin, príncipe don Pedro,
          ¿ocasionáis a que haga
          vuestro padre estos excesos
          de salir para buscaros
          fuera de la corte?

INÉS: (Cielos,   **Aparte**
                 temiendo estoy su rigor,
                 pero con todo yo llego).
                 Déme vuestra majestad
                 a besar su mano.
REY: (¿El cielo   **Aparte**
                 mayor belleza ha formado?
                 De mirarla me enternezco).
                 ¿Cómo os llamáis?
INÉS: Doña Inés
                 de Castro.
REY: Alzaos del suelo.
INÉS: Quien a vuestros pies se ve
                 goza, señor, de su centro,
                 pues en ellos...
REY: Levantad.
INÉS: ...toda mi ventura tengo.
REY: (¡Qué honestidad, qué cordura!) **Aparte**
                 ¨Quién es esto caballero?
PRÍNCIPE: Un deudo cercano mío.
REY: También debe ser mi deudo.
                 Lindo es. ¿Cómo os llamáis?
ALONSO: Alonso, al servicio vuestro.
REY: Por vuestro abuelo será.
INÉS: Tiene muy honrado abuelo.
REY: Y muy hermosa y muy noble
                 madre.
INFANTA: (¿Qué ha sido esto, cielos?) **Aparte**
REY: Vamos.
INFANTA: (¿A esto el rey me trajo?   **Aparte**
                 Perderé el entendimiento).
REY: Venid, Infanta.
EGAS: Señor,
                 ved que para vuestro reino
                 este inconveniente es grande.
ÁLVAR: Y con este impedimento
                 de doña Inés, doña Blanca
                 no logrará su deseo
                 de casar en Portugal.
REY: Ya lo he mirado, Egas Coello;

mas no es ocasión agora
de salir de tanto empeño.
ALONSO: Dadme la mano, señor,
y la bendición.
REY: ¡Qué bueno!
¿Hay más gracioso muchacho?
INFANTA: (Mis desdichas voy sintiendo).   **Aparte**
REY: Adiós, doña Inés.
INÉS: Señor,
guarde mil años el cielo
a vuestra real majestad,
para mi señor y dueño
de mi albedrío.
REY: ¡Inés!
¡Cuánto con el alma siento,
no poder aquí, aunque quiera,
mostrar lo mucho que os quiero!
BRITO: Violante, adiós; que me voy.
VIOLANTE: Brito, adiós; que lo deseo.
PRÍNCIPE: Adiós, Inés de mi vida.
INÉS: Adiós, adorado dueño.
PRÍNCIPE: ¡Muerto voy!
INÉS: ¡Yo voy sin alma!
PRÍNCIPE: ¡Qué desdicha!
INÉS: ¡Qué tormento!

Vanse todos

FIN DEL PRIMER ACTO

ACTO SEGUNDO

Salen la INFANTA y ELVIRA, criada

INFANTA: Esta ya es resolución,
    no me aconsejes, Elvira.
ELVIRA: Infanta, señora, mira
    que aventuras tu opinión.
INFANTA: Aunque lo advierto no ignoro
    también que en desprecio tal,
    una mujer principal
    atropella su decoro.
     Deja ya de aconsejarme
    y repara que, agraviada,
    ofendida y despreciada,
    he de morir o vengarme.
     A muchas han sucedido
    desprecios de voluntad,
    mas no de la calidad
    que yo los he padecido.
     Bien que Inés es muy bizarra,
    y aunque hermosa llegue a verse,
    no es justo llegue a oponerse
    a una infanta de Navarra,
     que compitiendo las dos,
    aunque es grande su belleza,
    para igualar mi grandeza
    el sol es poco, ¡por Dios!
ELVIRA: El rey sale.
INFANTA: Pues, Elvira,
    déjame sola, que agora
    he de hablar claro.
ELVIRA: ¿Señora?
INFANTA: Obedece, calla y mira.
ELVIRA: Ya me voy, y ruego al cielo
    que se acabe tu cuidado.

Vase ELVIRA

INFANTA: El agravio declarado
  no admite ningún consuelo.

Sale el REY, y COELLO

REY: Déjenme solo, Coello,
  que a solas pretendo hablarla;
  quisiera desenojarla.
INFANTA: (Pues mE ofrece su cabello   **Aparte**
  la Ocasión, quiero lograr
  mi intento). ¿Señor?
REY: ¿Infanta?
INFANTA: ¿Tanto favor? ¿Merced tanta?
  ¿Que vos me vengáis a honrar:
   ¡Gran ventura!
REY: Blanca hermosa,
  tanto os estimo y venero,
  tanto, bella Infanta, os quiero,
  que fuera dificultosa
   la acción que para serviros
  no emprendiera; y este afecto,
  hijo de vuestro respeto,
  me obliga siempre a asistiros
   con un mudo afecto, y tal,
  que en lo entendido y bizarra,
  dudo si sois en Navarra
  nacida, o en Portugal.
INFANTA: Con tanto favor tratáis
  mi fe, que ciega os adora,
  que confusa el alma, ignora
  el modo con que me honráis;
   pero advierte mi cuidado,
  viendo estos extremos dos,
  que me habéis querido vos
  hablar como desposado,

            y advertido del rigor
         que el príncipe usa conmigo,
         como padre y como amigo
         me mostráis en vos su amor.
REY: ¿En qué estaba divertida,
         hija mía, vuestra alteza?
INFANTA: Sólo en pensar la presteza,
         gran señor, de mi partida.
REY: ¿Cómo? ¿Con tal brevedad,
         infanta, queréis partir?
INFANTA: Eso le quiero decir;
         oiga vuestra majestad.

            Por concierto de mi hermano
         y vuestros mudos pesares,
         --hoy hable la estimación,
         los demás afectos callen--
         a este mar de Portugal
         de nuestros navarros mares,
         en una ciudad de leños,
         en una escuadra volante
         de delfines que volaban
         a competencia del aire,
         llegué, señor, --¡ay de mí!--
         un lunes, para mí martes,
         que en el dueño y no en el día
         se contienen los azares.
         Fue tan próspero y feliz
         este deseado viaje
         que parece que anunciaban
         tan venturosas señales
         presagios de la desdicha
         que ahora llega a atormentarme.
         Salió vuestra majestad
         a recibirme y honrarme
         con su persona y amor, hijo
         de los afectos de padre.
         Y cuando al príncipe, --¡ay cielos!--
         esperaba para darle
         entre la mano de esposa

tiernos requiebros de amante,
posesión del albedrío
uniendo las voluntades,
supe que quedó en Lisboa
sin que su cuidado pase
siquiera a saber con quién
su alteza pasa a casarse.
Este cuidado o descuido
cuidadoso fueron parte
para empezar, --¡qué desdicha!--
el alma a alborotarme,
y a temer lo que lloré
dentro de pocos instantes.
Cuatro veces murió el sol
en los brazos de la tarde,
por cuya muerte la noche
vistió luto funerable,
primero que de su cuarto
fuese al mío a visitarme,
si fue agravio a mi decoro,
júzguelo quien amar sabe.
Al fin vuestra majestad
fue a visitarle una tarde;
lo que le mandó no sé,
mas buen puedo asegurarme
que en defender mi justicia
sería todo de mi parte.
Al fin me fio, y los empeños
que tuve en sólo un instante
que le di audiencia, no es bien
que mi lengua los relate;
báteme, siendo quien soy,
que los sepa y que los calle.
Que a no ser dentro de mí
tan bizarra y tan galante,
¿cómo pudiera pasar
por el tropel de desaires
que me han sucedido? ¿Cómo,
sin que abortara volcanes
que en cenizas convirtieran

a quien intentó agraviarme
atrevido y poco atento?
Vamos, señor, adelante,
y perdonad que los celos
llegan a precipitarme,
y el corazón a los labios
se asomó para quejarse.
Pasadas muchas injurias,
que es bien que en silencio pase,
a una quinta del Mondego
fui, porque vos me llevasteis,
a volver más despreciada
que me había mirado antes,
pues se siente más la ofensa
cuando delante se hace
de quien, mirando el desprecio,
llegará a vanagloriarse;
esto, señor, que parece
que es sentimiento que hace
mi persona en exterior,
según os muestre el semblante,
no es sino que así he querido
de mi suceso informarle,
porque sepa que no ignoro
lo que vuestra alteza sabe.
Que a no ser así, es sin duda
que no pasara el desaire
de ir a requebrar los nietos,
cuando me ofreció vengarme;
y a no ser así también,
¿cómo pudiera llevarse
que doña Inés compitiera
--aunque muchas son sus partes--
conmigo? Que no lo hermoso
puede igualar a lo grande.
Decid al príncipe vos,
no como rey, como padre,
que sus empeños disculpo;
que ha acertado al emplearse
en quien tan bien le merece,

y que mire cuando agravie,
que no todas, como yo,
podrán desapasionarse.
Este pliego es a mi hermano,
donde le pido que trate
de enviar por mí, sin que sepa
lo que ha podido obligarme;
que no es bien que le dé cuenta
de semejantes desaires.
Con mi partida, señor,
pongo fin a mis pesares,
principio al gusto de Inés,
y medio para que trate
don Pedro su casamiento,
sin que yo pueda estorbarle;
que, aunque ya lo está en secreto,
como llegó a declararme,
parece que aumenta el gusto
saber que todos lo saben.
Adiós, señor; no me tenga
tu majestad ni me trate
jamás sino de partirme;
porque sería obligarme
a que haga, por detenerme,
lo que no por despreciarme;
que, aunque agora soy prudente,
no sé, en llegando a enojarme,
si me valdrá la prudencia
para no precipitarme.
No detenerme es cordura;
a mi cuarto voy, que es tarde.
No hay, señor, de qué advertirme;
que, pues llegué a declararme,
todo lo habré ya mirado
¡Voy muriendo! Dios le guarde.

REY: Oye, infanta.
INFANTA: Alonso invicto,
vuestra majestad no mande
que un instante me detenga,
o vive Dios, que a esos mares

Parténope desdichada,
me arroje para anegarme.

Vase la INFANTA

REY: ¡Alvar González! ¡Coello!

Salen ÁLVAR González y EGAS Coello

ÁLVAR: ¿Señor?
REY: Partid al instante,
          y detened a la infanta.
ÁLVAR: Ya voy.
EGAS: El príncipe sale.
REY: No sé cómo de mi enojo
          agora podrá librarse.
          ¡Que así me empeñe mi hijo!
          Irme quiero sin hablarle,
          que si le hablo sospecho
          que no podré reportarme.

Sale el PRÍNCIPE solo

PRÍNCIPE: Señor, ¿vuestra majestad
          conmigo airado el semblante?
          ¿La espalda volvéis, señor,
          a vuestra hechura?
REY: Dejadme,
          no me habléis, que estoy cansado
          de ver vuestros disparates.
          Príncipe, no me veáis.
          Egas Coello, aquesta tarde
          de Santarén al castillo
          le llevad preso, allí pague
          inobediencias que han sido
          causas de tantos males.
EGAS: ¡Qué príncipe tan prudente!

PRÍNCIPE: Pues yo, señor... ¿por qué?
REY: ¡Baste!
            Agora veréis si es mejor
            obedecer o enojarme.

Vase el REY
PRÍNCIPE: En fin, Coello, ¿que voy
            preso a Santarén?
EGAS: Así
            lo manda su alteza. A mí,
            que noble crïado soy,
              me toca el obedecer.
PRÍNCIPE: ¿Sois vos mi alcalde?
EGAS: El cuidado
            y el guardaros ha fiado
            a mi noble proceder
              y a sola la lealtad mía,
            y así es forzoso el hacello.
PRÍNCIPE: Si agora anochece, Coello,
            mañana será otro día.
EGAS: En cualquier aurora es
            mi lealtad muy de español.
PRÍNCIPE: Mil cosas fomenta el sol
            que las deshace después.
EGAS: Yo sé que llego a servir
            con fe, señor, verdadera,
            y así muera cuando muera,
            como os sirva con morir.
PRÍNCIPE: Creo que pena os ha dado
            el ver que preso voy.
EGAS: Sé que vuestro esclavo soy,
            y que sólo mi cuidado
              os sirve días y noches
            como crïado de ley.
PRÍNCIPE: Coello, sirvamos al rey;
            id a prevenir los coches.

Vase COELLO y sale BRITO

PRÍNCIPE: ¿Qué hay, Brito? ¿Qué te parece
             de estrella tan importuna?
BRITO: De esto nos da la fortuna
             cada día que amanece.
PRÍNCIPE: ¡Qué doloroso trasunto!
             Muerto estoy, estoy perdido.
BRITO: Sólo Belerma ha vivido
             con el corazón difunto.
PRÍNCIPE: Parte, Brito; dile a Inés...
             ¿Así te vas?

Hace BRITO que se va

BRITO: ¿Por qué no?
PRÍNCIPE: ¿Qué le dirías?
BRITO: ¿Qué sé yo?
             Ya te lo diré después.
               Quisiera, señor, ponerme
             en la iglesia de San Juan
             porque esperezos me dan
             de que el rey ha de prenderme.
PRÍNCIPE: ¿Y esto temes, Brito? Vete;
             mas ¿por qué te ha de prender?
BRITO: Fácil es de conocer;
             porque he sido tu alcahuete;
               y en ocasión semejante
             llegara a sentir de veras
             ir a bogar a galeras,
             como me dijo Violante.
PRÍNCIPE: Brito, ve a la esposa mía,
             y dila que pierdo el seso
             hasta que la vea.
BRITO: Y tras eso,
             ¿cómo el rey preso te envía?
PRÍNCIPE: Que a explicar mi sentimiento
             no basto, y si a eso te obligo,
             di todo lo que no digo,
             pues no cabe en lo que siento.
BRITO: Diréle que partes ciego

por su amor, lo que la adoras,
lo que suspiras y lloras,
cuánto te abrasa su fuego.
PRÍNCIPE: A mucho te has obligado;
que el mal a que estoy rendido
bien cabe en lo padecido;
mas no cabrá en lo contado.
    Dila que el rey inhumano...
Oye, Brito, y no la aflijas,
y aquellas dos perlas, hijas
de aquel nácar castellano...
BRITO: No te enternezcas, señor;
mira que llorando estás.
PRÍNCIPE: ¡Ay, Brito! No puedo más.
BRITO: ¿Adónde está tu valor?
    Préndate el rey, que el proceso
podrás romper algún día.
PRÍNCIPE: Mas si preso me quería,
¿para qué dos veces preso?

Vanse los dos

[En la quinta orillas del Mondego]

Salen doña INÉS y VIOLANTE

VIOLANTE: ¿Acabaste ya el papel?
INÉS: No.
VIOLANTE: Pues, ¿cómo?
INÉS: He reparado
que no cabrá mi cuidado
ni mis finezas en él.
VIOLANTE: ¿Leíste la glosa?
INÉS: Sí,
y es tal, que pude llegar
cuando la miré, a pensar
que se escribió para mí.

VIOLANTE: ¿Sábesla ya?
INÉS: Ya lo sé.
VIOLANTE: ¿Toda?
INÉS: Nada hay que te espante;
        mientras estuve, Violante,
        en mi cuarto la estudié.
VIOLANTE: ¿Quieres decirla, señora?
INÉS: Sí, Violante, aquésta es.
        Atiende.
VIOLANTE: Ya escucho.
INÉS: Pues
        no te diviertas agora.

        "Mi vida, aunque sea pasión,
        no querría yo perdella,
        por no perder la razón
        que tengo de estar sin ella."

        Dichoso y favorecido
        me vi, Nise, en un instante,
        y luego pasé de amante
        a extremos de aborrecido;
        mas, aunque airado Cupido,
        la flecha trocó en arpón,
        no pudo ser ocasión
        para desear mi muerte,
        que he de querer por quererte,
        mi vida, aunque sea pasión.
        El alma con que vivía
        se fue a ti cuando pensaba
        que en mi pecho la hospedaba
        como tuya, siendo mía;
        y aunque perdida la vía,
        sin formar de amor querella,
        contento me vi sin ella;
        mas a no ser en despojos,
        Nise, de tus bellos ojos,
        no querría yo perdella.
        Gobierno del hombre han sido
        voluntad y entendimiento

con que a la razón atento
mientras hombre fui, he vivido;
pero después que Cupido
puso en ti mi inclinación,
puede tanto mi pasión
que jamás, bella mujer,
no te quisiera perder
por no perder la razón.
   Cautivo y sin libertad
vivo después que te vi,
y aunque viví en mí sin mí,
rendido a tu voluntad,
esperé de ti piedad;
pero después que a mi estrella
tu imperio, Nise, atropella,
es tan corta mi ventura,
que ella misma me asegura
que tengo de estar sin ella.

Sale BRITO

BRITO: Esconde, Inés, si es posible,
que no será fácil, de esos
peligrosos dulces ojos
los hermosos rayos negros.
Esconde, por vida tuya,
lo canicular, lo fresco,
lo florido, lo nevado,
lo apacible, lo severo,
lo buscado, lo temido,
lo juguetón, lo compuesto,
lo alegre, lo mesurado,
lo lindo, lo más que bello
de esa cara, que un nublado
no le ha de faltar a un cielo
donde hay tantas pesadumbres.
INÉS: ¿Qué dices?
BRITO: Vete de presto,
que viene la Infanta acá.

INÉS: ¿La Infanta acá?
BRITO: Pretendiendo
        hallar en esa ribera,
        por no perder el trofeo,
        una garza que del aire
        hoy ha derribado, entiendo
        que ha de llegar.
INÉS: Oye, Brito,
        ¿garza?
BRITO: Sí.
INÉS: ¿Y ella la ha muerto?
BRITO: Ella ha sido, que a volar
        con un escuadrón soberbio
        de pájaros salió armada.
INÉS: Escuadrón sería de celos,
        pues vino a matarme a mí.
BRITO: En un alazán soberbio,
        con la rienda en una mano
        y en la otra uno de ellos,
        la vieras como una Palas,
        o la borracha de Venus.
INÉS: Válgame Dios, ¿qué he de hacer?
        Quiero retirarme, quiero
        que no me vea; mas no,
        sin duda es mejor acuerdo
        esperarla y ver si pueden
        cortesanos cumplimientos
        obligarla.
BRITO: Dices bien.
INÉS: Dime agora de mi dueño.
        ¿Cómo le dejaste, Brito?
        ¿Tiene el príncipe don Pedro
        salud?
BRITO: Aunque de su parte
        sólo a visitarte vengo,
        para que sepas, señora,
        lo que pasa allá de nuevo,
        no es posible, sólo digo,
        mi señora, que te puedo
        asegurar que esta noche

vendrá a verte.
INÉS: ¿Cierto?
BRITO: Cierto.
INÉS: Y dime, Brito, ¿qué hay
     de la infanta?
BRITO: Que la veo
     ya junto a ti.
INÉS: Enhoramala
     venga a estorbar mis intentos.

Salen la INFANTA, ÁLVAR González, EGAS Coello y cazadores

INFANTA: Mucho he sentido perdella.
ÁLVAR: Remontó, señora, el vuelo
     tanto, que ha sido imposible
     el hallarla.
INFANTA: El aire creo
     que en sí la habrá transformado
     para volar más ligero,
     pues de ella envidiosa pudo
     tomar ligereza.
INÉS: El cielo
     dé a vuestra alteza, señora,
     la vida que yo deseo.
INFANTA: (No me estuviera muy bien).   **Aparte**
     Inés, levantad del suelo.
     ¿Vos aquí?
INÉS: Si esta ventura
     de hablaros, señora, y veros,
     por estar aquí he ganado,
     decir sin lisonja puedo
     que sólo he sido dichosa
     aqueste instante que os veo.
INFANTA: ¿Cómo estáis?
INÉS: Para serviros
     como mi señora y dueño.
INFANTA: (Parece que está triste.   **Aparte**
     ¿Si ha sabido que a don Pedro
     le prendió el rey? Es, sin duda.

Pues, Amor, examinemos
si podéis vivir en mí,
que, aunque ya muerto os contemplo,
para llegarlo a creer
falta el último remedio).
Triste estáis.
INÉS: Señora, ¿yo?
INFANTA: No os aflijáis, que os prometo
que me holgara de poder
daros, doña Inés, consuelo.
El príncipe en asistiros
nunca pudo ser eterno,
siempre ha menester casarse,
ya lo está conmigo.
INÉS: ¡Cielos!
¿Qué decís?
INFANTA: Que a Santarén
como ya sabéis, fue preso,
y saldrá para que así,
en un dichoso himeneo,
junte dos almas que vos
habéis dividido.
INÉS: (Esto   **Aparte**
no se puede ya llevar,
que, fuera de ser desprecio,
son celos, y nadie ha habido
cuerda en llegar a tenerlos.
Responderla quiero).
INFANTA: Inés,
suspended un poco el vuelo
con que altiva, habéis volado,
reducíos a vuestro centro,
y sírvaos de corrección,
de aviso y de claro ejemplo
que a una blanca garza, hija
de la hermosura del viento,
volé esta tarde, y, altiva,
cuando ya llegaba al cielo,
la despedazó en sus garras
un gerifalte soberbio,

enfadado de mirar
que a su coronado cetro
desvanecida intentase
competir. Eso os advierto.
INÉS: (No puedo   **Aparte**
callar ya).
ÁLVAR: Mucho la infanta
se ha declarado.
EGAS: Yo temo
alguna desdicha aquí.
INÉS: Infanta, con el respeto
que a tanta soberanía
se debe, deciros quiero
que no ajéis de mi nobleza
lo encumbrado con ejemplos.
Yo soy doña Inés de Castro
Coello de Garza, y me veo,
si vos de Navarra infanta,
reina de aqueste hemisferio
de Portugal, y casada
con el príncipe don Pedro
estoy primero que vos;
mirad si mi casamiento
será, Infanta, preferido,
siendo conmigo y primero.
No penséis, señora, no,
que es profanar el respeto
que debo, hablaros así,
sino responder que intento
desempeñar a mi esposo;
pues si él asiste en mi pecho,
con él habláis, no conmigo;
y puesto que soy él, debo,
si habláis con doña Inés,
responder como don Pedro.
INFANTA: ¡Oh, Inés, cómo os olvidáis
que la que cayó del cielo
era garza!
INÉS: Y blanca y todo,
según vos dijisteis.

INFANTA: Bueno,
       ¿vos me respondéis a mí,
       equívocos desacuerdos?
INÉS: Mal he hecho yo, señora.
ÁLVAR: ¡Que así perdiese el respeto
       a tanta soberanía!
INÉS: Sí, dije --¡válgame el cielo!--
       que era blanca.
INFANTA: Bien está;
       retiraos.
INÉS: Amor, ¿qué es esto?
EGAS: El rey viene ya.
INFANTA: Mi enojo
       quiero reprimir.
INÉS: Yo entro
       temerosa y afligida.
       Vamos, Violante, que espero
       hallar en Dionís y Alonso,
       si no remedio, consuelo.

**Vanse doña INÉS y VIOLANTE y sale el REY y
acompañamiento**

REY: Lograr no pensé el hallaros.
BRITO: Voy a decir a don Pedro
       todo cuanto ha sucedido.

Vase BRITO

REY: Hija infanta, ¿qué es aquesto?
       ¿Cómo ha pasado la tarde
       vuestra alteza en el empleo
       de la caza?
INFANTA: Gran señor,
       en la falda de ese cerro,
       que la guarnece de plata
       un lisonjero arroyuelo,
       descubrimos una garza,
       y aunque al remontar el vuelo
       perdió la vida, volvió

                a vivir, señor, de nuevo,
                que no tengo con las garzas
                ni jurisdicción ni imperio,
                después que una garza a mí
                con viles celos me ha muerto.
REY: No os entiendo.
INFANTA: ¡Ay, gran señor,
                pues bien podéis entenderlo!
                Que no es la enigma difícil
                ni es el engaño encubierto.
                Doña Inés agora acaba
                de decirme que don Pedro,
                el príncipe, es ya su esposo;
                y aunque él lo dijo primero,
                no lo creí, por pensar
                que pudiera ser incierto;
                mas después que doña Inés,
                sin decoro y sin respeto,
                se atrevió a decirlo a mí,
                ha sido fuerza el creerlo.
REY: ¿Que la modestia de Inés,
                virtud y recogimiento,
                pudo atreverse a perder
                la veneración que os tengo?
                Vive Dios, Alvar González,
                que el príncipe, loco y ciego
                ha de ocasionarme a dar
                con su muerte un escarmiento
                tan grande, que a Portugal
                sirva de futuro ejemplo.
                Yo remediaré esta injuria.
INFANTA: Señor, el mejor remedio
                es no buscarle, que yo
                desde este instante os prometo
                olvidar, que sólo olvido
                puede ser, si bien lo advierto,
                medio para que se acabe
                mi enojo, señor, y el vuestro.
REY: ¿Qué os parece, Alvar González?
ALVAR: Señor, si ya todo el reino

espera con alegría
este feliz casamiento,
será grande inconveniente
--así, gran señor, lo entiendo--
que no llegue a ejecutarse;
y así, fuera buen acuerdo
apartar a doña Inés
de Portugal.
REY: ¿Cómo puedo,
si está casada?
ALVAR: Señor,
cuando aqueste impedimento,
que es el mayor, no se pueda
remediar...
REY: Dame consejo.
ALVAR: Me parece que la vida
de Inés...
REY: ¿Qué decís?
ALVAR: Entiendo...
REY: Declaraos. ¿Por qué teméis?
¡Acabad!
ALVAR: Tengo por cierto
que peligrará.
REY: ¿Por qué?
ALVAR: Señor, porque en sólo eso
consistía el que pudiese
gozar la infanta a don Pedro.
INFANTA: Eso no, que mis agravios,
aunque ofendida los siento,
no han de pasar a poder
conmigo más que yo puedo.
Viva mil siglos Inés,
que si hoy por ella padezco,
no es culpada en mis desdichas,
yo sí, pues yo las merezco.
REY: Vamos a mirar mejor
lo que se ha de hacer en esto.
ALVAR: ¿A la ciudad?
REY: No, que estoy
cansado y algo indispuesto.

Vamos a la casería,
        Alvar González, de Coello.
INFANTA: ¿Está cerca?
ALVAR: Sí, señora.
REY: Disponed, piadoso cielo,
        modo para consolarme,
        que si aquesto dura, temo
        que me han de acabar la vida,
        pesares y sentimientos.
INFANTA: Vamos, señor.
REY: Vamos, hijo.
INFANTA: ¡Qué valor!
REY: ¿Qué entendimiento!
INFANTA: ¡Qué prudencia!
REY: ¡Qué cordura!
        Dadme la mano que quiero
        ser vuestro escudero yo.
INFANTA: Tanto favor agradezco.
REY: ¡Quién viera de aquesta suerte,
        Blanca hermosa, a vos y a Pedro!

**Vanse todos y salen doña INÉS y el príncipe don
PEDRO**

INÉS: Digo que no me aseguro.
PRÍNCIPE: ¿Posible es que no conoces
        que es imposible engañar,
        Inés, tus hermosos soles?
        Cese el disgusto, mi bien,
        y acábense los rigores;
        no me mates con desaires,
        basta matarme de amores.
        ¿Tú enojada? ¿Tú tan triste?
        ¿Cómo puede ser que borren
        nublados de tus discursos
        tus hermosos esplendores?
        Habla, Inés, dime tu pena,
        ¿por qué, mi bien, no respondes?
        Más vale si he de morir

que me refieran tus voces
la causa por que me matas;
no es bien que sintiendo el golpe,
cuando no ignoro el morir
el por qué, mi bien, ignore.
INÉS: Señor, esposo, mi vida,
dueño mío, Pedro...
PRÍNCIPE: Ahorre
tu lengua, Inés, epítetos
y dime ya quién te pone
a ti con tal desconsuelo
y a mí en tantas confusiones.
INÉS: Tu padre...
PRÍNCIPE: Habla.
INÉS: ...pretende...
PRÍNCIPE: Acaba, amores.
INÉS: ...dispone...
PRÍNCIPE: ¿Qué te turbas?
INÉS: ...que te cases.
PRÍNCIPE: Si aquesos son tus temores,
inadvertida has andado,
pues sabes que en todo el orbe
no he de tener otro dueño.
INÉS: Aunque miro tus acciones,
esposo y señor, dispuestas
a hacerme tantos favores,
es bien que adviertas que ya
la Fortuna cruel dispone
que te pierda, dueño mío,
y que de tus brazos goce
la infanta que te previene
tu padre para consorte.
Y puesto que no es posible
que seas mío ni que logre
más finezas en tus brazos,
será fuerza que me otorgues,
Pedro, dueño de mi alma,
piadosas intercesiones
para que el rey, de mi vida
la vital hebra no corte.

Con tus hijos viviré
en lo áspero de los montes,
compañera de las fieras;
y con gemidos feroces
pediré justicia al cielo,
pues que no la hallé en los hombres,
de quien de tan dulce lazo
aparta dos corazones.
Mis hijos y yo, señor,
con tiernas exclamaciones,
huérfanos y sin abrigo,
daremos ejemplo al orbe
de los peligros que pasa
y a cuántas penas se expone
quien, sin ver inconvenientes,
se casa loca de amores.
Por lo que un tiempo me quiso,
señor, es bien que me otorgue
esta merced, no padezca
quien fue vuestra los rigores
de una injusticia, mi bien,
que mármoles hay y bronces
que harán vuestra fama eterna.
Ahora es tiempo de que note
la mayor fineza en vos;
mostrad, mostrad los blasones
de vuestra heroica piedad,
para que conozca el orbe
que si matarme el rey ha pretendido,
me habéis, heroico dueño, defendido
con valiente osadía y fe constante,
por mujer, por esposa y por amante.

PRÍNCIPE: No creyera, bella Inés,
que jamás desconfiaras
de la fe con que te adoro;
alza del suelo, levanta,
enjuga los bellos ojos,
que las perlas que derramas
parecen mal en la tierra,

en tu nácares las guarda,
que no hay en el mundo quien
se atreva, esposa, a comprarlas.
Si mi padre la cerviz
me derribara a sus plantas;
si la infanta, que aborrezco,
la vida, Inés, me quitara
porque mi padre contento
quedase, y ella vengada,
no sólo fuera su esposo,
pero yo de mi garganta
derribara la cabeza
primero que me obligara
a decir sí, que te adoro
de tal suerte, prenda amada,
que sin ti no quiero vida.
INÉS: ¿Cumplirásme esa palabra?
PRÍNCIPE: Digo mil veces que sí.
INÉS: Pues ya mi temor se acaba.
          Dime, ¿cómo has quebrantado
          la prisión?
PRÍNCIPE: Esta mañana
          a Egas Coello le pedí
          me dejase que llegara
          a verte, y aunque es traidor,
          temiendo que me enojara,
          no me impidió.
INÉS: Pues, señor,
          volved antes que las guardas
          os echen menos, que es tarde,
          y volvedme a ver mañana.
PRÍNCIPE: Adiós, Inés.
INÉS: Adiós, Pedro,
          no me olvides.
PRÍNCIPE: Excusada
          está, esposa, esa advertencia.
INÉS: ¿Si vuestro padre os lo manda?
PRÍNCIPE: No puede tener mi padre
          jurisdicción en mi alma.
INÉS: ¿Y si la infanta porfía?

PRÍNCIPE: Aunque porfíe la infanta.
INÉS: ¿Y si el reino se conjura?
PRÍNCIPE: Aunque se perdiera España.
INÉS: ¿Tanta firmeza?
PRÍNCIPE: Soy monte.
INÉS: ¿Tanto amor?
PRÍNCIPE: Sólo le iguala
        el tuyo.
INÉS: ¿Tanto valor?
PRÍNCIPE: Nadie en el valor me iguala.
INÉS: ¿Tan grande fe?
PRÍNCIPE: Sí, que ciego
        a tus luces soberanas,
        no es menester que te vea
        para que te adore.
INÉS: Basta;
        adiós, mi bien.
PRÍNCIPE: Adiós, dueño,
        ¡quién contigo se quedara!
INÉS: ¡Quién se partiera contigo!
        Muerta quedo.
PRÍNCIPE: ¡Voy sin alma!
INÉS: Adiós, adorado esposo.
PRÍNCIPE: Adiós, esposa adorada.

Vanse todos

FIN DEL ACTO SEGUNDO

ACTO TERCERO

Dicen dentro, como de caza

UNO: ¡To, to por acá! ¡Acudid,
   aprisa el sabueso, aprisa!
   ¡Al valle, al valle, a la fuente,
   no se escape, arriba, arriba,
   no se nos vaya!
BRITO: Éstos son
   cazadores de Coímbra.
OTRO: ¡Subid al monte, subid!
   ¡Huyendo va la corcilla,
   hacia la fuente, acudid!

Salen el PRÍNCIPE y BRITO

PRÍNCIPE: ¡Ay, doña Inés de mi vida!
   Parecióme que acosada,
   mal hallada y perseguida,
   hacia la fuente llegaba.
BRITO: ¿Quién, señor?
PRÍNCIPE: Mi Inés divina.
BRITO: ¿Otro agüerito tenemos?
PRÍNCIPE: Sin duda fue fantasía,
   porque a ser verdad, es cierto
   que mi esposa no se iría,
   Brito, a arrojar a la fuente,
   sino a las lágrimas mías.
BRITO: De Santarén has venido
   y estamos ya de la quinta
   una legua poco más;
   pronto la verás muy fina
   entre tus brazos.
PRÍNCIPE: ¡Ay, cielos!

BRITO: Y agora, ¿por qué suspiras?
PRÍNCIPE: Porque no llego a sus brazos.
BRITO: Todo esto es azarería.
PRÍNCIPE: Di, Brito, que éste es deseo
      de gozar la peregrina
      deidad de Inés, que es tan grande
      que sólo pudo a ella misma
      igualarse.
BRITO: Así es verdad.
PRÍNCIPE: Todas las flores de envidia
      suelen quedar...
BRITO: ¿De qué suerte?
PRÍNCIPE: O agostadas o marchitas.
      La rosa, reina de todas,
      mirando a mi Inés divina
      quedó corrida de verla,
      pálida y envejecida.
      El clavel, Brito, agostado,
      cuando miró en sus mejillas
      más viva púrpura envuelta
      en sangre de Venus fina.
      Díjome un bello jazmín:
      "Jamás, principe, permitas
      que tu Inés vea las flores,
      porque en viéndolas, corridas,
      no se atreven a crecer;
      y tras sí mismas perdidas,
      siendo maravillas todas,
      dejan de ser maravillas."
BRITO: ¿Cuándo te ha hablado el jazmín
      que te ha dicho estas mentiras?
      Ten seso y vamos al caso.
PRÍNCIPE: Advierte, pues yo quería,
      porque ninguno me viese
      no llegar hasta la quinta.
      Y para esto esta carta
      de Santarén traigo escrita,
      porque desde aquí la lleves;
      y otra también prevenida
      traigo para el condestable;

llévalas pues.
BRITO: ¿Y me envías
    con estas cartas a mí?
PRÍNCIPE: Pues ¿a quién jamás se fía
    mi pecho, si no es a ti?
    Parte, acaba.
BRITO: Y si por dicha
    me encontrase Alvar González
    y Egas Coello, que privan
    con el rey tu padre agora,
    y hecho general visita
    de todas las faltriqueras
    viesen las cartas, y vistas
    me mandasen ahorcar;
    pregunto, señor, ¿sería
    buen viaje el que hubiera hecho?
PRÍNCIPE: No temas, pues que te anima
    mi valor.
BRITO: ¡Qué linda flema!
    Si estoy ahorcado por dicha
    una vez, ¿de qué provecho
    lo que me ofreces sería?
    ¿Para mí podría valerme
    tu valor en la otra vida?
PRÍNCIPE: Brito, llevarlas es fuerza.
BRITO: ¿Pues por qué causa a la vista
    de la quinta te detienes?
PRÍNCIPE: Porque mi padre en la quinta
    me dicen que está, de Coello,
    que a cazar vino estos días,
    y no quiero que me vea.
BRITO: Y si prosiguen la enigma
    de la garza esos dos sacres
    que la prisión solicitan
    de Inés, pregunto, señor,
    ¿qué hará el príncipe?
PRÍNCIPE: ¿Por dicha,
    aquestos sacres villanos
    se atreverán a mi dicha?
    Porque guardada mi garza

    y alentada de sí misma,
    aunque con tornos la cerquen,
    aunque airados la persigan,
    remontará tanto el vuelo
    que la perderán de vista.
    Y los sacres altaneros,
    cuando vean que examina
    por las campañas del aire
    toda la región vacía,
    cansados de remontarse
    en mirándola vecina
    del cielo, que es centro suyo,
    y en él a Inés esculpida,
    si la buscan garza errante,
    la hallarán estrella fija.
BRITO: Lindamente la has volado,
    di ya lo que determinas.
PRÍNCIPE: Que partas, Brito, al Mondego,
    que yo te espero en la quinta
    que está de allá media legua
    y una legua de Coímbra.
BRITO: Allí estará escondido
    mientras yo aviso a la ninfa
    más hermosa de la tierra.
PRÍNCIPE: Sí, Brito; allí determina
    mi amor quedarte esperando,
    allí la esperanza mía,
    hasta que te vuelva a ver,
    de un cabello estará asida.
    Allí mi amor mal hallado,
    aguardará a que le digas
    si puede llegar a ver
    el objeto que le anima.
    Allí, Brito, viviré,
    si es que puede ser que viva,
    quien tiene, como yo tengo,
    en otra parte la vida.
BRITO: Allí puedes esperar
    a que luego allí te diga
    lo que allí ha pasado, allí;

que has dicho una retahila
de allíes para cansar
con allíes una tía.
¡Cuerpo de Dios con tu allí!
PRÍNCIPE: Dila muchas cosas; dila
que las niñas de mis ojos,
en su memoria perdidas,
si bien como niñas lloran,
sienten también como niñas...
BRITO: ¡Viva el príncipe don Pedro!
PRÍNCIPE: Di que Inés mi dueño viva.
BRITO: ¡Qué amor tan de Portugal!
PRÍNCIPE: ¡Qué verdad tan de Castilla!

**Vanse y salen a un balcón doña INÉS y VIOLANTE
con almohadillas**

INÉS: ¿Qué hora es?
VIOLANTE: Las tres han dado.
INÉS: Trae, Violante, el almohadilla.
VIOLANTE: Aquí está ya.
INÉS: Pues sentadas,
esto que falta del día
estemos en el balcón.
¡Ay de mí!
VIOLANTE: ¿Por qué suspiras?
INÉS: Porque desde ayer estoy
sin el alma que me anima.
VIOLANTE: ¿Cantaré?
INÉS: Canta, Violante.
Divierte las penas mías.

Canta VIOLANTE

"En verdad que yo la vi,
en el campo entre las flores,
cuando Celia dijo así:
¡Ay que me muero de amores,

tengan lástima de mí!"

INÉS: Aguarda, espera, Violante,
          deja agora de cantar,
          que temo alguna desdicha
          que no podré remediar.
VIOLANTE: ¿Qué tienes, señora mía?
          ¿Hay algún nuevo pesar?
INÉS: Por los campos de Mondego
          caballeros vi asomar,
          y según he reparado
          se van acercando acá.
          Armada gente les sigue,
          válgame Dios, ¿qué será?
          ¿A quién irán a prender?
          Que aunque puedo imaginar
          que el rigor es contra mí,
          me hace llegarlo a dudar
          que son para una mujer
          muchas armas las que traen.
VIOLANTE: Jesús, señora, ¿eso dices?
INÉS: Violante, no puede más
          mi temor; pero volvamos
          a la labor, que será
          inadvertida prudencia
          pronosticarmne yo el mal.

Salen el REY, ÁLVAR González, EGAS Coello y gente

REY: Mucho lo he sentido, Coello.
ÁLVAR: Señora, vuestra majestad
          por sosegar todo el reino
          no la ha podido excusar.
EGAS: Señor, aunque del rigor
          que queréis ejecutar,
          parezca que en nuestro afecto
          haya alguna voluntad,
          sabe Dios que con el alma
          la quisiéramos librar;

pero todo el reino pide
su vida, y es fuerza dar,
por quitar inconvenientes,
a doña Inés.
REY: Ea, callad.
¡Válgame Dios, trino y uno!
Que así se ha de sosegar
el reino. ¡A fe de quien soy,
que quisiera más dejar
la dilatada corona
que tengo de Portugal,
que no ejecutar severo
en Inés tan gran crueldad.
Llamad, pues, a doña Inés.
EGAS: Puesta en el balcón está
haciendo labor.
REY: Coello,
¿visteis tan gran beldad?
¡Que he de tratar con rigor
a quien toda la piedad
quisiera mostrar!
ÁLVAR: Señor,
si severo no os mostráis
peligra vuestra corona.
REY: Alvar González, callad;
dejadme que me enternezca,
si luego me he de mostrar
riguroso y justiciero
con su inocente deidad.
¡Ay, Inés, cómo ignorante
de esta batalla campal
es poco acero la aguja
para defenderte ya!
Llamadla, pues.
ÁLVAR: Doña Inés,
mirad que su majestad
manda que al punto bajéis.
REY: ¿Hay más extraña maldad?
INÉS: Ponerme a los pies del rey
será subir, no bajar.

Vanse del balcón

ÁLVAR: Ya viene.
REY: No sé dónde
    la pudiera, --¡ay Dios!-- librar
    de este rigor, de esta pena;
    mas, por Dios, que he de intentar
    todos les medios posibles.
    Egas Coello, mirad
    que yo no soy parte en esto;
    y si es que se puede hallar
    modo para que no muera,
    se busque.
EGAS: Llego a ignorar
    el modo.
ÁLVAR: Yo no le hallo.
REY: Pues si no le halláis, callad,
    y a nada me repliquéis.

Salen doña INÉS, los NIÑOS, y VIOLANTE

INÉS: Vuestra majestad real
    me dé sus plantas, señor;
    Dionís y Alonso, llegad;
    besadle la mano al rey.
REY: (¡Qué peregrina beldad!   **Aparte**
    ¡Válgate Dios por mujer!
    ¿Quién te trajo a Portugal?)
INÉS: ¿No me respondéis, señor?
REY: Doña Inés, no es tiempo ya
    sino de mostrarme airado,
    porque vos la causa dais
    para alborotarme el reino
    con intentaros casar
    con el príncipe, mas esto
    es fácil de remediar,
    con probar que el matrimonio
    no se puede hacer.
INÉS: Mirad...

REY: Inés, no os turbéis, que es cierto;
         vos no os pudisteis casar
         siendo mi deuda, con Pedro
         sin dispensación.
INÉS: Verdad
         es, señor, lo que decís;
         mas antes de efectuar
         el matrimonio, se trajo
         la dispensación.
REY: Callad,
         noramala para vos,
         doña Inés, que os despeñáis,
         pues si es como vos decís,
         será fuerza que muráis.
INÉS: De manera, gran señor,
         que cuando vos confesáis
         que soy deuda vuestra, y yo,
         atenta a mi calidad,
         ostentando pundonores,
         negada a la liviandad,
         para casar con don Pedro,
         dispensas hice sacar,
         ¿mandáis que muera --¡ay de mí!--
         a manos de esta crueldad?
         ¿Luego el haber sido buena
         queréis, señor, castigar?
REY: También el hombre en naciendo
         parece, si le miráis,
         de pies y manos atado,
         reo de desdichas ya,
         y no cometió más culpa
         que nacer para llorar.
         Vos nacisteis muy hermosa,
         esa culpa tenéis, mas...
         (No sé, vive Dios, qué hacerme). **Aparte**
EGAS: Señor, vuestra majestad
         no se enternezca.
ÁLVAR: Señor,
         no mostréis ahora piedad,
         mirad que aventuráis mucho.

REY: Callad, amigos, callad,
          pues no puedo remediarle,
          dejádmela consolar.
          ¡Doña Inés, hija, Inés mía...!
INÉS: ¿Estoy perdonada ya?
REY: No; sino que quiero yo
          que sintamos este mal
          ambos a dos, pues no puedo
          librarte.
INÉS: ¿Hay desdicha igual?
          ¿Por qué, señor, tal rigor?
REY: Porque todo el reino está
          conjurado contra vos.
INÉS: Dionís, Alonso, llegad,
          sulpicad a vuestro abuelo
          que me quiera perdonar.
REY: No hay remedio.
ALONSO: ¡Abuelo mío!
DIONÍS: ¿No ve a mi madre llorar?
          Pues, ¿por qué no la perdona?
REY: Apenas puede ya hablar,
          Inés, que muráis es fuerza,
          y aunque la muerte sintáis
          sabe Dios, aunque yo viva,
          quién ha de sentirla más.

INÉS: No siento, señor, no siento
          esta desdicha presente,
          sino porque Pedro ausente
          tendrá mayor sentimiento;
          antes viene a ser contento
          en mí esta muerte homicida,
          que perder por él la vida
          no ha sido nada, señor,
          porque ha mucho que mi amor
          se la tenía ofrecida;
            y cuando tu majestad
          quiera quitarme la vida
          la daré por bien perdida,
          que en mí viene a ser piedad

lo que parece crueldad,
si bien en viendo mi muerte
y mi desdichada suerte
morirá también mi esposo,
pues este rigor forzoso
no será en él menos fuerte.
   De parte os ponéis, señor,
del mal, porque al bien excede,
y ayudar a quien más puede
es flaqueza, no es valor;
si el cielo dio a Pedro amor
y a mí --porque más dichosa
mereciese ser su esposa--
belleza de él tan amada,
no me hagáis vos desdichada
porque me hizo Dios hermosa.
   Sed piadoso, sed humano;
¿cuál hombre, por lo cortés,
vio una mujer a sus pies,
que no le diese una mano?
Atributo es soberano
de los reyes la clemencia.
Tenga, pues, en mi sentencia,
piedad vuestra majestad,
mirando mi poca edad
y mirando mi inocencia.
   No os digo tales afectos
aunque el sentimiento elijo
por mujer de vuestro hijo,
por madre de vuestros nietos,
sino porque hay dos sujetos
que muerto uno, ambos mueren;
que si dos liras pusieren
sin disonancia ninguna
herida sólo la una
suena esotra que no hieren.
   ¿Nunca, di, llegaste a ver
una nube que hasta el cielo
sube amenazando el suelo,
y entre el dudar y el temer

irse a otra parte a verter,
cesando la confusión,
y no en su misma región?
Pues en Pedro esto ha de ser,
siendo nubes en su ser,
son llanto en mi corazón.

    ¿No oíste de un delincuente
que por temor del castigo
llevando a un niño consigo
subió a una torre eminente,
y que por el inocente
daba sustento el juez piadoso?
Pues yo a mi Pedro me así,
dadme vos la vida a mí
porque no muera mi esposo.

REY: Doña Inés, ya no hay remedio;
fuerza ha de ser que muráis,
dadme mis nietos y adiós.
INÉS: ¿A mis hijos me quitáis?
Rey don Alonso, señor,
¿por qué que queréis quitar
la vida de tantas veces?
Advertid, señor, mirad
que el corazón a pedazos,
dividido me arrancáis.
REY: Llevadlos, Alvar González.
INÉS: Hijos míos, ¿dónde vais,
dónde vais sin vuestra madre?
¿Falta en los hombre piedad?
¿Adónde vais, luces mías?
¿Cómo que así me dejáis
en el mayor desconsuelo
en manos de la crueldad?
ALONSO: Consuélate, madre mía,
y a Dios te puedes quedar,
que vamos con nuestro abuelo
y no querrá hacernos mal.
INÉS: ¿Posible es, señor, rey mIo,
padre, que así me cerráis

la puerta para el perdón
que no lleguéis a mirar
que soy vuestra humilde esclava?
¿La vida queréis quitar
a quien rendida tenéis?
Mirad, Alonso, mirad,
que aunque vos llevéis mis hijos,
y aunque abuelo seáis,
sin el amor de la madre
no se han de poder criar.
Agora, señor, agora,
ahora es tiempo de mostrar
el mucho poder que tiene
vuestra real majestad.
¿Qué me respondéis, rey mío?
REY: Doña Inés, no puedo hallar
modo para remediaros,
y es mi desventura tal
que tengo agora, aunque rey,
limitada potestad.
Alvar González, Coello,
con doña Inés os quedad,
que no quiero ver su muerte.
INÉS: ¿Cómo, señor, os vais;
a Alvar González y a Coello
inhumano me entregáis?
Hijos, hijos de mi vida;
dejádmelos abrazar.
Alonso, mi vida, hijo
Dionís, amores, tornad,
tornad a ver vuestra madre.
Pedro mío, ¿dónde estás,
que así te olvidas de mí?
¿Posible es que en tanto mal
me falte tu vista, esposo?
¡Quién te pudiera avisar
del peligro en que afligida
doña Inés, tu esposa, está!
REY: Venid, conmigo, infelices
infantes de Portugal.

¡Oh, nunca, cielos, llegara
la sentencia a pronunciar,
pues si Inés pierde la vida,
yo también me voy mortal!

Vanse el REY y los NIÑOS

INÉS: ¿Qué al fin no tengo remedio?
Pues rey Alonso, escuchad.
Apelo aquí al supremo
y divino tribunal,
adonde de tu injusticia
la causa se ha de juzgar.

Vanse todos
Sale el PRÍNCIPE con una caña en la mano

PRÍNCIPE: Cansado de esperar en esta quinta
donde Amaltea sus abriles pinta
con diversos colores
cuadros de murtas, arrayán y flores,
sin temer el empeño,
me he acercado por ver mi hermoso dueño,
a esta caña arrimado,
que por lo humilde sólo la he estimado,
pues al verla me ofrece
que en lo humilde a mi esposa se parece.
Entré por el jardín sin que me viera
el jardinero, pasé la escalera,
y sin que nadie en casa haya encontrado,
he llegado a la sala del estrado.
¡Hola, Violante, Inés, Brito, crïados!
Nadie responde; pero, ¿qué enlutados
a la vista se ofrecen?
El condestable y Nuño me parecen.

Salen el CONDESTABLE y NUÑO con lutos

CONDESTABLE: ¡Válgame Dios!
NUÑO: El príncipe es sin duda.
CONDESTABLE: Yerta tengo la voz, la lengua muda.
PRÍNCIPE: Condestable, ¿qué es esto? ¿Qué hay de nuevo?
CONDESTABLE: Decidlo, Nuño, vos.
NUÑO: Yo no me atrevo.
PRÍNCIPE: ¿Qué tenéis? Respondedme en dudas tantas.
CONDESTABLE: Dénos tu majestad sus reales plantas.
PRÍNCIPE: ¿Mi padre es muerto ya?
CONDESTABLE: Señor, la Parca
     cortó la vida al ínclito monarca.
PRÍNCIPE: Pues, ¿adónde murió?
CONDESTABLE: En la quinta ha sido
     de Egas Coello, porque había venido
     su majestad a caza, y de repente
     le sobrevino el último accidente
     de su vida, y de suerte nos quedamos,
     que con haberlo visto, lo dudamos.
PRÍNCIPE: Aunque con justo llanto
     deba sentir haber perdido tanto,
     mi mayor sentimiento
     --la lengua se desmaya y el aliento--
     es no haberme llamado
     para verle morir. Mas pues el hado
     dispuso --adversa suerte--
     que no llegase al tiempo de su muerte,
     en sus honras verán hoy mis vasallos
     en cuánto al dolor llego a imitallos,
     excediendo a la pena de esta nueva
     todo el dolor y pena que yo deba.
     Y pues mi Inés divina es tan hermosa,
     mi muy amada esposa,
     ya que alegre y contenta
     hoy su grandeza en Portugal ostenta,
     todo en aqueste día,
     si hasta aquí fue pesar, será alegría.
     Llamad a mi Inés bella.
CONDESTABLE: (¡Qué desdicha!) **Aparte**
PRÍNCIPE: No se dilate, Nuño, aquesta dicha;

al punto llamad a mi ángel bello.
CONDESTABLE:Sepa tu majestad que Egas Coello
     y Alvar González a Castilla han ido.
PRÍNCIPE: Sin duda mis enojos han temido.
     Alcanzadlos, que quiero
     ser piadoso, no airado y justiciero,
     y a los pies de mi Inés luego postrados,
     de mí y la reina quedarán honrados.
NUÑO: (¡Oh desdichada suerte!)   **Aparte**
CONDESTABLE:(Hoy recelo del príncipe la muerte).

Vanse NUÑO y el CONDESTABLE

PRÍNCIPE: ¡Que ha llegado el día
     en que pueda decir que Inés es mía!
     ¡Qué alegre y qué gustosa
     reinará ya conmigo Inés hermosa!
     Y Portugal será en mi casamiento
     todo fiestas, saraos y contento,
     o en público saldré con ella al lado;
     un vestido bordado
     de estrellas la he de hacer, siendo adivina,
     porque conozcan, siendo Inés divina,
     que cuando la prefiero,
     si ellas estrellas son, ella es lucero.
     ¡Oh, cómo ya se tarda!
     ¿Qué pensión tiene quien amante aguarda!
     ¿Cómo a hablarme no viene?
     Mayores sentimientos me previenen.
     A buscarla entraré, que tengo celos
     de que a verme no salgan sus dos cielos.

Canta una voz

VOZ: "Dónde vas el caballero
     dónde vas, triste de ti?
     Que la tu querida esposa
     muerte está que yo la vi.
     Las señas que ella tenía
     bien te las sabré decir:
     su garganta es de alabastro

y sus manos de marfil."

PRÍNCIPE: ¡Aguarda, voz funesta,
              da a mis recelos y temor respuesta,
              aguarda, espera, tente!

Sale la INFANTA de luto y le detiene

INFANTA: Espera tú, señor, que brevemente
             a tu real majestad decirle quiero
             lo que cantó llorando el jardinero.
             Con el rey mi señor que muerto yace,
             por cuya muerte todo el reino
             hace tan justo sentimiento,
             a divertir un rato el pensamiento,
             salí a caza una tarde,
             haciendo a mi valor vistoso alarde
             llegué a esa quinta donde yace muerto,
             este dolor advierto
             --¡oh cielos, oh pena airada!--
             hallé una flor hermosa, pero ajada,
             quitando --¡oh dura pena!--
             la fragrancia a una cándida azucena,
             dejando el golpe airado
             un hermoso clavel desfigurado,
             trocando, con airado desconsuelo,
             una nube de fuego en duro hielo.
             Y en fin,--muestre valor ya tu grandeza--
             a quitar hoy al mundo la belleza
             provocándole a ello
             Alvar González y el traidor Coello.
             Con dos golpes airados
             arroyos de coral vi desatados
             de una garganta tan hermosa y bella
             que aun mi lengua no puede encarecella,
             pues su tersa blancura
             cabal dechado fue de su hermosura.
             Parece que no entiendes
             por las señas quién es, o es que pretendes

quedar del sentimiento
por basa de su infausto monumento;
mas para que no ignores
quién padeció estos bárbaros rigores
ya te diré quién es, estáme atento,
que, su sangre sembrada por el suelo,
murió tu bella Inés.
PRÍNCIPE: ¡Válgame el cielo!

Desmáyase

INFANTA: Del pesar que ha tomado
el nuevo rey, --¡ay Dios!-- se ha desmayado.
¡Caballeros, hidalgos, hola gente!
CONDESTABLE: ¿Qué manda vuestra alteza?
INFANTA: Un accidente
al rey le ha dado, remediadle al punto,
pues temo es ya difunto,
que yo, compadecida
de que la hermosa Inés perdió la vida
y de aqueste espectáculo sangriento,
en las alas del viento,
lastimada y amante,
a Navarra me parto en este instante.

Vase la INFANTA

CONDESTABLE: El rey está desmayado.
Rey de Portugal, señor,
cese, cese ya el dolor
que el sentido os ha quitado,
si vuestra esposa ha faltado
no faltéis vos; id severo,
riguroso, airado y fiero
contra quien os ofendió,
quien amante os advirtió
os admire justiciero.

Vuelve en sí el PRÍNCIPE

PRÍNCIPE: Si Inés hermosa murió
  ¿no fue por quererme? Sí.
  ¿Muriera mi Inés aquí
  si no me quisiera? No.
  Luego la causa soy yo
  de la pena que le han dado;
  ¿cómo Pedro, desdichado,
  si Inés murió vivo quedas?
  ¿Cómo es posible que puedas
  no morir de tu cuidado?
   En fin, Inés, por mí ha sido,
  por mí que ciego te adoro
  --de cólera y pena lloro
  la muerte que has padecido
  sin haberla merecido--.
  ¿Cuál fue la mano crüel
  que de mi inocente Abel
  --a pesar de mi sosiego--
  bárbaro, atrevido y ciego
  cortó el hermoso clavel?
   ¿Qué me detengo? Ya voy;
  voy a ver mi muerto bien.
  ¿Quién, cielos divinos, quién
  me ha olvidado de quien soy?
  ¿Cómo reportado estoy?
  Aguarda, Inés celestial,
  que también estoy mortal;
  no te partas sin tu esposo,
  que me dejarás quejoso
  si no partimos el mal.
CONDESTABLE: ¿Dónde vas, señor?
PRÍNCIPE: A ver
  mi doña Inés hermosa,
  a ver mi difunta esposa,
  a la que reina ha de ser.
CONDESTABLE: Mirad que podéis perder
  la vida, señor.

PRÍNCIPE: Callad;
    dejad que la vea, dejad
    que en su brazos llegue a verme,
    que no hago nada en perderme
    perdida ya su deidad.

Sale NUÑO

NUÑO: Ya a Alvar González y a Coello
    presos trajeron, señor.
PRÍNCIPE: Mostrar quiero mi rigor
    en los dos. ¡Ay, ángel bello!
    Quisiera poder hacello
    en estos dos inhumanos,
    matándolos con mis manos
    sin que mi piedad inciten.
    Por las espaldas les quiten
    los corazones villanos;
       y para mayor tormento,
    procuren, si puede ser,
    que los dos los puedan ver
    antes que les falte aliento;
    y luego para escarmiento,
    con dos crüeles arpones,
    entre horror y confusiones,
    queden mil pedazos hechos.
    ¡Oh, si pudiera en dos pechos
    caber muchos corazones!
       Veamos agora a Inés.
CONDESTABLE: Gran señor, no la veáis;
    mirad que así aventuráis
    la vida. Vedla después.
PRÍNCIPE: ¿Por lástima tenéis
    de mi vida si estoy muerto?
    Verla quiero, pues advierto
    que no puede ser mayor
    mi tormento y mi dolor.
CONDESTABLE: Ya, gran señor, esta abierto.

Descubren a doña INÉS muerta sobre unas almohadas

PRÍNCIPE: ¿Posible es que hubo homicida
          fiero, crüel y tirano,
          que con sacrílega mano
          osó quitarte la vida?
            ¿Cómo es posible --¡ay de mí!--

          cómo, cómo puede ser,
          que quien a mí me dio el ser
          te diese la muerte a ti?
            Por su cuello, --¡pena fiera!--
          corre la púrpura helada
          en claveles desatada.
          ¡Ay, doña Inés, quién pudiera
            detener ese raudal,
          dar vida a ese hermoso sol,
          dar aliento a ese arrebol,
          y soldar ese cristal!
            ¡Ay mano, ya sin recelo
          ser alabastro pudieras,
          que hasta agora no lo eras
          porque te faltaba el hielo!
            Ya faltó tu hermoso abril,
          si bien piensa mi cuidado,
          Inés, que te ha transformado
          en estatua de marfil.
            Si la vida te faltó
          tampoco, Inés, tengo vida,
          pues me hermosa luz perdida
          no estoy menos muerto yo.

            Nuño de Almeida, a Violante
          de mi parte la decid
          que os entregue una corona
          que yo a mi esposa le di
          cuando me casé, en señal
          de que reinaría feliz
          si viviera.

NUÑO: Voy por ella.

Vase

PRÍNCIPE: Vos, condestable, advertid
            que os encarguéis del entierro,
            llevándola desde aquí
            a Alcobaza con gran pompa
            honrándome en ella a mí.
            Y porque yo gusto de ello,
            el camino haréis cubrir
            de antorchas blancas que envidie
            el estrellado zafir
            todas diez y siete leguas,
            que también lo hiciera así
            si como son diez y siete
            fueran diez y siete mil.

Vase el CONDESTABLE, trae NUÑO la corona y besa la mano a doña INÉS

NUÑO: Ésta es la corona de oro.
PRÍNCIPE: De otra manera entendí
            que fuera Inés coronada,
            mas pues no lo conseguí,
            en la muerte se corone.
            Todos los que estáis aquí
            besad al difunta mano
            de mi muerto serafín;
            yo mismo seré rey de armas.
            ¡Silencio, silencio! Oíd:
            Ésta es la Inés laureada
            ésta es al reina infeliz
            que mereció en Portugal
            reinar después de morir.

Sale el CONDESTABLE

CONDESTABLE: Murieron los dos, a quien
             espalda y pecho hice abrir.
PRÍNCIPE: Cubrid el hermoso cuerpo
             mientras que voy a sentir
             mi desdicha. ¡Ay, bella Inés!
             Ya no hay gusto para mí,
             que faltándome tu sol.
             ¿cómo es posible vivir?
             Vamos a morir, sentidos;
             amor, vamos a sentir.

Vase el PRÍNCIPE

CONDESTABLE: Ésta es la Inés laureada
             con que el poeta da fin
             a su tragedia, en que pudo
             reinar después de morir.

FIN DE LA COMEDIA

Commenti al libro delle fate

Pierangelo Baratono

© 2023 Culturea Editions

Texte et illustration de couverture : © domaine public
Edition : Culturea (Hérault, 34)
Contact : infos@culturea.fr
Retrouvez notre catalogue sur http://culturea.fr
Imprimé en Allemagne par Books on Demand
Design typographique : Derek Murphy
Layout : Reedsy (https://reedsy.com/)

Dépôt légal : janvier 2023
Tous droits réservés pour tous pays

ISBN : 9791041842018

a FRANCESCO PASTONCHI.

Nobile amico, ricordate i Capricci del Goya? Smorfie di megere innanzi al beffardo specchio delle illusioni, piccole dita di fanciulle agilmente occupate a spennacchiar pollastrini, musical giuoco di scimmiotti per allietare gli ozi di re Ciuco, infine tutte le umane miserie raffigurate, tra macchie d'ombra e chiazze di luce, in una serie di acqueforti tremendamente vere nonostante la veste fantasiosa, profondamente trist_ sotto la maschera gaia. Anche il buffone di re Lear ride e piange ad un tempo: e con la risata avvolge in un morbido velo di arguzie le forme rudi e angolose di una dolente realtà, e col pianto interpreta e chiosa i più intimi moti del proprio cuore, che è, poi, il cuore di ognuno.

Così questi Commenti.

Faccian essi i tre inchini di prammatica innanzi al vostro indulgente sorriso e da ogni taccia di temerità si scagionin col dire: Noi, pur togliendo i nostri titoli da fiabe straniere, chiedemmo alla novella schiettamente italiana e inspirazione e panni e movenze. Siate Voi, dunque, supremo giudice del tentativo: Voi, che un'arte impeccabile e un austero culto dell'italico idioma opponete contro la straripante fiumana di una letteratura bastarda.

IL GIUDEO FRA LE SPINE.

Un uomo, che recava in mano una borsetta da viaggio, entrò in una grande città e si recò difilato nel migliore albergo. Chiese la camera più bella, una cena succulenta; poi segnò sul registro un nomuccio qualsiasi e andò a coricarsi. Ma, al mattino, ebbe l'imprudenza di lasciare sul tavolo un foglio di carta da lettera con tanto di corona principesca e di stemma nell'angolo superiore. Subito, dall'albergatore all'ultimo mozzo di stalla, tutti seppero di aver da fare con una persona ragguardevole. Il nostro uomo continuò a dormire nella camera più bella e a mangiare le più appetitose pietanze. A volte, discorrendo, si lasciava sfuggire qualche parola compromettente. Diceva: Sua Eccellenza tale, mio vecchio amico....; oppure: Il duca tal altro, che la pensa così.... Ma subito, riprendendosi, mutava discorso o taceva. Solo con l'albergatore, durante un colloquio intimo, si sbottonò un poco: non rivelò il casato gentilizio; però fece capire, alla larga, che viaggiava in incognito a causa di una certa moglie, gelosa come una tigre e alla quale egli aveva dato a bere un viaggetto niente popò di meno che in Cina. Spesso batteva famigliarmente con la mano inguantata sovra una spalla di quel suo confidente, esclamando: "Dovrei pagarvi, ma non ho un soldo in tasca; ho soltanto un libretto di conto aperto. E mi rincresce di sporcare un foglio per simili inezie". L'altro, fra mille salamelecchi, rispondeva: "Per carità! Padronissimo! Padronissimo!". E amici più di prima.

Quel diavolo di libretto era un tormento. Ogni giorno il nostro uomo doveva chieder moneta spicciola ora a questo cameriere ora a quello. E spesso era obbligato a ricorrere, per più grosse somme, alla borsa dell'albergatore. "Pensate!, brontolava; sciupare un foglio per simili inezie!" E l'altro lo approvava con la testa, col dorso e, se avesse potuto, anche coi piedi. C'era il tornaconto, perbacco! E poi, brillava, fra cielo e terra, una certa croce di cavaliere, che, se Sua Eccellenza incognita avesse alzato un dito.... L'albergatore vi almanaccava su tanto, che dimenticò di chiedere alla moglie perchè sgattaiolasse di nottetempo entro la camera dell'illustre cliente.

Ma, alla lunga, i camerieri cominciarono a perder la pazienza e a pensare che, invece di dar seccature al prossimo di continuo, sarebbe stato meglio far due sgorbiacci, una volta tanto, sul famoso libretto. Nessuno osava rivolgersi al nostro uomo; ma i lamenti crescevano, divenivano sempre più molesti e inducevano persino l'albergatore a riflettere.

Intanto Sua Eccellenza incognita aveva affittato un grande studio nella via principale della città, e comprata una gigantesca cassaforte, che fece incastrare accuratamente nel muro maestro.

Appena udì un cenno delle lagnanze, egli prese l'albergatore a braccetto e lo condusse davanti alla cassaforte.

— Lì dentro ci son milioni, — disse. — Credete ora che siano abbastanza sicuri i quattrini vostri e di quei bravi figliuoli? Perchè dovrei renderli invece di metterli a frutto con un buon interesse?

L'albergatore non solo approvò con la testa, col dorso e, se avesse potuto, anche coi piedi, ma corse a prendere tutti i suoi onesti risparmi e li portò all'illustre cliente, scongiurandolo di volerli accettare. Quest'ultimo nicchiò un poco, perchè aveva già troppi affari e non poteva addossarsene altri e patatì e patatà; ma infine, data la vecchia amicizia, li prese.

*

Il nostro uomo, che per modestia o per quella tal gelosia aveva conservato il nome oscuro, messo sul registro dell'albergo, volle dare un'altra prova della sua umiltà cominciando a bazzicare certi luoghi, dove si radunavano i commercianti al minuto, la piccola borghesia e altre simili classi inferiori. Egli soleva dichiarare che i doni della fortuna sono disprezzabili e inviliscono, anzichè elevarlo, chi li riceva, se costui non sia uomo da saper, all'occasione, valersene in vantaggio del prossimo. E aggiungeva sospirando che le maggiori virtù e le più istruttive conversazioni si trovano avvicinando gli individui nè troppo in alto, nè troppo in basso per nascita e censo. Questi discorsi, uscendo dalla bocca di una, benchè incognita, eccellenza, accaparravano tutti i cuori. Ad accrescere, poi, la stima, si aggiungeva la notizia, rapidamente diffusasi, che il nostro uomo, pur essendo ricco e possedendo una cassaforte grande come un palazzo, non negasse i propri consigli e l'aiuto per il proficuo collocamento degli altrui capitali. Qualche alto impiegato, che teneva presso di sè un peculio posto da parte a furia d'economie mensili e fossilizzato in cartelle di rendita, tastò pel primo il terreno: e si vide accolto con tanta paterna affabilità da indursi a convertir subito le cartelle in denaro e a insinuare questo, con l'atteggiamento di chi sappia di offrire assai poco, fra le benefiche dita. Molti funzionari seguirono, ben presto, l'esempio. E la lampante onestà e certa ricchezza del nostro uomo non tardarono a smuovere anche gli animi, più induriti, dei negozianti provvisti di segrete risorse.

L'incognita eccellenza non si contentava, nel suo entusiasmo umanitario, di accumulare i modesti risparmi per collocarli, poi, nelle grandi imprese; ma agevolava anche il passaggio degli oggetti preziosi dalle mani povere e superbe in quelle facoltose, e la formazione di dolci nodi matrimoniali tra creature, divise dal caso e riunite sia da una comune convenienza, sia dal provvido intervento dell'illustre benefattore. È vero che questo, sentendo scorrer nelle vene il sangue degli antichi baroni, si compiaceva talvolta, specie trattandosi di fanciulle senza mezzi ma con gradevole fisico, di usare del diritto cosciatico o di prima notte che dir si voglia. Ma un principe, anche se si viva in tempi democratici, rimane sempre un principe; e, d'altra parte, non era assolutamente provato che Sua Eccellenza incognita fosse stato il primo ad aprire la strada.

Le faccende procedettero senza intoppi per qualche tempo. Alla lunga, però, alcuni piccoli commercianti chiesero notizie, se non dei lor capitali, almeno degli interessi. "Ingrossano il capitale!", rispose il nostro uomo sorridendo bonariamente. Lì per lì, nessuno osò ribattere sillaba. Ma nuove domande non tardarono ad elevarsi. Chi aveva bisogno di quattrini per comprare una certa merce, chi doveva pagare un debito sorto come un fungo dalle nebbie del passato, chi sentiva l'imperioso bisogno di fare un viaggetto con la famigliuola. "Le assicuro, Eccellenza: un'occasione unica. Guai se me la lascio sfuggire." "Eccellenza, per carità mi aiuti, altrimenti quel cane manda gli uscieri in bottega!" "Se sapesse, Eccellenza, che voglia ha mia moglie di distrarsi!" Il nostro uomo rispondeva, facendo burlescamente il vocione: "Matti, tre volte matti! Volete che sciupi ogni cosa realizzando adesso il vostro capitaluccio? Sarebbe un vero delitto!".

Sì, ci volevan altro che parole! Quelli tempestavano più di prima: e, intanto, cominciava a propalarsi qualche brutta voce, sorda sorda sul principio, poi a poco a poco sempre più grossa e minacciosa. Si discutevano i discorsi e gli atti di Sua Eccellenza incognita! Qualcuno dubitava, persino, della sua cassaforte! Ben presto, ogni luogo di riunione del ceto medio si trasformò in una bolgia, nella quale si udivano strida e imprecazioni, proprio come in quelle infernali, e si vedevano le persone saltare e contorcersi punto per punto a mo' dei dannati. Furono inviati messi a pregare, a scongiurare per tutti i santi del Paradiso. Il nostro uomo li riceveva con festa, dimostrava in modo chiaro chiarissimo il loro torto, ne asciugava le lagrime e li rimandava con Dio. Furono spedite ambascerie numerose. Il nostro uomo le conduceva davanti alla cassaforte, batteva con le nocche sui lastroni d'acciaio, sorrideva e le riaccompagnava fino alla porta.

In fine, si deliberò di ricorrere ai grandi mezzi. E Sua Eccellenza incognita fu chiamato dal giudice. Quanto alla cassaforte, i modesti capitalisti la fecero aprire e vi trovarono, disposte in bell'ordine, un migliaio di letterine femminee. Alcuni fra essi, anzi, riconobbero, qua e là, le scritture; ma non ebbero tempo d'occuparsene. Eh, bisognava pensare a ben altro!

*

Il giudice non sapeva che pesci pigliare. Sua Eccellenza incognita era rimasto tale malgrado i più stringenti interrogatorii e le più accurate ricerche. Inoltre, aveva dimostrato in modo inconfutabile che le somme affidategli stavano fruttificando in una impresa letteralmente colossale. "Di che si tratta?", aveva domandato il giudice. "Non posso dirlo, aveva risposto il nostro uomo; in commercio, il segreto è la prima virtù; e chiamo a testimoni giurati di ciò i miei medesimi accusatori." "Se sarete condannato, addio impresa!", obiettò qualcuno. "La mia è di quelle, che durano anni e rendono, alla fine, il cento per dieci", ribattè con orgoglio il nostro uomo. "Fornite un'idea, almeno!", aveva insistito il giudice. E Sua Eccellenza aveva detto con suprema indifferenza: "Se non mi si chiede altro! Si tratta di una miniera diamantifera!".

Insomma, fu un trionfo. I piccoli capitalisti supplicarono per ottenere un immeritato perdono, che fu loro generosamente concesso; e i grandi capitalisti, udendo parlar di milioni, drizzaron le orecchie. Fra questi ultimi si parlò molto del processo. "Si è difeso bene; dunque, possiede un'abilità indiscutibile!", esclamavano alcuni. "È stato assolto; dunque, merita la fiducia!", aggiungevano altri. E tutti concludevano: "Bisognerà informarsi e, se del caso, persuadere Sua Eccellenza incognita a mettere in commercio le azioni della miniera". S'informarono: ma buio pesto. "Che furbone!", si mormorava da ogni parte. Però, le azioni vennero fuori: e i grandi capitalisti ne comprarono a sacchi. Anche il giudice del processo ne acquistò una dozzina: e ne avrebbe prese di più, se ciò gli fosse stato consentito dal suo stipendio. E a poco a poco i biglietti di banca sostituirono, nella cassaforte, i bigliettini amorosi. Solo i piccoli capitalisti brontolavano. L'albergatore, anzi, valendosi dell'antica amicizia, osò dire a Sua Eccellenza incognita: "Se i pezzi grossi si accaparrano tutto, poveri noi!".

Un giorno il nostro uomo uscì dallo studio, recando in mano una borsetta, e andò difilato a consegnare al portinaio del giudice un suo cartoncino da visita. Sulla busta egli aveva scritto il nome e cognome del magistrato e, in un angolo, l'indicazione s. p. g. m. di prammatica. Dentro, si leggeva: Per ringraziamenti e congedo.

6

IL GATTO CON GLI STIVALI.

C'era una volta un giovane, che possedeva per solo bene una voglia matta di far nulla, ma nulla, aiutatemi a dir nulla. Dal mattino alla sera egli, sdraiato all'ombra di un grosso faggio, almanaccava sul mezzo migliore di diventar ricco senza muovere un dito; e dalla sera al mattino dormiva per riparare le forze e prepararsi a nuove meditazioni. Pensa e ripensa, infine comprese che, rimanendo lì, non avrebbe potuto acciuffare la fortuna, neanche a campar cent'anni, e si mise in cerca di nuovi faggi e di più propizie contrade.

Un pomeriggio, mentre stava coricato dietro una siepe, il giovane vide passare una carrozza, nella quale si trovava un grosso proprietario di terre; e subito pensò: Ecco una carrozza che andrebbe a fagiuolo per me.

La sera medesima, dopo il calar del sole, egli entrò in un podere e, chiesto il permesso a un bel cane di terracotta, senza aggiunger nè ahi nè bai s'impadronì di due conigli, i più bianchi e i più grassi della conigliera. Nel dì seguente, ch'era giorno di mercato, il nostro giovane, cacciatesi le bestiole sotto la giacca, entrò con volto lieto nel vicino paese e, fattasi strada tra la folla con schiocchi di lingua che sembravan tanti colpi di frusta, non tardò a scorgere di lontano l'intendente di quel tal proprietario: nè più lo perse di vista.

Terminate le compre, l'intendente, ch'era uomo corpacciuto e gran bevitore di vino al cospetto di Dio, volle riposarsi per qualche minuto, secondo l'abitudine e prima di pigliar la via del ritorno, in un'osteriola situata ad un capo del villaggio e provvista, sul davanti, di una pergola allettatrice. Già tre bicchieri, colmi di fresco chiaretto, avevan versato il lor contenuto nell'ugola riarsa del brav'uomo, allorchè il nostro giovane, quasi fosse affaticato da un lungo cammino, venne a sedersi all'ombra a sua volta, lagnandosi del caldo opprimente e dell'avarizia del governo, il quale, a sentir lui, sarebbe stato in obbligo di piantare, su ciascun ciglio delle strade, una fila d'ippocastani o d'altre piante del genere.

— Per colmo di disgrazia, — egli soggiunse sospirando, — il mio cavallino, un vero gioiello, s'è buscato il cimurro; e il cielo soltanto sa quando potrò riattaccarlo al calesse.

L'intendente, messo in ottimo umore dalle recondite virtù del chiaretto, rivolta qualche vaga frase di condoglianza al suo compagno di sosta, concluse offrendogli la metà della propria vettura, a patto e condizione, naturalmente, che quest'ultimo fosse da ugual parte avviato.

— Vorrei poter accettare, rispose il giovane con un secondo sospiro; ma, sebbene io esca, come presumo farete voi, da questo lato del paese, dovrò subito svoltar nella strada di campagna, che per la prima si biforca, a mano manca, dalla provinciale.

— E dove si reca, se è lecito?, — chiese l'altro, drizzando le orecchie.

— Vado a trovare una degna persona, di cui mi fu detto tanto, ma tanto bene, da farmi nascere in corpo il desiderio d'avvicinarla al più presto.

— Sarà qualche guardacaccia, suppongo, che ella cercherà di prendere al proprio servizio; — insinuò l'intendente.

— Oh, per un guardacaccia non mi sarei scomodato nè punto nè poco; — rispose il giovane con una spallucciata. — Si tratta, invece, d'un possidente, il quale, se anche pigliasse un canocchiale lungo come la quaresima e con esso guardasse all'ingiro, non riuscirebbe in mill'anni a vedere i confini delle sue terre! E mi dicono ch'egli abbia adottato un sistema di coltivazione di cui, da che mondo è mondo, non s'è mai visto l'uguale. E mi dicono anche ch'egli si sia accaparrato un intendente così esperto, ma così esperto da dar dei punti a Dio e al diavolo, salvo il rispetto dovuto. Non mi par proprio l'ora di discorrermela con tutti e due. E, tanto per non presentarmi a mani vuote, porto questi due modesti conigli, sperando che, se non il dono, l'intenzione riesca gradita.

— Oh, i graziosi animaletti!, — esclamò l'altro. — Giusto, il mio padrone andava cercandone, per mare e per terra, due uguali.

Figuratevi, adesso, la meraviglia e la contentezza del buon giovane, allorchè intese e seppe di trovarsi davvero insieme alla fenice degli intendenti! Egli non la finiva più di ringraziare il cielo; e fu obbligato, anzi, a domandare a una bottiglia di chiaretto, offerta dal compagno, le forze necessarie per rimettersi dall'emozione. Basta. Come il destino volle, i due giunsero alla suntuosa dimora del proprietario quattrinaio; e il giovane, presentato con molti sperticati elogi dal degno intendente, si ebbe quell'accoglienza che i conigli e le sue fatiche meritavano.

Trascorso non molto tempo, e avvicinandosi il ferragosto, due superbi tacchini capitarono, non so per qual caso, fra i piedi del nostro giovane, che, subito, generoso com'era, deliberò di offrirli, per la prossima festa, al possidente. Nè egli dovette pentirsi della propria idea, poichè si vide ricevuto con i massimi onori e, in cambio dei due volatili, ottenne d'essere posto a parte di un segreto infallibile per guarire la razza equina, e anche altre, dal più ostinato cimurro.

*

Dimenticavo di dirvi che la provvidenza aveva fornito il nostro giovine di un'epidermide bianca al pari del latte e di carni così sode e succose, da sembrare l'ottava meraviglia del mondo. Non c'era fanciulla o donna maritata, in un raggio di parecchi chilometri, la quale non fosse pronta, per meritarsi un suo sorriso, a saccheggiare il frutteto e a vuotare la dispensa del padre o del consorte.

Un giorno, il giovane, trovandosi nelle terre del ricco amico, vide di lontano costui che s'avanzava a lenti passi, accompagnato dall'unica figlia. Ma, sia perchè non potesse più oltre sopportare l'arsura del solleone, sia anche perchè confidasse di sfuggire, mercè alcuni tisici alberucci, agli sguardi, egli, sbarazzatosi dei pochi abiti, non si peritò di cedere alle lusinghe di un fresco e chiaro fiumicello che lì vicino scorreva.

Figuratevi, adesso, la confusione e il rossore del buon giovane, allorchè udì suonar dalla sponda le grasse risate del possidente e, volgendo un po' il capo, s'accorse d'essere oggetto di un diligentissimo esame da parte della figliuola! Il suo turbamento era così grande, da non permettergli neppur di pensare che un tuffo sino alla gola avrebbe rimediato alla troppa limpidezza dell'acque. La fanciulla, sebbene mostrasse una spalla più elevata dell'altra e camminasse crollando, a ogni piè sospinto, con un intiero lato del corpo in causa di una gamba meno lunga della compagna, era d'aspetto, nel complesso, piacevole: e ciò contribuiva non poco a mettere in bel rilievo ogni dono naturale del bagnante e ad acuire, di conseguenza, gli sguardi dell'osservatrice.

Basta. Come Dio volle, i due curiosi volsero indietro i passi; e, tanto per ingannare la noia del cammino, cominciarono a intrattenersi sul giovane.

— Non è antipatico, — diceva la ragazza; — ma sembra timido come un agnello.

— E forte come un toro, — aggiungeva il padre. — Che buon aiuto darebbe!

Entrambi cacciarono un sospiro.

— Se fosse più audace!, — pensò lei.

— Se fosse più ricco !, — concluse lui ad alta voce, guardando di soppiatto la figlia

*

Padre e figliuola non tardarono a sentir qualche scrupolo. Poichè il giovane appariva bennato e gli usi della campagna concedevano qualche licenza, era stretto dovere di entrambi di recarsi a visitarlo a lor volta. Ma l'amico, sebbene insistentemente richiesto del suo recapito, si schermiva dal darlo or dichiarandosi indegno di un così elevato onore, ora ripiegandosi, per scusare il diniego, tant'è vero che l'amore fa perder la testa, sul cimurro del proprio cavallo. La ragazza non ci capiva un ette e il padre cominciava a sbuffare.

Il nostro giovane, che camminava per abitudine col naso rivolto al cielo, vide infine un caseggiato, sul quale si leggeva questa frase: Villa da affittare o da vendere. La villa era così e così; e l'omino stremenzito, che faceva da sensale, rincarò subito il prezzo perchè comprese ch'essa aveva dato nel genio al suo interrogatore. Ma, appena i due si trovaron sul posto, mutò la musica: a quella porta c'era un cardine arrugginito, a quella tavola zoppicava una gamba, quel letto gemeva come una donna di parto; e non c'era verso di contentare il cliente.

Dopo una buona mezz'ora di dài picchia e mena, il giovane disse:

— Bisogna che riferisca, perchè chi compra non sono io, ma è un banchiere della città. Verremo insieme, prestissimo; ma badi di far trovare una bella vettura nella rimessa e, nella stalla, un buon cavallino.

Si strinse nelle spalle e s'accomiatò.

Il sole non era ancora tramontato; e già la figlia del possidente aveva saputo, in gran segretezza, il famoso recapito. È vero che, in compenso, s'era lasciata baciare!

Suo padre, messo subito a parte della confidenza, dichiarò:

— Quel monello merita una punizione per la sua ritrosia. Che ne dici se andassimo domani, zitti zitti, a stanarlo dentro il suo covo?

L'indomani il nostro giovane, posto sull'avviso da una vezzosa cameriera, con la quale egli s'abboccava di sovente, forse per domandare notizie della padroncina, s'avviò con animo gaio verso la villa. A breve distanza da questa sedeva, sovra un monticello di terra, un vecchio accattone curvo in modo da sembrar che porgesse la testa come ciotola per le elemosine.

— Quell'uomo, — gli disse il giovane fermandosi; — fra poco passeranno di qui un signore e una ragazza un po' gobba. Tu chiederai la carità. Il signore ti domanderà, a sua volta, perchè non lavori invece d'ingombrare le strade; ma non ti darà neanche un soldo. E tu, pronto, mettiti a gridare che il proprietario di tutte le terre, visibili di qui ad occhio nudo, è l'unica persona a cui un poveretto possa avvicinarsi senza temere strapazzate, poichè è tanto ricca quanto generosa. Il signore, allora, ti chiederà del suo nome. E tu rispondigli che il nome non lo rammenti, ma che è un giovane così e così, vestito così e così: punto per punto il mio ritratto. Sta certo che, subito, la ragazza ti metterà fra le mani la sua borsa. Ma bada bene di parlare secondo la mia imbeccata; perchè, altrimenti, chiamo la guardia campestre e ti faccio cacciare in prigione.

E riprese la via, lasciando l'altro a tremare come una foglia.

Nel peristilio della villa c'era già il sensale: e camminava su e giù salterellando e stropicciandosi con forza le mani.

Il giovane, quando lo vide, divenne pallido e restò senza fiato.

— Per carità, — esclamò appena potè riavere la voce; — cosa le salta in mente di mettersi in vista a quel modo?

E, poichè l'omino sgranava tanto d'occhi, soggiunse:

— Ha ragione. Son proprio io la bestia, che non l'ho avvisato a tempo debito. Ma se lo scorge il banchiere, e sarà qui a momenti, addio trattative! Immagini che il poveretto soffre d'epilessia e non può entrare in una casa, nuova per lui, senza cadere in convulsioni. È roba di pochi minuti: e c'è sempre la figlia, pronta a soccorrerlo. Ma guai all'estraneo, che assistesse alla scena; diventa suo nemico giurato. Vada, vada a fare una passeggiatina nel bosco: e ritorni quando io sarò solo.

Figuratevi, adesso, la contentezza e lo stupore del buon giovane nel vedersi capitare dinanzi, proprio in casa sua e senza preavviso, il possidente e la figlia! I due visitatori non avevano ricevuto mai tante feste. E furono anche condotti a vedere la stalla e il cavallino guarito: il rimanente della villa no, perchè era troppo in disordine.

Basta. In quattro e quattr'otto si combinarono le nozze; e il nostro giovane divenne ricco sul serio.

*

Da ciò s'impara che per fare fortuna non occorre l'aiuto di alcun gatto con o senza stivali.

I SUONATORI DELLA CITTÀ DI BREMA.

Un poeta, stanco di esercitare in patria la professione del genio incompreso, radunò i pochi indumenti, li chiuse entro un sacco assieme a qualche scartafaccio, e si diede a cercare una terra più ospitale per la sua Musa.

Cammin facendo, vide un giovane che, appoggiato al tronco di un albero, sospirava e piangeva.

— Cos'hai?, — gli chiese.

Il giovane asciugò col rovescio della manica un lagrimone, che gli colava lungo la guancia, e con un fil di voce rispose:

— Non mi riesce più di indurre neanche un cane a sentire la mia musica. Gli uomini si tappan le orecchie e le donne aborriscono come se avesser udito la tromba del giudizio.

— Vieni con me, fratello; — lo incuorò il poeta. — Forse, trovandoci in due, otterremo migliore accoglienza.

Si avviarono, l'uno meditando e l'altro soffiando al pari di un mantice; ma, poco dopo, scorsero un individuo che urlava e si strappava a ciocche i capelli.

— Cos'hai?, — gli chiese il poeta.

— Per tutti i diavoli, — gridò quello in risposta, — la gente di qui non ha proprio il bernoccolo della pittura. I miei quadri provocan nientemeno che l'ilarità. Non son molti giorni, una pancia è scoppiata in un eccesso di risa, e ha proiettato le budella da ogni parte, quasi fossero frammenti di bomba.

— Vieni con noi, amico; — gli suggerì il poeta. — Forse, trovandoci in tre, otterremo migliore accoglienza.

Di buon accordo s'avviarono; ma, sull'ora del vespro, sostarono per osservare un uomo che camminava piegandosi in due e allungando il collo verso il suolo a simiglianza d'una cicogna in caccia di vermi.

— Cos'hai?, — gli chiese il poeta.

— Cerco un grano di giudizio per regalarlo ai miei concittadini, — mugolò quello raddrizzandosi. — Non ce n'è uno, uno solo, fra essi, il quale sia disposto ad ascoltare le mie teorie filosofiche. E guai a me, se non scappavo; perchè avevan già preparata la camicia di forza.

— Vieni con noi, fratello; — lo esortò il poeta. — Forse, trovandoci in tanti, otterremo migliore accoglienza.

Pernottarono tutti e quattro in un'osteria. Ma, prima di coricarsi, il poeta chiamò intorno a sè i compagni, già spogliati fino alla camicia, e, al fioco lume d'una asmatica candeluccia, parlò in questi termini:

— Poichè un'eguale fatalità ci ha raccolti qui insieme, procuriamo di trarne partito e di studiare i mezzi per una rivincita contro un'umanità sorda e cieca. Ognuno di noi è, indubbiamente, un caposcuola. Ma non c'è proprio sugo a esser capi di una scuola senza discepoli.

— Oh, se le donne non si sconciassero così facilmente!, — piagnucolò il musico.

— Oh, se le pance degli uomini non fossero tanto fragili!, — mugghiò il pittore.

— Oh, se non esistessero manicomi!, — sentenziò il filosofo.

La candela diede un guizzo d'agonia.

— Lasciatemi parlare liberamente, fratelli, — proseguì il poeta, — poichè il tempo stringe e il buio non è propizio ai discorsi troppo ponderati. Un rimedio ci sarebbe: e in quattro e quattr'otto ve lo espongo. Compriamo qualche metro di tela da imballaggio, poche assi, e giriamo di città in città, di contrada in contrada. Sovra ogni piazza faremo una sosta, innalzando il nostro baraccone. Io chiamerò la gente, il musico suonerà la gran cassa vestito da saltimbanco, il pittore farà esercizi atletici camuffato da orso e il filosofo si armerà di un astrolabio e d'una vestaglia da mago. Allorchè il pubblico sarà dentro, o di riffe o di raffe dovrà ben aprire gli occhi e le orecchie.

— Ma riderà!, — tentò di obiettare il pittore.

— Si stancherà prima di noi, — ribattè il poeta.

Fu chiamato l'oste, che presenziasse al giuramento solenne di alleanza per la vita e per la morte fra i quattro. Le mani erano ancor tese, allorchè un soffio impetuoso di vento penetrò dalla finestra e sollevò le camicie dei congiurati facendone ondeggiare i lembi a guisa di stendardi trionfali.

— Ecco il segno del destino, — esclamò il poeta: — esso ci impone di dare al nostro cenacolo il nome di Accademia del vento.

— E del fumo; — aggiunse il filosofo turandosi il naso, mentre la fiammella della candela s'annegava in una gora di sego.

*

In ogni luogo, ove si fermassero, i quattro compagni vedevano il baraccone pieno zeppo di pubblico. Ma sia che il poeta leggesse i suoi versi o il musico suonasse le sue composizioni o il pittore mostrasse i suoi quadri o il filosofo svolgesse le sue elucubrazioni, eran risate, risate da far lacerare le pareti di tela: e di discepoli neanche l'ombra. Alla fine il poeta, radunati di nuovo gli amici intorno a sè, tenne questo discorso:

— Poichè, alla lunga, lo stomaco si stanca di riempirsi sera e mattina con mele crude e pere cotte, patate lesse e pomidori in insalata, soliti ringraziamenti che ci porgon gli spettatori per le nostre fatiche, credo sia opportuno mutar regime di vitto e metodo di propaganda. Le nostre opere sono considerate alla stregua dei futili giuochi dei saltimbanchi? Chiudiamoci, dunque, in un dignitoso riserbo e, anzichè esporre alla critica i frutti del nostro ingegno, offriamo il fior fiore: persuadiamo gli uomini a poco a poco con la teoria, invece di sbalordirli all'improvviso con la pratica.

Il pubblico grosso continuò a ridere. Ma la parte più raffinata di esso, e in special modo i giovinetti usciti di fresco dalle scuole e gli adulti ancora incerti sulla loro strada, si diede quasi involontariamente a riflettere.

Per i caffè, nei salotti, nell'atrio dei teatri e sinanco sulle piazze si formavano gruppi, si discuteva con animazione e talvolta si alzavano i pugni.

I futuri Wagner susurravan fra loro: Sarebbe pur bello infischiarsi degli accordi, beffarsi dei temi, gettare al rogo i trattati di contrappunto e liberamente imitare le selvagge orchestre delle creature primitive, le superbe cacofonie degli Zulù, i frastuoni poderosi dei Pelli-rosse, i tremendi uragani degli strumenti Neo-zelandesi. Questo musico, invero, ci offre una mèta assai facile e nuova con la sua teoria del tamtamismo.

I Rembrandt novellini urlavano: Perchè non dovremmo rinnegare il disegno, sprezzare i chiaro-scuri, tirar la lingua alla prospettiva? Questo pittore dice bene allorchè ci esorta a esaminare gli oggetti a traverso un microscopio. La natura, viva o morta, appare, se la osserviamo nella sua essenza, come una serie di punti rotondi, di cerchi più o meno ampi. La linea retta è un'utopia da marmocchi; soltanto la curva rappresenta la verità. Evviva, dunque, la teoria dello sferismo.

Gli Spinoza in erba sbofonchiavano: Eppure non ha torto questo filosofo nel pensare che soltanto i rifiuti della vita possan rivelarci il grande segreto della morte. Il diamante è un rifiuto al pari dell'ambra, delle secrezioni salivari e della prostituzione. Occupiamoci solo di essi: e forse, penetrando nel mistero dell'universo, avremo motivo di lodarci d'esser stati seguaci della teoria escrementale.

Gli Alighieri in trentaquattresimo singhiozzavano: Benedetto sia mille volte questo poeta, che, insegnando a ritener per inutile, anzi nocivo, lo studio della lingua e della metrica, ci porge il destro di diventare, all'improvviso e con somma facilità, illustri autori. Egli così ammaestra con la sua saggia parola: Siate, scrivendo in prosa, riproduttori imparziali del mondo esterno; non cercate dì vagliarlo attraverso la vostra anima, anzi rifuggite, come da faticosi perditempi, dal lavorare col sentimento e con l'immaginazione; ricordatevi sempre di chiamar pane il pane, senza aggiungere se esso sia fresco o stantìo, poichè ciò costituirebbe un apprezzamento troppo personale: se vorrete, poi, dedicarvi alla poesia, adottate come capisaldi i due primi precetti della prosa, ma rifiutate il terzo; allorchè vedrete un popone, chiamatelo, per esempio, banchiere; se v'imbattete in uno struzzo, donategli l'appellativo di flauto o qualunque altro, che vi salti più presto in mente senza sforzi di fantasia; infine, punto preoccupandovi di piedi e di rime, giocattoli ormai passati di moda ed aspri assai per chi li adopri, attenetevi scrupolosamente alla forma e al periodare prosastico; unica licenza vostra siano i continui da capo, che voi potrete fare a capriccio, or dopo una, or dopo cinque, or dopo venti parole. Oh non mai abbastanza lodato maestro, il tuo sistema che, sfrondando le esteriori immagini da ogni soggettivo pleonasmo, giunge alla verità nuda e cruda, ha ben diritto di pretendere al titolo, da te stesso foggiatogli, di teoria dell'arrivismo.

*

I quattro compagni, cui faceva ormai codazzo uno stuolo di discepoli, dopo maturo esame, venduto il baraccone a un milionario americano, collezionista di oggetti inutili, decisero di fondare una rassegna. La notizia mise a soqquadro il campo letterario ed artistico. Gli autori, che seguivano altre vie e già si sapevan designati dal pubblico col nomignolo di dissidenti, si riunirono una volta tanto per una comune difesa, e, sciorinati lunghi discorsi e scambiatisi una sufficiente dose di ingiurie, finirono col non concludere nulla. Solo un vecchio novelliere ottenne, con un suo ordine del giorno, che si scegliesse nel seno dell'assemblea il più scaltro e prudente, per affidargli il còmpito di varcare le nemiche trincee e di scandagliare il terreno sotto finta veste di uomo desideroso d'abbonarsi alla nuova rivista.

Mezz'ora appena era trascorsa dalla partenza dell'individuo prescelto per la delicata missione, allorchè questi rientrò, pallido e ansante, nella sala dell'adunanza.

— Compagni, — egli disse con voce rotta dall'affanno, — ogni difesa è inutile, ogni speranza è persa. Siamo fritti!

— Narra! Narra!, — gridarono cento voci.

— Udite e inorridite. Nella prima stanza della redazione stava il filosofo; e mi accolse con queste parole: "Ah, vuoi abbonarti? Non sai che, s'io picchiassi con le nocche delle dita sulla tua testa, la sentirei risuonare al pari di una zucca vuota? Provo una voglia matta di calarti le brache e di sculacciarti come un bambino lattante, chè altro non mi sembri. Ma va, va; passa pure, per questa volta, nel secondo letamaio". Compresi di dover entrare nella stanza seguente, e ubbidii frettoloso. Ivi era il musico, il quale mi disse: "Ah, vuoi abbonarti? Osi offrirmi dei quattrini, rubati in un angolo di strada a un nottambulo ubriaco o guadagnati tenendo ferma la tua sorellina ancora impubere, mentre un vecchio epulone le stava dritto fra le gambe? Non so chi mi tenga dal punirti della tua spudoratezza facendoti morire a furia di solletico ai piedi. Ma mi contenterò, per oggi, di sputarti in un occhio". Eseguì quanto aveva deliberato, poi concluse: "Va, va, sprofóndati nel terzo trombone". Penetrai nella stanza seguente. Era occupata dal pittore, che mi ricevette mugghiando: "Schifoso vermiciattolo, putrida carogna, luridume di latrina da ospedale di colerosi, immondezzaio popolato di mosche, sucido mezzano da trivio, sifilitico gocciolante marcio da mille piaghe, fetido aborto d'una meretrice, come osi chiedere d'abbonarti?". Mi diede un pugno nello stomaco, poi con un calcio mi scaraventò ruzzoloni nella stanza seguente. Allorchè mi fui raddrizzato, scorsi innanzi a me il poeta e gli espressi umilmente il mio desiderio. Senza perdere tempo in discorsi, egli con le mani mi circondò il collo e si mise a torcerlo, a torcerlo, finchè non ebbe visto un palmo di lingua uscir fuori dalla mia bocca. Allora, ritrasse le dita, mi consegnò la scheda d'abbonamento, intascò i denari e, sempre in silenzio, mi accennò la porta. Oh compagni amatissimi, se quella gente tratta in tal modo gli abbonati, cosa farà con gli avversari?

L'assemblea, con commovente accordo, deliberò di sospendere ogni decisione.

*

Il filosofo continuò a esaminare i rifiuti della natura viva e morta, il musico si dedicò sempre più alla composizione di opere prive d'accordi ma ricche di suoni, il pittore s'occupò a risolvere praticamente il problema opposto alla quadratura del circolo. Ma il poeta, abbandonata la rassegna e gli antichi colleghi, si pose a comporre, in buona lingua, la Storia di un "arrivato".

CAPPUCCETTO ROSSO.

C'era una volta una fanciulla scontrosa, ma scontrosa, aiutatemi a dire scontrosa. Aveva compiuto da poco i tredici anni, ma sembrava già una donnina. Chi sa quanti giovanotti le sarebbero corsi dietro senza la sua musonaggine e le continue spallucciate.

Le altre ragazze del paese venivano di sovente a trovarla e le raccontavano, per farle rabbia, le loro avventure.

— Sai?, — diceva una, — il tale mi ha regalata una rosa rossa, grande come un girasole.

— Ed a me, — soggiungeva una seconda, — il figlio del mugnaio ha chiesto un appuntamento nel bosco. Ma, gnaffe, è restato tutta la notte ad aspettarmi e ad abbaiare alla luna.

— Io, poi, — incalzava una terza, — se volessi diventare una signora con tanto di cappello e di strascico, non avrei che da alzare un dito. C'è uno scioccone della città, tutto in inci e squinci; e viene apposta sin qui per vedermi, e mi fa sempre la ruota d'attorno. Ma io non gli bado neppure. Un giorno m'ha perfino baciata, a tradimento. E gli ho risposto subito con un bel garofano a cinque foglie.

La scontrosa allungava il muso, scuoteva la testa, brontolava:

— Non so che divertimento proviate, voialtre, ad ascoltare le sciocchezze degli uomini. Per me, ne sarei stufa dopo un minuto.

Sputava in terra: poi, se le amiche insistevano con quei discorsi, chiudeva loro l'uscio sul naso. E quelle a ridere, a ridere da tenersi la pancia.

Qualche volta, anche i garzoni del villaggio cercavano di stuzzicarla.

Uno cominciava:

— Sei carina, ma se sorridessi saresti la più bella di tutte.

— Se tu sapessi baciare, — proseguiva un secondo, — saresti la più amata di tutte.

E un terzo concludeva:

— Se tu ti mostrassi come le altre, saresti la più occupata di tutte.

La scontrosa, che aveva un carattere molto risoluto, li rimbeccava:

— Non siete proprio buoni a niente. Invece di lavorare, perdete il tempo a dar noia alle ragazze.

E quelli a ridere, a ridere da tenersi la pancia.

La domenica sera, giovanotti e fanciulle si radunavano sotto la sua finestra per farle dispetto; e poi ballavano come disperati e si rincorrevano e s'abbracciavan negli angoli, ch'era un piacere a vederli. Qualcuno, ogni tanto, alzava il naso per aria e gridava:

— Ohè, musona! Guarda come ci divertiamo. Vieni giù, che ci sono amorosi anche per te.

Ma lei zitta. Non voleva male a nessuno; desiderava soltanto che la lasciassero tranquilla. Dunque?

E correva spesso a confidarsi con la comare, una vecchietta tutta rughe e consigli, che abitava in una casina piccola piccola, nel mezzo della foresta.

— Comare, — chiedeva, — è vero che gli uomini non valgono niente, ma niente?

— Certo, figliuola; — rispondeva la vecchia cincischiando fra le mascelle sdentate.

— Quando sono occupati, — insisteva la scontrosa, — somigliano a bestie da macina; quando vanno a zonzo, sembrano tanti paperi in cerca di una pozzanghera. Faccio bene a tenerli lontani.

— Guai a te, se s'avvicinassero, — borbottava la vecchia. — Son come i gatti, han gli unghioni nascosti, ma li cacciano fuori appena si trovino a tiro di un buon bocconcino.

— Comare, perchè quasi tutte le ragazze si sposano?

— Per scontare i loro peccati, figliuola.

— Che sciocche! Per me, voglio bene a una sola persona al mondo: alla mia comaruccia.

E lì, baci e moine che non finivano più.

*

Giunse l'inverno. Gli alberi del bosco si infestonaron di bianco e la terra si vestì intieramente con un bell'abito di sposa per far onore alla prossima nascita del bambino Gesù. Ma la gente corse a tapparsi in casa, sprangando l'uscio perchè non entrassero i santi di ghiaccio.

17

Un giorno, si sparse nel paese una notizia, che riempì di terrore gli abitanti giovani e vecchi. C'era un lupo, che s'aggirava per i dintorni e assaltava senza pietà quanti mettessero piede fuor della soglia. Aveva già morsa a sangue, sovra una spalla, la figlia dell'oste: e si vedeva ancora il segno di tutti i denti sopra le carni. E aveva anche divorato, secondo le voci, una pastorella. Non esistevan rimedi contro la bestiaccia, che distruggeva le tagliuole come fossero trappole per i topi e non si lasciava mai cogliere dai guardacaccia.

Anche la scontrosa fu messa in all'erta.

— Bada di non avventurarti nella foresta, perchè saresti mangiata in un battibaleno. Giusto, sembra che il lupo preferisca la carne tenera!

Ma lei rispondeva, pronta:

— E chi terrebbe compagnia alla comare? E chi le porterebbe le sfogliate con la panna montata? Non ho timore degli uomini, e volete che tremi davanti a una bestia? Venga pure, il signor Lupo! Ho qui un coltello da cucina, ch'è stato affilato proprio di questi giorni. Vedrete come ve lo concio io per le feste!

Era alta una spanna, ma di coraggio ne possedeva da vendere. E continuava a recarsi nel bosco come se non fossero mai esistiti dei lupi.

La comare, ch'era piuttosto sorda e mezza cieca e non vedeva mai anima viva, eccettuata la figlioccia, raccomandava sempre:

— Bada di non bagnarti i piedini con la neve. Passa sempre sul sentiero.

— Sì, comare, — rispondeva la scontrosa.

Ma il sentiero era lì che covava. Neve, neve dappertutto, invece. E la scontrosa si divertiva un mondo ad affondar, camminando, fino ai polpacci.

Un mattino, mentre salterellava sul morbido tappeto, facendolo scricchiolare sotto i piedi, vide venirle incontro un uomo, che sfoggiava una nera barbaccia e due occhi di fuoco.

— Dove vai, piccina, — chiese costui, fermandosi e sprigionando lampi dalle pupille.

— A visitar la comare, — rispose la scontrosa senza abbassar le ciglia.

— La tua comare non è una vecchietta, che abita in mezzo al bosco?

— Proprio lei. La conosci?

— Non ancora, — rispose l'uomo. E rise, mettendo in mostra due file di denti candidi e aguzzi. Poi soggiunse:

— Che porti in codesto fagottino?

— Dolci e focaccia. Ma perchè mi chiedi?

— Così, per discorrere. La tua comare ti aspetterà a gloria, immagino.

— Puoi giurarlo. È un poco sorda, ma la mia voce la sente.

— Come la chiami?

— Dico: Comare, son io, la tua figlioccia, che ti porta i pasticcini con la panna montata. E subito lei tira la cordicella e la porta si apre.

L'uomo rise di nuovo.

— Di che ridi?, — domandò la scontrosa impermalita.

— Rido di te, che giri da sola pel bosco e non sai che c'è il lupo.

— Sicuro che lo so. Ma se viene gli taglio la gola, — rispose lei.

E mostrò il coltellaccio. Ma lo tirò fuori per la punta, poichè non lo poteva impugnare, tanto il manico dell'arnese era grosso.

— Adesso me ne vado, — concluse. — La comare conta i minuti: e non le darei una pena neanche se m'offrissero il paradiso.

— Arrivederci, piccina, — gridò l'uomo.

Poi s'allontanò di corsa ridendo sgangheratamente.

*

— Toc, toc.

— Chi è?

— Comare, son io, la tua figlioccia, che ti porta i pasticcini con la panna montata.

L'uscio si spalancò subito davanti alla scontrosa. Ma, nella stanza, c'era buio pesto.

— Perchè hai chiuso le imposte, comare?

— Perchè mi sento bruciare gli occhi, e la luce mi dava noia.

— Perchè hai la voce così roca, comare?

— Perchè son raffreddata. Posa i pasticcini, figliuola, e vieni a ficcarti nel letto per scaldarmi.

La scontrosa ubbidì, si spogliò e, a tentoni, raggiunse il lettuccio.

19

— Staremo a disagio, comare; — disse insinuando una gamba fra le lenzuola.

— Sei così piccola! Ti rannicchierai.

— Bada che, quando dormo, tiro la gente per i capelli.

— Più tirerai, figliuola, e più mi farai contenta.

Appena si fu allungata sotto le coperte, la scontrosa si sentì abbracciare.

— Come mi stringi, comare, — esclamò.

— È per scaldarmi meglio, figliuola.

— Ma mi fai male, comare!

— È perchè ti voglio troppo bene, figliuola.

— E perchè mi mordi, comare?

— Perchè voglio divorarti, figliuola.

La scontrosa capì d'esser caduta in un tranello e raccomandò l'anima a Dio.

Per circa due ore la stanza rimase immersa in un silenzio pauroso. Ma, ad un tratto, suonò di nuovo, debole come un soffio, la voce della scontrosa.

— Sei proprio il lupo, dunque?

— Ti rincresce?

— M'ero formata un'idea così diversa!

— Prima di giudicare bisogna provare. Ma perchè non pigli il coltellaccio e non mi tagli la gola?

— Perchè non so più dove l'abbia ficcato, — sospirò la scontrosa.

Poi chiese:

— Come sei riuscito ad entrare?

Il lupo balzò giù dal lettuccio e corse a spalancare le imposte. E la scontrosa vide davanti a sè la barbaccia nera e gli occhi di fuoco della foresta.

— Me l'hai insegnato tu stessa il modo, piccina; — disse il lupo.

E rise, facendo brillare alla luce la doppia fila dei denti.

— Dov'è la comare?, —— susurrò la scontrosa.

— È chiusa a chiave in cantina.

— Ma picchierà contro l'uscio!

— Ha le mani legate.

— Ma griderà e farà accorrere gente!

— Stai tranquilla. Le ho messo il bavaglio.

*

Da ciò s'impara che le ragazze non devono aver paura del lupo.

IL BEATO GIANNI.

Un garzone vispo ed ardito non voleva saperne di sedere sul banco di una scuola Diceva:

— Lasciatemi correre all'aria aperta! È così bella l'erba bagnata di rugiada! Son così belli gli alberi quando il vento fa tremolare tutte le foglie! È così bello il sole con la sua polvere d'oro, che getta negli occhi degli uomini! E poi, c'è una lucertola, con la quale discorro ogni giorno. E ci sono i grilli, che mi fanno festa vedendomi. E ci son le libellule, che si posano sulle mie mani e vogliono a tutti i costi ch'io ammiri le loro alucce formate da fili di luce.

— Vuoi rimanere un asino?, — ribattevano i parenti. — Altro che lucertole e grilli ! Occorron maestri!

I maestri, finalmente, vennero. E con essi nacque nel garzone una grande smania di studiare. Ma, neanche a combinarla apposta, saltaron subito fuori nuove contrarietà. I maestri la intendevano in un modo, il garzone in un altro. I maestri s'ostinavano a discorrere di Numa Pompilio e della sua religiosità, di Muzio Scevola e del suo amor di patria, di Bruto e dei tiranni. Il garzone rideva della Ninfa Egeria, tirava la lingua alla mano arrostita e sbadigliava sull'ombra di Filippi: ma, in compenso, si faceva spiegare punto per punto il ratto delle Sabine, il gesto di Brenno e il passaggio del Rubicone. I maestri gli squadernavano sotto gli occhi i Promessi Sposi e gli davano da imparare a memoria la passeggiata di don Abbondio, la penitenza di fra Cristoforo o la fuga sul lago di Lucia e di Agnese. E il garzone, invece, recitava la sfuriata di don Rodrigo, le imprese dell'Innominato o l'assalto ai forni.

— Ha ingegno, ma non se ne caverà un bel niente; — sospiravano i maestri.

Lo misero a regime: doveva studiare dall'ora tale alla tal'altra, passeggiare così e così, coricarsi con le galline ed alzarsi coi galli. Eliminarono dall'insegnamento le materie superflue: l'arte del comporre, le letture, la poesia; e le sostituirono con nuove dosi di materie utili: nomenclatura, regole aritmetiche, massime morali di Smiles. Strapparono da ogni libro le pagine più interessanti, ma meno importanti dal punto di vista didattico: per esempio, il periodo dei Borgia nella storia d'Italia, il capitolo delle figure sintattiche nella grammatica, gli episodi della fata turchina in Pinocchio. Tanto per intenderci, Pinocchio fu, appunto, l'unico libro concesso alla curiosità del garzone: ma gli si raccomandò di non leggere più di tre pagine al giorno per evitare riscaldi di fantasia e altri malanni del genere.

Picchia e ripicchia, lo scolaro divenne degno dei maestri. Gli chiedevano:

— Qual è il primo dovere di un ragazzo?

E lui serio serio rispondeva:

— Amare e rispettare i propri genitori.

Gli chiedevano

— Qual è il più bell'esempio della Storia romana?

E lui serio serio rispondeva:

— Le oche del Campidoglio.

Gli chiedevano:

— Qual è l'uomo moderno, che tutti dovremmo imitare?

E lui serio serio rispondeva:

— Beniamino Franklin.

S'era un po' curvato nelle spalle, guardava la campagna solo dalla finestra, correva via se gli parlavano di letteratura. Ma, in compenso, abbandonate le antiche fisime e velleità di ribellione, aveva accolti entro di sè i più sani principii didattici.

*

Il garzone divenne un giovanotto. Voltato il dorso alle scuole, si sentì come rimpastato di nuova carne e vivificato da un'anima nuova: una muda vera e propria. Nè se lo sognava neanche di ammogliarsi. Diceva:

— Sarei un gran matto se, lasciato appena un morso, me ne ripiantassi un secondo fra i denti. È così bello annusare tutta la primavera che si sprigiona dai volti delle mie coetanee! È così bello mormorare una parolina dolce nell'orecchio dell'una, dare un pizzicotto nelle polposità di un'altra, fissare un appuntamento con una terza! È così bello sorridere, ridere, scherzare, giuocare, sospirare, languire senza mèta fissa nè causa nè impacci! E poi, cosa direbbe la figliuola del massaro se non mi trovasse più sotto il faggio? E come potrei più recare i fiori di campo alla moglie dell'organista? E come oserei più scherzare con le tre sorelline del medico?

— Vuoi rimanertene solo solo nel mondo? Non sai che la vecchiaia arriva presto?, — brontolavano sempre i parenti.

Infine capitò una ragazza, più furba o più fortunata, che lo indusse a cedere l'armi Ma i due non andarono molto a lungo d'accordo, sempre per colpa di quelle benedette fisime, che scomparivano da una parte per riapparire dall'altra. La moglie decantava la tranquillità che si gode nella propria casa, la dolcezza di una vita regolata, la soavità di un amore calmo. Il marito poneva sottosopra il mobilio, saltava i pasti, si alzava e si coricava a tutte le ore e ogni tanto afferrava la sua donna, la sballottava, le faceva il solletico, la mordeva e, fra strilli e risate, finiva il giuoco Dio solo sa come. La moglie sospirava un figlio, e già si vedeva occupata a pulirgli il naso e la bocca, a cullarselo in grembo, a condurlo all asilo, insegnandogli, per via, a tenere la canestrina della merenda senza versarne il contenuto. E diceva al marito:

— Ti vorrò più bene quando sarò madre.

— Hai ragione, — rispondeva lui sghignazzando; — i piagnucolìi del bambino ci terranno più desti.

— Che c'entra!, — ribatteva la donna.

— C'entra sì! Se tu non mi piacessi più, me ne andrei.

E lì, bufera.

— Ma il vincolo sacro?, — gridava la donna.

— Un uomo l'ha creato e un altr'uomo può romperlo, — sentenziava lui.

— Ma l'amore della famiglia?, — esclamava lei.

— Bazzicherò in quelle degli altri, — brontolava lui.

— Ma il giudizio della gente?, — singhiozzava lei.

— Cercherò gente di giudizio, — tempestava lui.

— Ma la legge?, — sospirava lei.

— La legge parla di concubinaggi. Stai tranquilla che, se la scampo, nuove donne per le costole non me ne metto, — strepitava lui.

Un'usciata. E via per i campi a digerire la collera.

Infine, tra suoceri e nuora fu meditato un rimedio. Niente contrasti più, niente allusioni alla casa, ai figli ed all'amor pacifico. Un letto sempre morbido, una mogliettina sempre docile, un pranzo sempre succolento, una mano sempre pronta a rammendar panni e biancheria, una bocca vermiglia sempre aperta alle canzoni e alle risa, due piedini di fata sempre disposti a correre ed a saltare: ecco il dolce regime offerto allo stravagante marito.

Il giovane, dato tutto questo po' po' di seduzioni, abbandonò sempre più raramente la casa, s'abituò a sedere a mensa nell'ore prestabilite, cominciò a considerare la moglie sotto l'aspetto di cuciniera e di massaia. Vennero i figli: e lui non fiatò. Vennero le malattie: e lui scoprì nella donna preziose doti d'infermiera. Passò il bollore del sangue: e lui comprese che si poteva anche fare tutto un sonno filato, malgrado il piagnucolìo dei bambini.

Era divenuto grave in volto, non pensava più alle tarantelle sull'erba, si turava le orecchie se gli parlavano di passioni amorose. Ma, in compenso, buttato in un angolo il sacco di idee strambe e di stimoli prepotenti, aveva accettato i più sani principii morali.

*

Il giovane divenne uomo fatto. Sino a quel momento aveva vissuto col ricavo di alcune terre. Ma le bocche da sfamare aumentavano; e bisognava correre ai ripari. Invano egli diceva:

— Si sta così quieti nella nostra casetta. E ci vuol così poco, da queste parti, per tirar su la famiglia. E poi, è così bello fumare la pipa, accanto alla finestra, udendo il cinguettìo dei passerotti tra le fronde e dei bimbi tra le seggiole rovesciate!

— Vuoi che i tuoi figli si trovino nella miseria?, — lo rimbrottavano moglie e parenti.

Batti oggi, batti domani, si decise a trapiantare le tende e ad accettare un impiego in città. Ma, con la nuova occupazione, egli sentì risorgere nel proprio animo memorie fanciullesche, sentimenti dapprima vaghi ed incerti, poi sempre più netti e imperiosi. Aveva fatto i conti senza l'oste, l'amico! E non tardò molto ad accorgersene. Era stato collocato, mercè vive raccomandazioni di persona autorevole, in un posto di fiducia, di quelli che a un novellino, veramente, non si potrebbero dare. Altro che fiducia! I superiori battevano sempre sul chiodo dell'ordine, del rispetto al proprio grado ed alla gerarchia. Lui, invece, sparpagliava carte in ogni angolo della sua stanza, invitava a bere gli uscieri ed entrava con la pipa in bocca nel santuario del caposezione. I superiori esigevano rapporti compilati nelle debite forme e rigorosamente oggettivi. Lui, invece, saltava di palo in frasca e ficcava un po' dappertutto le sue personali considerazioni e conclusioni. I superiori sentenziavano sempre: Chi va piano va sano; il troppo zelo nuoce. Lui, invece, sbrigava in quattro e quattr'otto le sue incombenze e pretendeva che gliene dessero subito altre. I superiori si rallegravano nel vedere svolgersi i servizi, fra gli ingranaggi delle norme e delle consuetudini, con la pacata regolarità delle strisce da telegrammi. Lui, invece, era sempre lì a proporre modificazioni, suggerire riforme, decantare la virtù dell'olio sulle ruote dell'amministrazione.

— Ma c'è il regolamento!, — mugolava il capo-sezione.

— Se ne crea uno nuovo, — ribatteva lui.

— Ma è sempre andata bene così, — sbraitava il capo-divisione.

— Andrà meglio in un altro modo, — affermava lui.

Dovettero levarlo dal posto di fiducia e metterlo a regime: revisione di conti al mattino, protocollo nel pomeriggio.

Il nostro uomo nei primi tempi, data la novità del lavoro, tenne gli occhi ben spalancati: e già rimuginava, anche in quel campo, progetti di radicali mutamenti.

Ma, col trascorrer dei giorni, cominciò a far ciondolare la testa, a chiudere ora una palpebra, or tutte e due; sonnecchiò, s'appisolò, si svegliò di soprassalto, s'appisolò di nuovo e finì col dormir della grossa.

Le ultime fisime eran scomparse. Ma, in compenso, il nostro uomo fu nominato cavaliere: e, beato come un papa, s'avviò con la sua croce verso la vecchiaia.

PUCCETTINO.

C'era una volta un giovane furbo, ma furbo, aiutatemi a dir furbo. I vicini scappavano al solo vederlo, e i genitori stessi lo temevano come la peste. Proprio lui aveva legato l'asino del mugnaio alla corda della campana e fatta accorrere in piazza tutta la gente scamiciata. Proprio lui aveva data la colla all'uscio d'una graziosa parrocchiana e obbligato il curato, ch'era dentro, a calarsi da una finestra. Proprio lui aveva addestrato un barboncino a infilarsi nelle cucine degli altri e a rubar le bistecche; e poi, s'era messo a ridere vedendo i mariti affamati alzare il bastone sopra le mogli innocenti. Ma potevano preparare appostamenti! Non c'era verso di pescare sul fatto nè lui nè il suo cagnaccio!

Infine, i parenti risolvettero, per disperati, di condurre il giovane lontano di lì e d'affidarlo alla custodia di un fattore di campagna, loro amico, che gli togliesse i ghiribizzi dal capo, obbligandolo a lavorare dall'alba al tramonto. Il furbo non disse nè sì nè no; ma per la strada guardava ogni paracarro e borbottava fra i denti: Mi rivedrai presto, mi rivedrai presto.

Mondava le viti e zappava la terra da pochi giorni: e già i suoi compagni di fatica gli volevano un bene dell'anima. Aveva trovato il tempo d'insegnar loro mille cose utili: a sostituire la polvere di gesso alla farina quando ritiravano i sacchi dal mugnaio; a succhiellare le botti per succiarne il contenuto con una paglia e a turar, poi, il bucherellino con pece greca; a dormire all'ombra delle siepi, mentre uno di essi, per turno, si poneva in vedetta.

Il fattore voleva vender la farina? L'assaggiavano sulla punta del dito, facevano una smorfia e voltavan le spalle. Voleva vendere il vino? Trovava le sue botti scemate. Correva ai campi? Da ogni parte si lavorava con furia: e, malgrado ciò, le terre non finivano mai d'essere dissodate.

Un giorno, il fattore si presentò, piangendo come un vitello, innanzi ai parenti del giovane.

— Che c'è? È accaduta una disgrazia a nostro figlio? Oh Dio, s'è rotta una gamba! Oh Dio, è morto!, — gridaron subito quelli.

— Peggio, peggio!, — rispose il fattore tra i singhiozzi. — Figuratevi che quel rompicollo, col pretesto di dar lezioni ai miei lavoranti, li ha persuasi a pagargli una decima. E ora essi, per non metter la mano nella propria saccoccia, vogliono cresciuto il salario; altrimenti, mi distruggono la vigna e mi brucian la casa. Pensare che, prima, eran così docili! Ah, briccone! Ah, assassino! Se non me lo togliete dai piedi, commetto qualche corbelleria!

Ed ecco come i paracarri rividero presto il giovane furbo.

*

Pel paese ricominciò a serpeggiare il malumore. Una vecchia beghina aveva trovato in capo al letto, al posto del crocifisso, un diavolo con tanto di lingua fuori; un droghiere aveva provocato un generale sconcerto vendendo un olio d'oliva ch'era invece olio di ricino allungato; un albergatore non vedeva più neanche l'ombra d'un cliente; sfido io!, sull'uscio dell'albergo gli avevan scombiccherato "qui si comprano gatti morti". Ognuno sapeva il nome del mettiscandali. Ma potevan tender tranelli! Non c'era verso di acchiapparlo! Infine, a furia di sentir proteste e minacce, i parenti decisero di liberarsi del giovane arruolandolo come soldato.

Il furbo non disse nè sì nè no, firmò la carta che gli presentarono, e partì, lasciando i compaesani che sembravan mantici, tanto respiravano forte.

Si trovava nel reggimento da pochi giorni: e già i compagni vedevano in lui una specie di divinità. Figuratevi! Aveva insegnato a fabbricare cartucce a salve e a vendere quelle col proiettile; a sostituire le galline per la mensa degli ufficiali con pollastrelli spolpati; a pigliare, come purga, un pizzico di scialappa e a rimanersene tutto il santo giorno in panciolle per guarire dalla malattia. E fu un vero delirio, quando il giovane spiegò come si salti la sbarra di nottetempo senza correre il rischio d'esser scaraventati in prigione. "È semplice, disse: si comprano da un rivendugliolo tre o quattro mantellacci e altrettanti berretti vecchi da ufficiale; poi, per turno, tre o quattro di noi se li ficcano sulle spalle e sul capo, ed escono, salutati dalla sentinella". Volevan portarlo in trionfo.

Scoppiò la guerra. Il furbo, ai primi colpi, cadeva disteso al suolo: e c'era sempre qualche graffiatura di spina, che dimostrava il pericolo corso. Rifattasi la calma sui campi, egli, malgrado la ferita, correva ad aiutare le monache e gli infermieri nelle loro pietose ricerche e, nei momenti propizi, alleggeriva da ogni peso superfluo quei dolenti che dalla divisa ricca di filettature gli apparissero più bisognosi di respirare con libertà.

Il reggimento del giovane si accampò a qualche centinaio di metri da un ponte, sul quale, l'indomani, doveva passare il nemico. Calata la notte, il furbo chiamò a sè qualche compagno tra i più fidati. "Dobbiamo compiere una grande impresa, disse: seghiamo in parte le assi del ponte; e all'alba ci sarà da ridere vedendo il capitombolo e il bagno di quei macachi laggiù". E dentro di sè pensava: Se mi va bene, divento colonnello in un batter d'occhio.

Andò più che bene. Ma un amico corse ad avvertire il giovane che il consiglio di guerra s'era già radunato e stava preparando tre accuse contro di lui: abbandono temporaneo del campo: deterioramento arbitrario di un bene demaniale, qual è un ponte: grave offesa alla disciplina, poichè non si può tollerare che l'iniziativa personale si sostituisca agli ordini superiori; e tutto ciò con l'aggravante terribile dello stato di guerra. 'È la fucilazione certa!", singhiozzò l'amico.

Ma quando si recarono a cercare il giovane furbo, non ne trovarono più neppure la traccia.

*

Cammina, cammina, il giovane arrivò, che il sole era già calato da un pezzo, davanti ad una grande città. Le porte erano spalancate: e nessuno a guardarle. Il giovane entra, imbocca una strada larga e diritta: anche lì, deserto. Solo, di quando in quando, spiragli aperti al livello del suolo lasciavan sfuggire un po' di luce, zaffate di vino e canti affievoliti di bevitori. Il giovane svolta in una via secondaria, s'avanza fra l'ombre senza imbattersi in creatura vivente, aguzza l'occhio e l'orecchio: tenebre e silenzio dovunque.

27

Cammina, cammina, finalmente vede una finestruccia bassa illuminata. Picchia ai vetri. Quella si apre; e una voce stridula grida:

— Sei qui, ubriacone?

Il giovane alza il volto. Ma la medesima voce esclama:

— Misericordia!

E la finestra si chiude con fracasso.

Il giovane attende qualche minuto; poi, urta di nuovo con le nocche contro i vetri. Niente. Urta più forte, minaccia di romperli. Ed ecco aprirsi l'uscio e una donnina tutta pelle e ossa apparir sulla soglia, tenendo una lucerna e facendole schermo con una mano per meglio spiar nella strada.

— Sono un forestiero in cerca di ricovero per una notte, — disse il giovane avvicinandosi.

La donnetta, invece di rispondere, singhiozzava:

— Disgraziato! Disgraziato!

— Oh, insomma, — brontolò infine il giovane, — si può sapere....

Ma l'altra gli troncò la frase sulle labbra.

— Zitto. Entrate, — susurrò.

E si tirò indietro per dargli il passo.

Quando furono in casa, — Povero figliuolo, disse la donna deponendo la lucerna sopra una rozza tavola; l'avete scampata bella! Guai a voi se mio marito, invece di andare con gli amici, fosse rimasto in casa. E non avete trovato nessuno per via?

— Neanche l'ombra di un cristiano, — borbottò il giovane.

— Siete nato con la camicia, ve lo assicuro io!

— Bada lì, che pericoli!, — proruppe il giovane stizzito.

E voleva aggiungere altro. Ma la donnetta lo racchetò con un gesto.

— Non sapete, — chiese, — che gli uomini di queste parti sono alti tre palmi più di voi e hanno i pugni grossi come la vostra testa?

— Non vorran mica ammazzarmi?, — obiettò il giovane.

— Sicuro che v'ammazzeranno, e mio marito sarà il primo! Da queste parti gli abiti pulitini pulitini e le membra delicatine delicatine e i volti rosei rosei producon l'effetto delle pezzuole rosse sui tori.

— Sia come vuole, — dichiarò il giovane; qui mi trovo e qui resto.

E non ci fu verso di smuoverlo.

Ma ecco che, mentre i due litigavano, càpita il marito.

— Chi è questo mostricciattolo?, — urla con un vocione da far tremare la casa.

Il giovane non si perse d'animo. Allungò le mani, s'impadronì di quelle del colosso e, stringendole con cordialità, disse:

— Sono un vostro ammiratore. Ho cercato inutilmente, fino ad oggi, un uomo secondo i miei desiderii. Voi siete quello, poichè possedete le tre maggiori virtù: il coraggio, l'energia e la forza.

— Non parla mica troppo male, il naneronzolo; — mugghiò il colosso sedendo. — Ohè, dite un po', compare, perchè indossate una veste così ridicola?

— Perchè non avevo ancora veduta la vostra.

— E perchè siete così mingherlino?

— Ingrosserò, se mi vorrete aiutare.

— E perchè non avete le guance e il naso come i galantuomini?

— Siatemi maestro. E diventeranno presto rubicondi.

Il colosso si rivolse alla moglie:

— C'è un letto vuoto nella camera della piccina.

Poi, senza aggiunger sillaba, s'alzò e a passi pesanti s'avviò verso la propria.

Il giovarne cadeva anch'esso dal sonno: e non s'avvide quasi di un altro lettuccio, immerso nell' ombra. Ma all'alba, svegliandosi, scorse una fanciulla, che lo esaminava con curiosità. Era graziosa, la figliuola del colosso; però dimostrava nei gesti e nell'atteggiamento un non so che di affettato e, parlando, piegava sempre il collo da una parte, come fanno i gallinacei allorchè vedon giungere la massaia col becchime.

Il giovane furbo continuò ad abitare in quella casa e a divider la stanza con la ragazza. Aveva compreso subito d'esser capitato fra gente un po' feroce, ma, in fondo, alla buona. E poi, lì dentro, tutti gli dimostravano simpatia. Anzi, il colosso non si recava più, la sera, nelle taverne; tanto desiderava godersi la conversazione del naneronzolo.

— Ohè, compare, — chiedeva, — credi proprio che la forza sia una gran virtù, ma non basti a render l'uomo felice?

— Certo, — rispondeva il giovane: —— tu, per esempio, sei il più gagliardo della città; eppure sgobbi l'intero giorno e sei stimato al pari dell'ultimo manovale. Bell'esistenza! Bella felicità!

— Oh, cosa dovrei fare?, — mugghiava il colosso.

— Dovresti dire agli altri: Io ho i muscoli più grossi dei vostri; dunque, valgo più di voi.

— E dopo?, — insisteva il colosso.

— Dopo, gli altri ti ubbidirebbero e lavorerebbero anche per te.

L'omone rimaneva pensieroso. Ma la sua figliuola era pronta a gettargli le braccia al collo e a susurrare con voce melliflua:

— Non dare retta a quel cattivaccio, babbo. Pensa che correresti chi sa quanti pericoli. E poi, sarebbe una cattiva azione, un'offesa alla provvidenza, che t'ha creato perchè ti guadagni il pane col sudore della tua fronte.

Strana fanciulla! Sempre piena di sogni e di paure, sempre occupata a foggiarsi qualche idoletto chimerico e ad inginocchiarglisi davanti! E con la sua vocina dolce, fin troppo dolce, rimetteva il padre nella strada vecchia meglio che se avesse adoprato redini e frusta.

Qualche volta, il colosso mormorava:

— Eh, se non ci fosse quella piccina, saprei ben io come maneggiarmi!

Era molto seccato della sua posizione. Porgeva orecchio al giovane? Ed ecco la figliuola piagnucolare. Badava alla figlia? Ed ecco il giovane metter su tanto di muso.

Infine, una notte che non poteva chiuder occhio per i molti pensieri, si decise.

— O lei o lui, pensò. Dunque, meglio finirla per sempre con lui e sbarazzarsi del grattacapo continuo.

Si armò di un coltellaccio ed entrò con passo furtivo nella camera dei due giovani.

Il furbo, che da un pezzo divideva il proprio giaciglio con la ragazza, e per certi segni minacciosi, di cui s'era accorto, dormiva sempre come la gatta di Masino, non perse tempo: si lasciò scivolare a terra, afferrò al buio i pochi abiti e quatto quatto infilò l'uscio socchiuso. Frattanto il colosso s'avvicinava al lettuccio, posava leggermente una mano sulle coperte, risaliva con essa lungo la forma del corpo, toccava una gola, premeva sotto il mento perchè questa rimanesse tesa e, zac, la segava proprio sotto il pomo d'Adamo.

*

Per tre giorni il giovane non si fece vivo. Al quarto, si ripresentò franco franco innanzi al colosso. Questi che, data la sua natura primitiva, aveva già messo il cuore in pace, grugnì mezzo di malumore e mezzo ridendo:

— Volevo tagliare il nodo; e, invece, avevi già pensato tu ad ogni cosa.

— È tempo di operare, e non di rammaricarsi; — dichiarò il giovane. — Ricordati che sei il più gagliardo e che a te tocca di importi.

— Ma cosa posso promettere ai compagni in compenso della loro obbedienza?

— La conquista di dieci altre città, che si trovano a poca distanza da questa e sono popolate da creature deboli e ben vestite al pari di me.

— Hai ragione, comparuccio. Ma come farò ad esporre tutta codesta roba, se non ho mai saputo combinare insieme due frasi?

— Parlerò io in tuo nome. Non crucciarti per così poco.

Nel pomeriggio del medesimo giorno, il furbo, salito sopra il piedestallo della statua di Ercole, nella piazza principale della città, dominava con lo sguardo una moltitudine di omoni, accorsi al richiamo. Egli cominciò a spiegare come l'universo intiero sia retto dalla legge del più forte. I pianeti sono umili schiavi del sole: dunque, anche gli uomini devono piegarsi davanti a chi sappia imporsi. Qual'è la maggior virtù degli uomini? La forza muscolare.

Un mugghio d'entusiasmo ruppe la calma dell'atmosfera e indusse una ventina di gatti che assistevano dai davanzali delle finestre all'imponente comizio, a darsi a una fuga precipitosa.

— Compagni, — proseguì il giovane, — voi siete le creature perfette, poichè possedete questa forza. Pensate, però, che essa nulla vale se non sia accoppiata a una coraggiosa violenza. E pensate, inoltre, che la violenza sperperata in mille direzioni, senza mèta nè guida, conduce alla rovina. Milicni di sudditi attendono, in un raggio di venti leghe, che voi, con la vostra terribile presenza, imponiate il dominio d'una razza gagliarda sopra una razza infrollita. Ma ricordatevi che invano tentereste di vincer l'astuzia diabolica di quei popoli, se non vi conducesse al trionfo una mente direttrice, una gagliardìa a tutta prova, un uomo, infine, qual è appunto il mio amico, il colosso. Orsù, dittatori del domani, eleggete costui a vostro dittatore dell'oggi e nominate me segretario e tesoriere della magnanima impresa.

Un urlo, ancora più tremendo del primo, squarciò l'aria: e mille mani callose s'elevarono ad applaudire e a confermare le nomine.

Acquetatosi l'uragano, il giovane riprese a dire:

— Compagni, pronunciai a bella posta la parola tesoriere. Gravi sacrifici pecuniari abbisognano per condurre a termine il nostro progetto. L'oro è il nerbo della guerra; i quattrini sono gli stivali di sette leghe, che soli possono concedervi di superar le distanze. Radunate, dunque, tutti i risparmi che ciascuno di voi ha accumulati in lunghi anni di fatica, e, riflettendo alle immense ricchezze che vi attendono nelle terre designate per la conquista, recatemi le vostre senza detrarne la benchè minima parte.

Un terzo ruggito e ululato scoppiò fuor dagli ampi toraci. Poi l'assemblea si sbandò per correre alle case ed ai nascondigli, ove da tanto tempo, inerte e inutile, giaceva l'oro delle economie.

Il nuovo tesoriere comprò un grosso sacco, lo riempì col nerbo della guerra e di nottetempo, senza salutare nessuno, s'avviò verso altri e più alti destini.

*

Da ciò s'impara che, a far del bene al prossimo, c'è sempre da guadagnare qualcosa.

STORIA DI UN UOMO, CHE ANDÒ IN GIRO PEL MONDO
PERCHÈ VOLEVA IMPARARE A TREMARE.

Un uomo aveva un ticchio: credeva di esser privo di cuore. Diceva: Io non mi stupisco di niente, non mi commuovo cascasse il mondo, non temo nè Dio nè il diavolo; dunque, non ho cuore.

Pensa oggi, ripensa domani, decise di girare in lungo e in largo la terra. Certo per via avrebbe trovato qualche anima buona, che gli insegnasse a rabbrividire, a scuotersi, a tremare. Non pretendeva gran cosa; gli bastava qualche emozioncina piccola piccola, che gli facesse capire se aveva un cuore o no.

Viaggia di qua, viaggia di là: sembrava proprio l'ebreo errante. Vide la cupola di San Pietro, il Vesuvio, il Canal Grande, la torre di Giotto, Santa Maria della Spina. Scuoteva la testa e borbottava: Miserie! Vide un oratore che parlava col naso, un letterato che scriveva coi piedi, un ministro che ragionava col ventre, un professore che non sapeva leggere, un commerciante che non conosceva l'addizione, un generale che non poteva montare a cavallo. Scuoteva la testa e borbottava: Miserie! Vide uno scienziato che faceva il droghiere, un calzolaio che faceva il filosofo, un libero pensatore che teneva il cero nelle processioni, un prete che dirigeva i liberi pensatori, un piccolo sensale che divorava a quattro palmenti nel suo palazzo, un grande poeta che sbadigliava alla luna dalla sua soffitta. Scuoteva la testa e borbottava: Miserie! Vide gli uomini di Stato

32

pendere dalle labbra di un giornalista, i commediografi bussare al camerino di un artista, gli scrittori inviare lettere a un editore, i litiganti correre da un avvocato, i malati chiedere un medico. Scuoteva la testa e borbottava: Miserie!

Un giorno s'imbattè in un milionario, che lo condusse a vedere tutte le sue ricchezze.

Cominciarono dai terreni. Eran vigne e vigne che non finivano più, campi che si perdevano all'orizzonte, boschi così vasti da potervi camminare per giorni e giorni senza raggiunger l'aperto. E dovunque si scorgevano individui sudati, curvi a potare, vangare, seminare, tagliare.

— Bestemmiano un poco, ma lavorano, — diceva il milionario.

E l'uomo dal ticchio zitto e fermo.

Si recarono a visitare le officine. Macchine e macchine da non averne un'idea, e confusione d'ingranaggi e vertiginoso movimento di cinghie e un fracasso e un tanfo e un calore, che avrebbero buttato giù anche un bue. Da ogni parte, poi, si scorgeva un brulichio di persone ansanti e trafelate come levrieri dopo una corsa.

— Si organizzano, — diceva il milionario, — ma di riffe o di raffe ubbidiscono.

E l'uomo dal ticchio zitto e fermo.

Andarono nei granai. Eran pieni stipati.

— È scoppiata una guerra, non ricordo più dove; — dichiarò il milionario. — Quei figliuoli han bisogno di mangiare per mettersi in forze. Ed io li sfamo, in base ai prezzi di guerra: il dieci per uno di guadagno e il trasporto a carico del committente.

E l'uomo dal ticchio zitto e fermo.

Passarono negli uffici. Tavole e tavole, sedie e sedie, da sembrare un negozio di mobilia: e un esercito d'impiegati, che imbrattavan di segnacci neri le carte senza mai sollevare la testa.

— Stan benone, felici loro!, — esclamò il milionario: — dieci ore al giorno di servizio e un compenso di mezzo franco per ora.

E l'uomo dal ticchio zitto e fermo

Infine, entrarono nell'ultima stanza. C'era un'enorme cassaforte, spalancata e piena zeppa di biglietti di banca. Un individuo mingherlino e sparuto sedeva in un angolo e maneggiava i biglietti come se fosser tarocchi.

— Il mio cassiere. Ma non è ancora scappato!, — sghignazzò il milionario.

L'uomo dal ticchio sentì un brivido corrergli fra pelle e pelle, e spalancò stupefatto la bocca.

Mentre si preparava ad uscire, fu richiamato indietro dall'individuo mingherlino.

— Bel sugo avrei a scappare!, — gli susurrò costui in un orecchio: — ci guadagno di più a restar qui.

*

Viaggia e viaggia, l'uomo dal ticchio non sapeva più che cosa fosse il riposo. Vide un debitore singhiozzare ai piedi del creditore, un accattone chieder l'elemosina e fuggir via inseguito dai cani, un lebbroso mostrar le piaghe, un tisico sputar sangue, un moribondo confortare i parenti. Scrollava il capo e borbottava: Piccolezze! Vide una ragazza buttarsi per amore giù da una finestra, un giovinotto sgozzare l'amico per quistioni di giuoco, un padre scacciare la figlia per punto d'onore, una madre piangere sul corpo del figlio perchè era morto. Scrollava il capo e borbottava: Piccolezze! Vide grappoli umani ruinare insieme con le case per un terremoto, paesi e abitanti scomparire travolti dalla fiumana, cittadini cader come mosche per le strade, fulminati dalla peste, gruppi di soldati stramazzar come birilli all'improvviso giunger di un obice. Scrollava il capo e borbottava: Piccolezze.

Un giorno non si trovò più al dito un anello: e corse a denunciare il furto.

— Come vi chiamate?, — gli domandò il commissario.

Lui lo disse:

— Figlio di....?

Lui lo disse.

— Nato il....

Lui lo disse.

— Che cosa fate di professione?

— Ma si tratta di un anello....

— Bisogna rispondere.

Lui rispose.

— Siete certo che v'abbian rubato un anello e non un bastone?

Lui giurò e spergiurò che non aveva mai portato bastoni nella sua vita.

— Gli è che, se fosse stato un bastone, avremmo già il ladro sottomano.

34

— Ma era un anello....

— Pazienza! Acciufferemo ugualmente il mariuolo. Eh, li conosciamo sulla punta delle dita, quei messeri! E ne abbiano vita e miracoli depositati nel casellario. Tornate domani.

L'uomo dal ticchio si ripresentò, puntualissimo, l'indomani.

— Come vi chiamate?,— gli domandò il commissario.

— Mi pareva d'averlo già detto una volta!, — tentò di ribattere l'interrogato.

— Non importa. Bisogna rispondere.

Lui rispose.

Sciorinate le generalità, il commissario chiese:

— Il vostro anello non era, per caso, in una bottega di gioielliere?

Lui giurò e spergiurò che l'anello si trovava proprio al suo dito.

— Gli è che, nel caso, avremmo già il ladro sottomano. Pazienza! Lo pescheremo ugualmente. Tornate fra un mese.

Dopo un mese l'uomo dal ticchio si ripresentò puntualmente.

— Come vi chiamate?, — gli chiese il commissario.

— Se volesse far appello alla sua memoria..., — insinuò l'interrogato.

— Che c'entra la memoria! Bisogna rispondere.

Lui rispose.

Sciorinate le generalità, il commissario chiese:

— Per rubarvi l'anello vi hanno tagliato il dito?

Lui giurò e spergiurò che nessuno gli aveva mai fatto un simile affronto. E mostrò le mani, come prova.

— Gli è che, nel caso, avremmo già il ladro sottomano. È uno specialista del genere: e ne conosciamo vita e miracoli. Pazienza! Agguanteremo anche il vostro. Tornate fra un anno.

L'uomo dal ticchio lasciò trascorrere l'anno, e poi si ripresentò puntualmente.

— Come vi chiamate?, — domandò il commissario.

— Se volesse sfogliar le sue carte .., — suggerì l'interrogato.

— Ma che carte d'Egitto! Bisogna rispondere.

Lui rispose.

Sciorinate le generalità, il commissario dichiarò.

— Abbiamo trovato il ladro.

L'uomo dal ticchio si scosse tutto e rimase lì, pallido e muto per l'emozione.

— E l'abbiamo anche impiccato, — aggiunse benignamente il commissario.

Per istrada, l'uomo dal ticchio mise la mano in una tasca del panciotto: e vi trovò l'anello.

*

Viaggia di su, viaggia di giù: l'uomo dal ticchio sembrava proprio un disperato. Si vide brillare davanti agli occhi i tromboni briganteschi, i coltelli della malavita, le zagaglie africane, le mazzuole dei pellirosse, i conti degli osti. Scuoteva il capo e borbottava: Bazzecole! Vide le folle in rivoluzione, gli attentati anarchici, le cariche di cavalleria, gli scioperi generali, le dimostrazioni femministe. Scuoteva il capo e borbottava: Bazzecole! Subì ricatti di fanciulle minorenni, passioni di donne mature, vetrioleggiamenti di sartine, epistolarii di ragazze di famiglia, revolverate di gentildonne. Scuoteva il capo e borbottava: Bazzecole!

Un giorno, si trovava assieme con una bionda figlia d'Albione.

— Perchè non mi sposi?, — gli domandò questa, a un certo momento.

— Sicuro che ti sposo, e anche subito! — esclamò lui in risposta.

E volle far seguire alle parole l'azione.

Ma la sua vaporosa compagna si ritrasse di un balzo.

— Ho testimonii, — dichiarò: — adesso sei mio marito, secondo la legge inglese.

L'uomo dal ticchio sentì un gelo al cuore. E si diede a tremare, a tremare come una foglia.

Credo che la paura non gli sia ancora passata.

C'era una volta una ragazza sentimentale, ma sentimentale, aiutatemi a dire sentimentale. Sospirava sempre, mangiava poco, discorreva ancor meno e divorava i romanzi con la copertina color di rosa. Siccome era pallida e non poteva salir le scale senza fermarsi ad ogni pianerottolo per ripigliar fiato, fu chiesto il parere autorevole di un grande medico, di quelli che hanno la barba lunga, la pancia rotonda e l'andatura da pachidermi che si siano ben satollati e cerchino un luogo propizio alla digestione. L'illustre scienziato rivolse alla ragazza un certo numero di domande incomprensibili, battè più volte con le dita sovra il dorso denudato e coperto da un fazzoletto, appoggiò gravemente l'orecchio sul fine tessuto protettore, crollò il capo, guardò l'orologio, poi disse:

— Fa troppo caldo. Bisognerà aspettare l'autunno per godere un poco di fresco.

Sulla soglia, prima di congedarsi, soggiunse misteriosamente:

— Potrebb'essere anemia come potrebb'essere qualcos'altro. Provate a mandarla in campagna.

E partì dopo aver intascato con molta dignità i quattrini della visita.

La ragazza fu inviata in villa, presso una famiglia di conoscenti. Nei primi giorni sospirò ancora di più, mangiò ancor meno, si chiuse in un disperato mutismo e di nascosto rilesse una gran parte della sua biblioteca. Per fortuna c'era, laggiù, un giovinetto bello nel volto, delicato nelle membra e gentilissimo d'animo. La ragazza, circondata di soavi premure, cullata dalla blanda musica delle frasi più tenere, non tardò a modificare le proprie opinioni sulla campagna in genere e su quella villeggiatura in ispecie: non sospirò più, non guardò più le pietanze con sacro terrore, si avvezzò ad aprire la bocca per rispondere alle parole cortesi e lasciò che i ragni e la polvere stabilissero la lor dimora definitiva sovra la biblioteca dalle copertine color di rosa. Inoltre, la sua fantasia, specialmente nella notturna solitudine della camera da letto, si diede a sognare languide passeggiate tra file di mandorli in fiore, colloqui sotto il tenue spiover dei raggi lunari, minuetti di damine in guardinfante e di gentiluomini calla parrucca incipriata e simili ammennicoli da cervelli in ozio. Anche l'autore della metamorfosi era contento, poichè le sue maniere squisitamente garbate e la sua profonda conoscenza degli aggettivi più dolci e armoniosi gli avevan procurato qualche intimo, benchè troppo fugace, contatto con due labbrucce tremule e tiepide come il corpicciuolo di un uccellino catturato.

Un giorno, il figliuolo del mezzadro invitò la ragazza a contemplare un cagnuolo e una cagnetta, che scherzavano nel cortile. Il garzone non sapeva mettere insieme quattro parole che avessero un po' di senso, possedeva un corpo tozzo e un paio di mani grosse e callose: ma mostrava a nudo, attraverso l'apertura della camicia, un torso pieno di carne soda e dorata, e spargeva intorno a sè un aroma penetrante ed acre di terra fresca e di membra in sudore. Poichè i due cani s'erano rintanati in una vicina rimessa, la ragazza e il contadinotto decisero, per comune sebben tacito accordo, di seguirli. Non so che cosa diavolo accadde lì dentro: ma è certo e provato che, dopo un'ora, la ragazza tornò all'aperto con la chioma scomposta e le guance rosse come il fuoco.

*

Rientrata nel seno della famiglia, la nostra sentimentale si dedicò alla lettura dei romanzi con la copertina color giallo oro: e ricominciò a sospirare. Proprio nella casa di fronte abitava un giovane viaggiatore, il quale s'era procacciata una fama indistruttibile con le sue esplorazioni di terre misteriose nonchè di cuori femminei, misteriosi del pari ma assai più facilmente avvicinabili. La ragazza, seduta nel vano della finestra aperta, guardava ora il libro incominciato, ora la raccolta di curiosità zoologiche e di fotografie che, a traverso il balcone di rincontro, si offrivano alla sua ammirazione. Guarda oggi, guarda domani, finì per abbandonare ai tarli il còmpito di percorrere in lungo e in largo le pagine della biblioteca dalle copertine color giallo oro, per dedicarsi esclusivamente allo studio della fauna esotica, debitamente impagliata, e delle immagini femminee, i cui sorrisi baluginavano fra le penombre della stanza del viaggiatore. Inoltre, nelle notti tormentate dall'insonnia, la sua fantasia raffigurava paesaggi bizzarri o terribili, scalate di davanzali, fughe sovra focosi destrieri e simili bazzecole da cervelli in ozio. Per fortuna, un cugino in quinto grado della zia del padre della portinaia dello scopritore di paesi vergini e di cuori così così, s'incaricò, senza saperlo, di recare, insinuato nella fodera del cappello, un messaggio di pace in casa della ragazza: casa, nella quale egli era ricevuto per la sua doppia qualità di calzolaio a tempo perso e di consigliere comunale a tempo guadagnato. Sarebbe impossibile fissare il numero di stivaletti a bottoni e a lacci, di scarpine scollate e a fibbie, di pianelle in velluto e a ricami, di cui la ragazza sentì improvvisamente e imperiosamente la necessità. E sarebbe del pari impossibile descrivere la provvista di stivaloni da montagna e da caccia, di sandali da spiaggia e da canottaggio, di pantofole in pelle od in panno, che il viaggiatore, temendo una futura carestia nella merce del genere, volle con molta prudenza accumulare. Il degno consigliere comunale a tempo perso nonchè calzolaio a tempo guadagnato occupava, ormai, una gran parte del giorno in un andirivieni continuo fra le due case, onde ricevere ordini, misurare, mostrare i lavori eseguiti. E mentr'egli discorreva di alta politica amministrativa e di amministrazione cittadina con i genitori della ragazza, quest'ultima cercava le proprie virtù di esploratrice in erba nelle profondità tenebrose dell'onesto cappello, trasformato in buca da lettere.

Un giorno, capitò in casa della nostra sentimentale un funzionario governativo timido come un capriuolo, dolce al pari di un micino neonato e onesto come un cane che si rispetti. Il dabben uomo era scapolo, un po' curvo e molto desideroso di tranquillità: e provava da un pezzo sempre più insistente il bisogno di confidare, una buona volta, in un qualche casto e pudico orecchio, i teneri sentimenti che gli riempivano il cuore, ma non erano mai riusciti a giungere fino alle labbra. Proprio in quel giorno, i genitori della ragazza dovevano dedicare le loro forze unite a un'impresa tremenda: la scelta di una nuova domestica, che con la fisionomia desse affidamento di non rubar sulla spesa e di non trasformare la cucina in un ricovero per soldati famelici; perciò lasciarono in un salottino la figliuola con l'incombenza di rallegrare l'animo esacerbato del funzionario governativo. Non so che cosa diavolo accadde lì dentro: ma è certo e provato che dopo un'ora, l'egregio uomo varcò la soglia mostrando due guance rosse come il fuoco e borbottando con voce, resa tremante dal rimorso:

— Ah, satiro, satiro che non sei altro! Ma ho una coscienza, e riparerò.

Riparò così bene che, trascorsi appena sette mesi, vide comparire alla luce il frutto del suo legittimo connubio con la nostra sentimentale.

*

Un'apoplessia fulminante, provocata forse dall'abuso di felicità, tolse alle gioie terrene il funzionario governativo. E con la vedovanza ricominciarono i sospiri e le letture della nostra sentimentale. Questa volta, però, abbandonati i romanzi con la copertina color rosa o giallo oro, essa decise di dar libero giuoco alle proprie tendenze per la melanconia e di abbeverare l'animo ai libri con la copertina color di cielo e con l'interno riboccante di vermicelli dai molti piedi, chiamati superfluità dai profani e versi dagli adepti. E a poco a poco, dissipate le nebbie che ancor le celavano i desiderati orizzonti, cominciò a sognare, durante le veglie solitarie e notturne, amori dolci e tormentosi, voli inebrianti attraverso un etere soleggiato, tenzoni di poeti innanzi ad un trono costellato di gemme, incoronamenti con apollineo lauro di teste chiomate, e simili chimere da cervelli in ozio. Per fortuna, un glorioso figlio delle Muse, esperto in ogni segreto della passione e della metrica, s'incaricò in buon punto di porgere l'opportuno rimedio a quella fantasia troppo eccitata, rappresentando la parte di ideale fatto carne. Oh, come i libri apparver subito ben povera cosa di fronte alla realtà! Servissero pur di trastullo e da dormitorio gratuito per i topi! La nostra sentimentale si raffigurava già circonfusa di luce, china sovra il nuovo amico dai capelli prolissi e dallo spirito ardente, il quale, in ginocchio, offriva con umile gesto il proprio orgoglio all'inspiratrice, resa immortale per mezzo di innumerevoli vermicelli dai molti piedi, chiamati superfluità dai profani e versi dagli adepti. Nessun vincolo volgare avrebbe deturpato il sacro connubio, poichè nei cieli della poesia non è permessa l'entrata ai sindaci e ai sacerdoti. Il cuore, il cuore, il cuore soltanto possiede il diritto di annodare e sciogliere simili dolcissimi lacci.

Un giorno, alla nostra sentimentale capitò di viaggiare, nel medesimo scompartimento, con un banchiere calvo e dottissimo in ogni operazione contabile. Non so che cosa diavolo accadde lì dentro: ma è certo e provato che, il giorno seguente, la donna, mostrando le orecchie e il petto adorni di fulgide gemme, stabiliva la propria dimora in un appartamento, fornito a profusione di arazzi, di mobilio e di lampadine elettriche. Aveva raggiunto il proprio ideale poichè, circonfusa di luce, abitava una regione in cui non è permessa l'entrata ai sindaci e ai sacerdoti.

*

Da ciò s'impara che nelle donne il sentimento non costituisce una debolezza, ma una forza.

I VAGABONDI.

Un uomo mal vestito capitò in un albergo di campagna. Era giovane, possedeva qualche soldo e nessun pensiero: perciò, voleva scialarsela senza crucciarsi punto per l'avvenire. Chiese un po' di cena, una bottiglia, ma di quelle che hanno sul vetro due dita di polvere, e un letto dove non si corresse pericolo di danzare il ballo di San Vito.

— Si figuri!, — rispose l'oste. — C'è fin troppa pulizia in questa casa. E per il vino, stia tranquillo: ne ho, giust'appunto, una qualità che risusciterebbe anche i morti.

Ma l'aveva già squadrato dal capo alle piante e pesato per quel che valeva.

— Ora ti concio io, — borbottava scendendo in cantina: — mi pigli un canchero se non ti faccio sputar fuori i pochi quattrini che tieni per le saccocce. Tanto, saran rubati!

Spillò un vinello chiaro, che serviva a rinfrescare i carrettieri e ogni giorno, da buon cristiano, riceveva il battesimo; imbrattò la bottiglia di ragnatele; poi, sempre sbofonchiando, rifece le scale.

— Guardi com'è limpido!, — esclamò ponendo il prezioso liquore tra il lume e gli occhi del giovane: — a forza di spogliarsi, è rimasto nudo nudo come un bambino innocente.

— Proprio vero, — confermò l'altro dopo aver assaggiato. — Scommetto che non darebbe noia neppure a una mosca!

Rise, ingozzò quel poco di cena; poi, lasciata la bottiglia a mezzo, si alzò avviandosi verso l'uscio.

Ma l'oste gli si mise davanti.

— Non s'offenda, sa?, — disse porgendogli un foglietto di carta tutto scarabocchiato: — è un'abitudine di questi luoghi. Si consuma e si paga subito; così, sono evitati i litigi.

Il giovane diede un'occhiata agli sgorbi. Gesummaria! Neanche se avesse mangiato e bevuto come Lucullo! E la "stansia pulitta"? Doveva esser degna, almeno, di una reggia, a giudicarne dal prezzo!

Ma l'oste intervenne con un sorrisetto mellifluo.

— Se sapesse quanto costa la roba anche a noi! E le domestiche? Giust'appunto ne ho rifiutata una ieri, che pretendeva l'occhio del capo! Sono un galantuomo: e mi conoscono tutti da queste parti. Non saprei approfittare d'anima viva, specie poi di chi, mi scusi, non sembra molto in fondi.

E, indovinando che l'altro stava per formulare una proposta, concluse:

— Ci rimetto, ci rimetto, le giuro.

Alzò gli occhi verso il cielo, come per invocarne la testimonianza; ma, visto che c'era fra mezzo il soffitto, li riabbassò sollecito sull'avventore.

Questi rise, pagò e se ne andò a dormire. Fece tutto un sonno, malgrado i ripetuti assalti di un esercito di animaletti domestici, che non erano precisamente gli amici dell'uomo. Ma, prima dell'alba, balzò giù dal letto, si vestì e, in punta di piedi, scese nella cantina.

Quando l'oste si recò a svegliarlo, vide che il letto era vuoto.

— Bah!, — disse; — giust'appunto ha pagato.

E s'avviò a spillar vino.

Madonna santa! Sul suolo c'era un metro di liquido: e le botti vi galleggiavano come zucche vuote.

L'oste si strappava i capelli.

— Brigante! Brigante!, — gridava.

E non c'era verso di capire se parlasse d'altri o di sè stesso.

*

Il giovane mal vestito chiese ospitalità, per una notte, a un ricco fattore. Quattrini non ce n'erano più. Dunque, bisognava aggiustarsi alla meglio.

— Mi sembrate in cattivi arnesi, quel giovane!; — gli disse il fattore.

— Si fa quel che si può, — rispose l'altro stringendosi nelle spalle.

— Siete grande e robusto. Perchè non cercate lavoro?

41

— Magari venisse! Ma chi mi piglia?

— Vi prendo io, se volete. Ne ho già parecchi da mantenere; ma, per aiutarvi.... Badate che di fatica ce n'è molta, ma molta!

— Eh, con queste braccia!, — esclamò il giovane.

Il fattore rise. Poi soggiunse subito, strizzando gli occhi come se trangugiasse un boccone troppo voluminoso:

— Potrò darvi pochino pochino. I tempi sono così duri, anche per noi proprietarii! E poi, dovete riflettere che vi prendo proprio per buon cuore, per non lasciarvi in mezzo alla strada.

Quando il giovane si fu allontanato, il fattore si volse verso la moglie.

— È una vera fortuna!, — dichiarò battendosi con dolcezza una mano aperta sul ventre. —— Questo lavorante mi renderà molto e mi costerà un'inezia. Invitiamolo a cena, per stasera, e diamogli da dormire in casa. Avrà tempo, in seguito, di mangiar pane e di coricarsi sul duro. E poi, bisogna mostrarsi affabili con i sottoposti.

Il giovane divise la mensa dei padroni ed ebbe in regalo un abito, ch'era appartenuto al nonno del fattore nei beati tempi della sua giovinezza e costituiva quasi un ricordo di famiglia. Infine, fu condotto in una camera bianca bianca ed invitato ad annusar le lenzuola che odoravano di lavanda e abbagliavano col loro candore.

Ma, verso la metà della notte, il giovane si alzò, si vestì senza far rumore e, in punta di piedi, visitò buona parte della casa al lume di una candela proprio di cera, e non di sego come quelle che son fornite di solito ai salariati.

L'indomani, il fattore si recò a svegliare il nuovo lavorante; ma trovò il letto vuoto.

— Bah!, — disse; — sarà per i campi.

Poi s'avviò a pigliar quattrini dalla cassaforte. Ma questa era spalancata: e sembrava sbadigliasse per la noia di non aver più niente da custodire.

Il fattore si dava pugni sul capo.

— Ladro! Ladro!, — gridava.

E non c'era verso di comprendere se parlasse d'altri o di sè stesso.

*

Il giovane, rimpannucciato e gioioso, affittò una camera ammobiliata presso un vecchio giudeo. Costui viveva solo con una mogliettina assai piacente, sposata di fresco, e con una figliuola di primo letto, un po' guercia e brutta anzichenò. Perciò, aveva da poco deliberato di mettersi in casa un galantuomo, possibilmente muscoloso, il quale gli togliesse la paura di trovarsi da un momento all'altro svaligiato.

Con i denari del primo mese d'affitto nella saccoccia, egli corse dalla moglie saltellando come uno sbarazzino.

— Sai?, — le confidò. — M'è capitato un pigionante, che fa proprio per noi. Ha certe spalle! E poi, sembra ricco; e non bada a un soldo di più o di meno. Adesso, dormiremo tranquilli. E potremo, qualche volta, andarcene a passeggio, di sera: a teatro no, perchè costa troppo.

Il giovane non tardò ad affiatarsi. Parlava di politica col giudeo, di mode con la moglie e di poesia con la figliuola, che chiudeva l'occhio guercio e lo stava a sentire come se si fosse trattato di un oracolo. Il vecchio, vedendo che fra i due era nata una gran simpatia, salterellava ogni giorno di più e con tutto il suo potere favoriva i colloqui.

— Vada dalle mie donne, — diceva spesso al giovane. — Si annoiano tanto, poverine, sempre chiuse in casa, sempre a lavorare. Mi si spezza il cuore, creda, se ci penso. E vorrei portarle a distrarsi. Ma i divertimenti costano troppo! Vada lei a tenerle allegre. Specie la mia figliuola, ne ha proprio bisogno. Ed è così contenta di stare in sua compagnia! Se sapesse che lodi, dopo! Quasi quasi, alle volte, m'arrabbio. Dice, si figuri, che lei è un poeta. Non sarà mica vero, eh? Un uomo di giudizio come lei! Ma la mia figliuola ne è convinta. E a questo mondo si deve vivere anche un po' di illusioni. Del resto, se fosse proprio vero, ma non ci credo, sa, se non me lo giura, avrebbe trovato il guanto per la sua mano, perchè la mia figliuola, a dirla in confidenza, legge un libro com'io berrei un uovo e scrive anche versi, ma di nascosto, altrimenti sarebbero scappellotti. Vada, vada, che Dio la benedica!

Il giovane, ormai, passava più il tempo in camera delle donne che nella propria. E finì col mettersi a pensione lì in casa anche per i pasti.

— Che noioso!, — brontolava qualche volta la moglie del giudeo coricandosi al fianco di questo; — è sempre fra i piedi. Adesso, poi, anche a pranzo dobbiamo succiarcelo! Ma sì! Grande, grosso e villano. Non c'è pericolo che m'usi una gentilezza, mi raccolga un gomitolo o mi versi un bicchiere di vino. Tutte le sue smorfie sono per quella cara grazietta della tua figliuola!

— Zitta! Zitta!, — rispondeva il vecchio. — Lascia che se la intendano come vogliono. Non hai ancora capita la musica?

Saltellava fra le lenzuola scuoprendosi tutto, a rischio di buscarsi una bronchite, e soggiungeva:

— Sarebbe un affarone! Cercavamo da anni la perla rara! Pensa: un marito che sembra così ricco e che non ci chiederebbe neanche la dote e penserebbe, certo, a tutte le spese dello sposalizio! Io non potrei pensarci davvero! Costano troppo quelle cerimonie.

Poi s'addormentava e, in sogno, vedeva il giovane offrirgli un pagliericcio pieno impinguato di monete d'oro e d'argento, proprio come quello del letto matrimoniale.

Ma un mattino, aprendo gli occhi, non si trovò più la moglie d'accanto. Cerca di qua, cerca di là. Poteva cercare per un pezzo. La mogliettina era volata via dalla gabbia insieme col giovane e, Dio d'Israello, aveva sventrato, prima, e vuotato a mezzo non il pagliericcio del sogno, bensì quello reale.

Il vecchio guizzava come un'anguilla nell'olio.

— Trappolone! Trappolone!, — gridava.

E non c'era verso di capire se parlasse d'altri o di sè stesso.

PELLE D'ASINO.

C'era una volta una ragazza ambiziosa, ma ambiziosa, aiutatemi a dire ambiziosa. Sovente vedeva passare a cavallo, innanzi alla sua casetta, il figliuolo del castellano, e pensava: Se potessi sposarmelo!

Infine, chiese ai genitori il permesso di collocarsi al servizio del castellano come pastorella: indossò una pelle di pecora, che a mala pena le copriva i fianchi ed il petto, e cominciò a sorvegliare le greggi. Aveva l'epidermide bianca come il latte e le membra arrotondate al tornio; perciò non si peritava di esporle alla critica.

Il figliuolo del castellano, che s'annoiava a rimanere in famiglia, si recava spesso nei prati. Gira oggi, gira domani, s'intoppò nella nuova guardiana. Ma il giovane era stato viziato dalla vita della città: si diceva, anzi, che riparasse al castello del padre solo allorchè sentiva di non poterla proprio durare con gli strapazzi. Diede un'occhiata distratta alla pastorella e proseguì il suo cammino. Nei giorni seguenti, dovunque andasse, trovava la ragazza. Questa a volte se ne stava in piedi, con le spalle pienotte esposte ai raggi del sole; a volte dormiva coricata al suolo, allungando le gambe, di cui il candore abbagliante ancor più risaltava sul verde dell'erba; a volte s'occupava a raccoglier fiorellini e, piegando il corpo in avanti, lasciava che tra la rustica veste e la pelle s'infiltrasse il lieve alito d'una brezzolina indiscreta.

Il giovane la sbirciava, borbottava fra i denti: Che selvaggia!; allungava le labbra in una smorfia di nausea e tirava dritto.

Un giorno, la vide che piangeva per una graffiatura di spina al calcagno; e s'avvicinò.

— Guardate quanto sangue, padroncino; — singhiozzò la pastorella alzando il piede per far osservare meglio la ferita.

E non voleva convincersi che un po' di acqua avrebbe lavata e guarita ogni cosa.

Di parola in parola, il discorso deviò dal campo medico-chirurgico.

— Non avete paura a starvene in codesto modo?, — chiese il giovane.

— Paura di che? Se non viene il lupo a divorarmi!, — rispose la fanciulla.

E i suoi dentini scintillarono fra le labbrucce vermiglie.

— Altro che lupo! Oh, gli uomini non li contate per nulla?, — replicò il giovane.

— Gli uomini? E perchè dovrei temerli?, — domandò a sua volta la pastorella sgranando due occhi innocenti e azzurri al pari del cielo.

— Che papera!, — pensò il giovane.

Salutò in fretta e partì.

Col trascorrer dei giorni, i colloqui divennero frequenti. Il padroncino trattava la pastorella come una bimba e rideva delle sue ingenuità; ma quel corpo seminudo gli produceva l'effetto di un pugno nello stomaco.

L'ambiziosa, che aveva mangiata la foglia, cambiò tattica.

— Perchè non mi prendete come domestica al castello?, — domandò un giorno a bruciapelo.

Ed eccola, con un abituccio più cristiano, un paio di calze bucherellate e due zoccoletti, entro la fortezza nemica.

*

Il giovane aveva chiacchierato con la pastorella; ma non si curò nè punto nè poco della nuova lavapiatti. La vedeva sovente per le scale o in cortile, rispondeva con un cenno del capo al saluto, e passava oltre. Invano la ragazza si pettinava sempre con cura, teneva la veste rammendata e pulita, turava i buchi delle calze e mostrava fino al gomito due braccia bianche come la neve.

— Rigovernatura!, — borbottava il padroncino allorchè, per caso, i suoi occhi si posavano sulla domestica.

Ma un giorno questa gli gridò dietro, ridendo:

45

— Padroncino, attento a non infarinarvi la punta del naso!

Il giovane si fermò di botto, rifece i passi, s'avvicinò alla ragazza.

— Cosa volete dire?, — domandò.

— Chiedetelo alla bella mugnaia, ch'è sempre in ghingheri, ma tiene tanto di farina sul viso!, — rispose lei ammiccando con malizia.

— Oh! Oh! Sembra che vi sia venuta l'esperienza!, — brontolò il giovane.

— Sicuro che m'è venuta! E adesso so anche perchè le ragazze devono aver paura del lupo.

— Chi ve l'ha insegnato?, — la interrogò il giovane già mezzo ridente.

— Voi, padroncino. E anche la bella mugnaia, che porta i nastri e i guanti come le signore della città.

— Se non vi spiegate, guai a voi!; — esclamò il giovane ridendo del tutto.

— Eh, padroncino! Conosco una certa querce, a un tiro di pietra dal mulino, che se potesse parlare!

Poi, a muso tosto, domandò:

— L'avete imparato dai piccioni a beccarvi?

Il giovane sbottò in una risata, che sembrava un colpo di cannone. Poi, corse via senza voler sentir altro.

Da quel giorno, i due cominciarono a scambiar qualche frase. Anzi, a poco a poco, il giovane si confidò. S'annoiava a morte, in campagna: ma doveva starci per contentare il padre e ottenerne molti quattrini per quando, nell'inverno, fosse tornato in città, fra persone a modo. Dunque? Faceva un dito di corte alla mugnaia, perchè quella lì, almeno, sapeva adoprar la cipria.

— Avete ragione, padroncino; — diceva la ragazza. — Anch'io vorrei uno straccio di amoroso, che non fosse come gli zotici di queste parti. Ma dove lo pesco?

Il padroncino per un poco si divertiva ad ascoltarla; ma, ad un certo momento, voltava di punto in bianco il dorso e filava via torcendo la bocca come se avesse ingoiato un bicchiere d'olio di ricino.

L'ambiziosa finì col mangiare la foglia: e un giorno, senza preamboli, chiese al padroncino che la proponesse per cameriera alla madre.

Radunò i pochi risparmi, si comperò un abito modesto, ma elegante, una cuffietta coi nastri di raso e un paio di scarpini con un palmo di tacco: e preparò le batterie.

La castellana non rifiniva mai dal portare ai sette cieli l'abilità e il garbo della sua nuova cameriera. Un gioiello, proprio! Peccato che non fosse nata da buona famiglia: bella, gentile e intelligente com'era, avrebbe trovato fior di gentiluomini disposti a sposarla.

Anche il giovane sbalordiva. Possibile che quella graziosa figurina, ben agghindata, ben incipriata, ben calzata, fosse la pastorella seminuda e la domestica frittellosa della vigilia? Però, dopo qualche giorno non ci pensava più. E non ci avrebbe pensato più per un pezzo se certi sospironi lunghi, che la ragazza di quando in quando tirava, non gli avessero ficcata in corpo la curiosità di conoscerne il motivo.

— Vi trovate male nel nuovo posto?, — le domandò.

La fanciulla si confuse, divenne di porpora, poi con un filo di voce, abbassando la testolina, disse:

— Oh, no, padroncino! Ma quando mi vengono in mente quei discorsi che vi facevo, vorrei sprofondarmi sotto terra per la vergogna. Chi sa che brutto giudizio vi sarete formato di me!

— Eh, eran frasi di ragazza inesperta. E dimostravan franchezza, almeno! Mentre le pupattole della città....

— Se potessi riacquistarmi la vostra stima....

— Che bambinuccia! Via, alzate il capo! Ecco che piange, adesso!

Due lagrime, grosse come perle, scendevano lentamente lungo le guance della fanciulla. Il giovane, questa volta, non sentì alcuna ripugnanza a toccare la graziosa afflitta e ad asciugarne il volto col proprio fazzoletto ricamato e stemmato.

Un giorno, la castellana disse al figlio:

— Quella ragazza m'inquieta. Non fa che sospirare: e poi, spesso si chiude in camera e singhiozza in modo da strappar l'anima.

Il giovane divenne pensieroso.

— Prova tu a chiederle il segreto della sua pena, — insinuò la madre.

— No, mamma; è meglio lasciarla tranquilla, — rispose lui brusco.

Ma non la lasciò punto tranquilla allorché, origliando alla porta della sua camera, sentì che la ragazza parlava, in un appassionato soliloquio, di lui, proprio di lui, e pregava il cielo che le volesse concedere d'esser riamata o di morire: anzi, con un colpo di spalla aprì l'uscio, senza avvedersi che questo era soltanto accostato, e si gettò ai piedi della graziosa cameriera scongiurandola di diventare sua moglie.

*

L'indomani, all'alba, il giovane, cerca di qua cerca di là, non riusciva a rintracciare la fanciulla. Esce dal castello, chiede a destra e a sinistra: nessuno sapeva niente di niente. Infine, una vecchietta gli dice;

— L'ho vista che s'avviava verso i pascoli.

Il giovane corre, più che correre vola, giunge davanti alla capanna che aveva servito un tempo di nido alla sua benamata. Ed ecco che questa appare sulla soglia, vestita con la semplice pelle di pecora.

— Un ghiribizzo di bambina, — dice tra vergognosa e ridente.

Ma, dentro di sè, è molto inquieta. Chi avrebbe mai pensato che quello lì dovesse così presto mettersi in traccia di lei?

Il giovane, ora, sembra un fuoco pirotecnico. Altro che nausea! La ragazza vorrebbe impedirgli di entrare. Ma se la credesse una prova di poco amore?

Il silenzio, intorno, è profondo. Solo, di quando in quando, giunge dai prati qualche fievole belato di agnello.

I due innamorati, più tardi, s'avviarono insieme verso il castello. Ma il padroncino non parlava più di matrimonio.

*

Da ciò s'impara che una bella ragazza non deve mai imitar mamma Eva, poichè o non guadagna nulla o perde tutto.

IL PRODE SANTORUCCIO

Un giovane, che cascava sempre dal sonno, vide per caso un grosso ramarro e si fermò a contemplarlo, esclamando di continuo: "Com'è bello!". Ben presto si formò crocchio intorno alla bestiola ed al suo ammiratore; e da ogni lato si udì ripetere la frase: "Com'è bello!". Venne anche una persona autorevole, guardò il ramarro attraverso l'azzurro degli occhiali estivi, poi sentenziò: "È bello davvero!".

Il giovane sonnacchioso non stava più nella pelle per la contentezza. Gonfiava l'esile torace, allungava il collo smilzo per sembrare più alto, faceva sfavillare gli occhietti tra la flaccidità delle palpebre.

— Ho scoperto pel primo le bellezze del ramarro; dunque, valgo più di tutti, — pensava.

Meditò un giorno e una notte sull'avventura e, alla fine, concluse:

— Poichè sono un giudice così prodigioso, bisogna che il mondo intiero mi ammiri.

E abbandonò il villaggio natìo, recando seco tre fazzoletti e duemila cartoncini rettangolari con tanto di nome e cognome: mille portavano stampato, sotto il nome, "L'unico genio vivente"; negli altri si leggeva, "Un buon figliuolo".

In ogni città che attraversasse, il giovane sonnacchioso distribuiva i cartoncini ai viandanti; e, a seconda della fisionomia, or consegnava quelli del genio ed ora quelli del buon figliuolo. La gente rimaneva stupita. Chi diceva: "Eh, dev'esser sicuro del fatto suo!"; e chi esclamava: "Ecco, finalmente, una persona modesta!". Tornati nelle loro case, i primi dichiaravano alla famiglia: "Oggi ho visto un portento d'intelligenza!"; e i secondi aggiungevano: "E di cuore!".

Sempre dormicchiando, il giovane giunse nella capitale del regno e s'imbattè quasi subito in un individuo meditabondo, dinanzi al quale tutti si inchinavano con riverenza. Costui era un grande poeta, che trascorreva molta parte del proprio tempo contemplando le nuvole. Il sonnacchioso lo avvicinò e con gesto risoluto gli porse un cartoncino.

— Sei proprio l'unico genio vivente?, — chiese con bonarietà il poeta dopo aver gettato uno sguardo sul biglietto.

— Puoi giurarlo, — rispose il giovane sollevando con uno sforzo le palpebre.

— Come fai a possederne la certezza?

— Me lo ha detto una persona autorevole.

— Non basta. Ci voglion le prove.

— Ih, quante storie! Se ti dico che è così!

Il poeta e il sonnacchioso s'avviarono, l'uno a fianco dell'altro. Il primo tentennava la testa. A un certo punto, si fermò e disse:

— Io ho letto trecentoquarantanovemiladuecentosessantasette libri. E tu?

— Neppure uno, — rispose il giovane.

Si rimisero in cammino. Ma quasi subito il poeta ristette e aprì le labbra per dire:

— Io ho scritto duemilacentododici opere. E tu?

— Neanche una riga, — rispose il giovane.

I piedi di entrambi si mossero di nuovo. Ma, ancora una volta, il poeta sostò per parlare.

— Io conosco ogni sorta di persone; ma non ne ho mai trovata una secondo il mio pensiero. Indovina mo' chi io desideri?

Il giovane gli pose fra le mani un secondo cartoncino.

— Proprio questa!, — esclamò il poeta.

E guardò il suo compagno con ammirazione.

*

Ben presto la folla seppe del prodigio. Il giovane sonnacchioso riceveva con apparente indifferenza, come legittimamente dovutigli, omaggi e lodi: ma gonfiava il petto e chiudeva le palpebre al pari di una buona gallina che stia ponzando l'uovo. E per un pezzo le cose sarebbero continuate in questo metro, se lo stesso poeta non avesse interposta la propria parola autorevole.

— Ora sei conosciuto per ciò che vali, — egli dichiarò al suo protetto; — ma non devi credere che il pubblico, alla lunga, si appaghi di circondarti di incenso. Occorre che tu, di quando in quando, ribadisca la tua fama con qualche opera o azione.

— Ih, quante storie!, — borbottò il sonnacchioso.

Tuttavia, dopo aver meditato sui propri casi, si recò a visitare il direttore di una grande gazzetta.

— Sono un buon figliuolo, — gli disse curvando la schiena e cacciando un sospiro.

— È già qualcosa!, — esclamò il direttore. — Ne ho piene le tasche dei superuomini che mi circondano.

Diede un pugno sul tavolo, poi chiese:

— Naturalmente, vi riterrete forte in sintassi?

— È roba troppo indigesta, — brontolò il giovane sonnacchioso.

Il direttore si diede una fregatina di mani, poi continuò a dire:

50

— Tanto meglio. È un chiodo sul quale batte sempre chi ha tempo da perdere e da far perdere agli altri. Ma ho piene le tasche della gente colta.

Si rannuvolò, diede un'occhiata di traverso al giovane e soggiunse:

— Naturalmente, vi riterrete pieno di idee.

— Fan troppo ingombro nel cervello, — brontolò il sonnolento.

Il direttore sobbalzò sulla sedia.

— Siete l'araba fenice, — disse. — E capitate nel mio studio come la colomba nell'arca di Noè. Vediamo. Avete preferenze per qualche genere di lavoro?

— Per il più facile, se fosse possibile; — insinuò il giovane sonnacchioso.

— Benone! Vi assegnerò il posto di critico. Ma è necessario che diate, prima, qualche saggio di voi. Portatemi un articolo sul tale autore. E non v'intimorite, perchè son cose che anche un ragazzo può scrivere.

— Ih, quante storie!, — pensava per istrada il giovane sonnacchioso.

Ma si recò subito in una biblioteca e, dopo aver sfogliato gazzette sopra gazzette, scelse cinque o sei articoli, che facevano al caso suo, tolse una frase dall'uno, un pensiero dall'altro e, spolverizzato l'insieme con qualche errore di lingua, diede felicemente termine alla fatica d'Ercole impostagli.

— È un vero prodigio!, — sentenziò il direttore. — Ma, adesso, bisogna che mi proviate di aver sul serio la stoffa del critico. Buttatemi giù un bell'articolo di stroncatura.

Il giovane sonnacchioso strinse le palpebre per celare il lampo di gioia dei suoi occhietti. Poi si collocò a tavolino e, in men che non si dica il pater nostro, compose una filippica, nella quale erano tre verbi, cinque sostantivi e duemila aggettivi peggiorativi.

— Siete un portento, — dichiarò il direttore dopo aver letto quel po' po' di capolavoro.

Il giovane sonnacchioso rialzò la testa, inturgidì il collo e disse con tono solenne:

— Sono l'unico genio vivente.

*

I guai, ahimè, non tardarono a cominciare. Finchè si trattava di stroncature, le faccende procedevano lisce. Ma quei benedetti articoli laudativi, che bisognava pur scrivere di quando in quando, rappresentavano tante pietre d'inciampo.

51

Qualcuno diceva: "La tale idea l'ho già veduta esposta", "Questo periodo l'ho già letto". Soltanto il poeta continuava a crollare il capo e a dichiarare che era tutta invidia. Ma un giorno gli cacciaron davanti agli occhi tre vecchie gazzette e un articolo del giovane sonnacchioso. E il brav'uomo dovè convenire che, togli di qui togli di là, patrimonio esclusivo del suo amico rimanevan soltanto quindici errori di morfologia e ventisei di sintassi.

— Ih, quante storie!, — borbottò il giovane sonnacchioso allorchè riseppe l'incidente: — tutti i genii hanno copiato. Dunque?

Ma corse ugualmente ai ripari.

— Farò il critico solo quando ci sarà da dir male, — dichiarò; — nel resto del tempo comporrò novelle.

— Ne avete già scritte?, — chiese il direttore.

— Nemmeno l'ombra, — rispose il giovane. — Ma non importa. Anche gli altri hanno dovuto cominciare.

E l'imbroccò nel segno. Ormai, aveva la replica per ogni rimbrotto.

— Questo spunto non è vostro.

— Ih, quante storie! È il tòno, che fa la musica.

— Ma, tolto lo spunto, non restano che piagnucolìi sentimentali e descrizioni da seminarista scappato all'aperto!

— Ih, quante storie! È la mia maniera.

Messa in tacere la folla, il giovane sonnacchioso deliberò di non protrarre più oltre il proprio ingresso solenne nel mondo letterario.

— Chi sa con che gioia mi accoglieranno quei poveretti; — pensava. — Non è mica facile poter contemplare un uomo che s'improvvisa novelliere in un battibaleno, mentre gli altri sudano sulle carte e consumano penne a furia di rosicchiarle e sembrano a tavolino tante partorienti! Non c'è da ridire! Son proprio l'unico genio contemporaneo!

Ma, che è che non è, i colleghi in letteratura, appena lo videro avanzare col suo collo teso e la testa rovesciata all'indietro, scoppiarono in omeriche risa. E peggio fu quando il giovane sonnacchioso, odorato il vento infido, curvò la schiena e diede alle flosce palpebre ampia libertà d'abbassarsi.

— Sei un buon figliuolo?, — sghignazzavano: — dunque giuocheremo a palla con te.

Se non se la fosse sgattaiolata lesto lesto, lo avrebbero sgonfiato appuntino.

Ma si vendicò, oh se si vendicò! Stroncò autori a destra e a manca, da mattina a sera, senza aver riguardi per nessuno. Sembrava un beccaio, con le sue braccia tinte fino ai gomiti di sangue innocente.

E stroncò anche il grande poeta, suo amico, per dimostrare con una prova definitiva d'esser lui, proprio lui l'unico genio vivente.

IL PRINCIPE BENAMATO.

C'era una volta un giovane ardito, ma ardito, aiutatemi a dire ardito. Non temeva nè Dio nè il diavolo e sentiva due soli desiderii: diventar ricco e imporsi all'ammirazione altrui.

Diceva spesso:

— Quando sarò ricco e ammirato, potrò infischiarmene della legge e operare a dritto e a rovescio secondo il mio capriccio.

Come si vede, egli conosceva a menadito le faccende di questo mondo.

Tanto per cominciare, con i pochi denari ereditati dal padre aprì un'agenzia di prestiti sovra pegno: e dichiarò che avrebbe dato il denaro senza interesse. Le persone dabbene non ne approfittarono, poichè non potevano offrire come pegni che poche oleografie o, al massimo, una mezza dozzina di posate d'argento. Ma, in compenso, fu un corri corri di individui dall'apparenza incerta e dai vestiti ancora più incerti, i quali vennero a depositare umilmente gli oggetti più disparati: mucchi di biancheria finissima, orologi e catene d'oro, pellicce di lontra, fasci di cartelle di rendita, naturalmente nominali. Riscuotevano il decimo del valore, poi, vattelapesca perchè, non si facevan più vivi. Il giovane, dal suo canto, non volendo che così bella roba andasse sciupata, liberava le gemme dall'incastonatura per trovar loro con maggior facilità un acquirente, fondeva i metalli preziosi, forse per passare il tempo, e, odiando l'ozio anche negli altri, induceva una sua amante a occupare le giornate col togliere le iniziali dagli angoli della biancheria.

Poichè si dimostrava così disinteressato verso i bisognosi, fu ricompensato dalla provvidenza, che gli concesse di accumulare, in poco volgere di stagioni, molto denaro.

Un poliziotto ficcanaso e antiumanitario lo obbligò, infine, a chiuder bottega; ma per rimbalzo gli aprì, senza volerlo, un più soleggiato cammino. Infatti, il nostro giovane non tardò ad avvedersi che il mondo è oppresso e perseguitato non tanto dalla miseria quanto dalla noia. Visitò le capitali straniere, apprese tutti i segreti con cui si combatte lo sbadiglio; e, rientrato in patria, destinò la propria ricchezza all'altrui sollievo e vantaggio. Aprì non un piagnucoloso teatro di prosa o d'opera, ma un gaio ritrovo con spettacoli a base di sgambetti scacciapensieri e di artistiche esposizioni di seminudo: e vi aggiunse un servizio notturno di ristorante per chi soffrisse di debolezza allo stomaco, e un certo numero di gabinetti appartati per chi odiasse misantropicamente le compagnie numerose. Inaugurò non una pesante e pedante società di letture e conversazioni, ma un allegro circolo ove, fra intimi, si potesse liberamente discorrere della virtù degli assi in un mazzo di carte da giuoco e delle incomparabili dolcezze di un baccarat famigliare: e con cortese premura rese nota la faccenda ai poveri ricchi forestieri, afflitti da spleen. Insomma, si adoperò in così amabile guisa, da meritarsi non solo l'ammirazione degli annoiati, che sono i più, ma anche il titolo di provvido benefattore dell'umanità.

Già si parlava di nominarlo alle più alte cariche cittadine in ricompensa dei suoi molti servigi. Ma una morte per apoplessia, avvenuta in un gabinetto particolare e causata, probabilmente, da indigestione, e due o tre suicidii, provocati da leggère divergenze di giuoco, scombussolarono in così fatta maniera il cervello del nostro uomo, da indurlo a chiudere teatro e circolo e a rinnegare le antiche convinzioni per adottarne altre nuove e diametralmente opposte.

*

Pentito e contrito, egli si dedicò alla lettura e allo studio profondo della vita di Beniamino Franklin, delle massime di Samuele Smiles e di parecchi altri libri del genere. I suoi amici lo udivano esclamare sovente:

— La miglior via per riuscire a qualcosa nel mondo è quella del dovere. Un galantuomo vince gli ostacoli con la sua stessa onestà. Un cuore buono e un animo giusto finiscono sempre, prima o poi, col trionfare.

Tanto gli avean messo a soqquadro il comprendonio quei benedetti suicidii!

Dopo aver meditato sui propri casi, il nostro uomo deliberò di fondare una grande banca di credito, che elargisse quattrini, a interesse legale, alle persone di provata scrupolosità. Subito fu un corri corri di impiegati, di commercianti e di industriali. Riscuotevano il denaro, ringraziavano con le lagrime agli occhi, giuravano che sarebbero morti piuttosto che non far fronte con puntualità al loro impegno, poi sgambettavano via svelti come caprioli, benchè avessero il peso generico del corpo aumentato dal peso specifico dei biglietti di banca. Ma, alla scadenza, i commessi del nostro uomo, tornando alla banca, invece di sgambettare sembravan lumache, tanto procedevano lenti.

— Il tale impiegato ha detto che siamo padroni padronissimi di mettergli la cambiale in protesto. E ci ha invitati a bere affinchè festeggiassimo la cessione del quinto, da lui condotta felicemente a termine in questi giorni a scanso di sequestri sullo stipendio da parte di creditori troppo seccanti.

54

— Il tale commerciante s'è ritirato in campagna per godersi il ben meritato riposo: e lascia agio ai curiosi di contemplare la sua bottega chiusa per fallimento.

— Il tale industriale sta fondando fabbriche di seta sotto il dolce clima cinese. E lasciò scritto che, nella sua patria, gli uomini pieni d'ingegno e d'iniziativa non sono apprezzati a sufficienza.

In breve volger di tempo, le ricchezze del nostro filantropo sfumarono, la sua banca si chiuse, ma la sua coscienza non si turbò.

— Vivrò modestamente, — egli disse; — e, per consolarmi, cercherò di meritare la stima altrui.

Col poco denaro che gli rimaneva, aprì una casa gratuita di cura per malattie costituzionali e cominciò a trascorrere i giorni al capezzale dei ricoverati.

— Allorchè vedranno — pensava — che si tratta di un'opera buona, le persone generose si sentiran spinte ad aiutarmi e ad amarmi.

Ben presto ogni giaciglio fu occupato da un ospite. Ma di generosi aiuti, neppure l'ombra. Inoltre i malati, benchè non pagassero nulla, s'affrettavano, come per tacita intesa, ad esalare con l'ultimo rantolo il definitivo respiro: però, in segno di riconoscenza per le affettuose cure ricevute, abbandonavano volentieri i pochi cenci delle lor vesti in eredità al filantropo, con la clausola che potesse servirsene per qualunque uso, fosse o no personale.

Il nostro uomo contemplava intenerito queste palpabili prove di gratitudine: e non riusciva a comprendere per qual motivo i suoi conoscenti e gli stessi amici, incontrandolo per la strada, gli lanciassero occhiate furibonde e dileguassero poi frettolosi senza ricambiargli il saluto.

Ma dovette aprir gli occhi alla verità allorchè vide che una gazzetta, iniziando una campagna contro la sua casa di cura, lo accusava di elargire acqua per brodo ai ricoverati per ereditare rapidamente le loro vistose ricchezze. Il nostro uomo riempì un vecchio baule con gli stracci dei poveri defunti, e sospirando diede un addio per sempre alla beneficenza.

*

Addolorato, ma non vinto, egli decise di crearsi una famigliuola, che lo compensasse delle delusioni sofferte. Ormai i suoi costumi erano puri, le sue abitudini modeste, i suoi pensieri pieni di bonaria mansuetudine: nessuna ragazza avrebbe potuto, quindi, rifiutarlo come marito. Ma, che è che non è, le ragazze fuggivano, scorgendolo, nè più nè meno che se avessero visto il diavolo. E poi, tra loro, dicevano:

— Ecco quel brav'uomo.

— Ih, che sanguisuga!

— Scappa, scappa; se no, è capace di parlarti dei doveri della donna.

— E dei diritti dell'uomo.

— Sapete che cerca moglie?

— Sì, per catechizzarla.

— E farla morire di noia.

— Piuttosto sposare un orso.

— O un bue.

— L'orso, almeno, può imparare a ballare.

— E al bue non manca nulla per diventare un marito.

I padri prendevano a braccetto il malcapitato e gli dicevano:

— Scommettiamo che non siete mai entrato in un teatro di varietà. E volete avvicinare le donne!

Le madri lo chiamavano in disparte per ammonirlo.

— Scavezzacolli non bisogna essere. Ma via, un poco d'esperienza fa bene, ed è necessaria per il matrimonio.

Un giorno, la fortuna o la disgrazia mise il nostro uomo a tu per tu con una monella sedicenne, appetitosa come un bomboncino al ribes.

— Vorrei sentirvi fare una dichiarazione amorosa, — disse la ragazza ridendo.

— L'amore non si dichiara con le parole,— obiettò lui.

— Oh come, dunque?, — chiese la ragazza.

Sia che il demonio ci mettesse la coda, sia che il nostro uomo si ricordasse ad un tratto della propria ardita giovinezza, sia che l'occasione fosse troppo propizia e la tentazione troppo forte per un misero mortale: fatto sta ed è che, la sera stessa, le amiche udirono il bomboncino al ribes sentenziare:

— Le acque chete sono le più pericolose.

E soggiungere, quasi fra sè e sè:

— E le migliori.

La curiosità è femmina. E poi, appare contrario ad ogni sano principio che una figlia d'Eva scorga un pomo tra le mani di una sua amica e non cerchi di affondarvi i denini.

I padri s'accorsero del mutamento e, preso a braccetto il nostro uomo, gli dissero:

— Cosa ne pensate di quell'antro di corruzione che è il teatro di varietà?

Le madri, a lor volta, lo chiamarono in disparte per dichiarargli:

— Di persone morigerate come voi ce ne vorrebbero molte. Almeno, sapremmo che, concedendovi per moglie una nostra creatura, l'affideremmo in buone mani.

Ma il nostro uomo, adesso, faceva il nesci. E pensava ad accasarsi come io e voi a diventar turchi.

*

Da ciò s'impara che le persone di giudizio, anche se traviate, tornano presto o tardi sul retto sentiero.

I TRE FRATELLI.

Un vecchio usuraio possedeva tre figliuoli e un magnifico smeraldo, lasciatogli in pegno e non mai ritirato da non so più quale principe indiano. I tre figliuoli, essendo superstiziosi, avrebbero compiuta qualunque fatica pur di ottenere, in compenso, il gioiello, che desideravano non tanto per il suo prezzo, quanto perchè, secondo le credenze, apportatore di felicità. Il vecchio, che dal suo lato non voleva disfarsi della pietra verdognola, anzi la teneva gelosamente chiusa e sigillata entro un piccolo scrigno, ma, d'altra parte, non sapeva quali ragioni opporre alle sempre più insistenti domande, chiamati a sè i figliuoli così parlò:

— Andate a girare pel mondo e procurate d'apprendere ciò che gli uomini hanno maggior necessità di conoscere. A quello di voi che fra un anno giusto dimostri di aver meglio utilizzato il suo tempo, regalerò lo smeraldo.

I tre giovani accolsero con gioia la proposta e, preparate in fretta e furia le valigie, s'avviarono, ciascuno per proprio conto, alla ricerca di monna Sapienza.

In capo ad un anno, il vecchio se li vide ricomparire dinanzi.

— Che cosa hai imparato?, — domandò al più anziano dei figli.

— Padre, ho imparato quanto si deve sapere per poter appagare tutti i bisogni. Ho spremuto l'uva nei tini, falciato il grano nei campi, impastato la farina nei forni, sgozzato gli agnelli nelle beccherie, tessuto la lana nelle fabbriche, tagliato abiti nelle sartorie, ammannito pietanze nelle cucine. Poi, son diventato maestro nell'arte di battere il ferro, di intarsiare il legno, di lisciare il marmo, di fondere i metalli vili e preziosi. Nessuna creatura mortale riuscirebbe, nel giro di dodici mesi, a impossessarsi della centesima parte delle nozioni da me acquistate.

E mostrò, per prova, un fascio di certificati e le mani callose.

Il vecchio crollò la testa e domandò al secondo figliuolo:

— E tu, che cosa hai imparato?

— Padre, ho imparato tutto quello che un uomo deve conoscere per ben regolare la propria esistenza. Ho visitato le biblioteche, sfogliando migliaia e migliaia di volumi, scandagliati i miei simili nelle loro passioni ed azioni, esaminati i monti più alti, i più profondi vulcani, i paesaggi più ridenti, le più ampie distese d'acqua. Poi, per mezzo di cristalli acconciamente lavorati, mi son famigliarizzato con gli esseri ad occhio nudo invisibili e con le infinite stelle, che popolano l'universo. Ed ecco il frutto delle mie pazienti ricerche.

Raddrizzò un poco il dorso incurvato e porse un grosso volume.

Il vecchio corrugò le sopracciglia, poi chiese al terzo figliuolo: '

— E tu, che cosa hai imparato?

Il giovane gonfiò l'ampio torace, illuminò di un sorriso il florido volto, e rispose:

— Padre, ho imparato a vivere.

L'usuraio si morse le labbra per il dispetto. Non c'era verso: lo smeraldo apparteneva al terzo figliuolo. Ma come staccarsi da una pietra tanto bella e lucente e dotata, per sovrammercato, di così preziose virtù cabalistiche?

*

Pensa e ripensa, il vecchio trovò un ripiego. Chiamati a sè i tre giovani, egli si espresse in questo modo:

— Non basta un cervello ricco di nozioni: occorre un cuore saldo, che sappia affrontare e vincere gli ostacoli. Andate, dunque, pel mondo. A quello di voi, che fra un anno giusto dimostri di possedere maggior fermezza d'animo, regalerò lo smeraldo.

I due primi figli, accolta con gioia la proposta, non frapposero indugio alla partenza. Il più giovane sbofonchiò, gironzolò qualche giorno per casa, ma finì col seguire l'esempio dei fratelli.

In capo ad un anno, il vecchio se li vide ricomparire dinanzi.

— Quali imprese hai compiute?, — domandò al figlio più anziano.

— Padre, ho stanato le belve nelle foreste, snidato le aquile dalle rocce, affrontato i coccodrilli nei fiumi, i pescicani negli oceani, seminando ovunque la strage. Mi sono imbattuto in tre uomini armati, che volevano depredarmi, e li ho uccisi; mi sono recato in una contrada, infestata dai briganti, e in cinque giorni e cinque notti ho soppressa sin anche l'ombra di questi; sono entrato nelle città, e ho disperso folle in furore, dominato eserciti di femministe; mi sono coricato in una stanza, ove tenevano convegno gli spiriti, e ho dormito l'intera notte. Infine, mi sono messo al servizio di un monarca che combatteva una guerra aspra e terribile contro le nazioni vicine, e in un batter d'occhio ho volto in fuga il nemico.

Tacque e si aprì, per prova, la camicia sul petto, mostrando i segni profondi di unghiate di belve e di ferite d'armi.

Il vecchio alzò le spalle, poi chiese al secondo figliuolo:

— E tu, quali imprese hai compiute?

— Padre, ho seguito i passi del mio fratello maggiore. Gli animali, che si salvarono dai suoi colpi, furono da me avvicinati: vinti dal mio sguardo imperioso, i leoni entrarono nelle gabbie dei baracconi da fiera, i condor piegarono il collo impellicciato beccando il cibo sulla mia mano, i coccodrilli si immersero nelle vasche dei giardini zoologici e i pescicani si lasciaron pigliare dagli arpioni dei marinai. Anch'io fui assalito da tre uomini: e, dopo mezz'ora di colloquio, essi mi invitarono a bere. Anch'io visitai una contrada, popolata di briganti: e in un giorno e una notte li convinsi ad inscriversi nell'esercito della salute. Entrai nelle città: e, al suono delle mie parole, i rivoluzionari corsero a confessarsi, le femministe ripresero la conocchia. Mi coricai nella stanza degli spiriti: e questi mi promisero e giurarono di non molestare più neanche una mosca. Infine, divenni ministro di quel monarca, a cui mio fratello aveva procacciata la vittoria, e lo indussi non solo a riconoscere i diritti delle nazioni vicine, ma a ceder loro altre terre.

Tacque e chinò il volto prematuramente rugoso.

Il vecchio si soffiò il naso per nascondere una crucciata contrazione della bocca, poi domandò al terzo figliuolo:

— E tu, quali imprese hai compiute?

Il giovane cavò di tasca lo scrigno dello smeraldo e lo porse all'usuraio sbalordito.

— Padre, — disse, — da un anno ti ho sottratta la pietra preziosa: e sono qui di nuovo. I miei fratelli hanno vinto la natura e gli uomini: io ho vinto me stesso.

Il vecchio trattenne a stento un urlo di collera. Non c'era dubbio: il terzo figliuolo aveva guadagnato il premio. Ma, adesso specialmente, innanzi alla rivelazione del furto ignorato e del tremendo pericolo corso, il gioiello appariva ancor più prezioso. Solo all'idea di perderlo, l'usuraio smaniava come un indemoniato.

— Se almeno potessi acquistar tempo!, — gemeva.

*

A furia di riflettere, trovò un espediente. Chiamati a sè i tre figliuoli, egli disse:

— Un cervello ben approvvigionato e un animo ben temprato sono ottimi aiuti nella lotta per l'esistenza. Ma l'uomo è spinto, per naturale stimolo, a desiderare la vita solo in quanto essa lo renda felice, ossia gli procuri le più intense gioie con una minima quantità di fatica. Andate, dunque, ancora una volta pel mondo. A quello di voi, che fra un anno giusto dimostri di aver superata l'ultima prova, acquistandosi agi e benessere col minor dispendio di forze, regalerò lo smeraldo.

I due primi figli accolsero con piacere la proposta. Il terzo si rannuvolò, ma finì col partire a sua volta.

In capo ad un anno, il vecchio si vide ricomparire innanzi i tre giovani.

— Quanto sudore hai sparso e quale è stato il compenso?, — chiese al figliuolo più anziano.

— Padre, ho fabbricato chiavi fini come merletti, ferri aguzzi e sottili, lanterne piccole come noci e vivide al pari di soli. Nessuna serratura resisteva, nessuno scrittoio s'opponeva, nessuna cassaforte si ribellava ai miei ordigni. Nella notte, penetravo con furtivo passo entro le case addormentate; ma, durante il giorno, le mie mani profondevano l'oro.

Il vecchio allungò il labbro inferiore, poi si rivolse al secondo figliuolo.

— E tu, quanto sudore hai sparso e quale compenso hai ottenuto?

— Padre, speculai in Borsa e divenni milionario e banchiere. Senza dover spendere un soldo, vidi affluire il denaro. Una ordinazione a un agente di cambio iniziò la mia ricchezza, un'insegna gigantesca con lettere a colore di fuoco la consolidò, popolando di clienti gli sportelli della mia banca. Ebbi qualche pensiero, causato dalle varie vicende del commercio, talvolta dovetti ricorrere alla fantasia per creare e adornare con orpelli attraenti le imprese; ma il resto del tempo lo passai comodamente fra gli agi.

Il vecchio ebbe un nodo di tosse; che gli permise di celare l'interna inquietudine; poi chiese al terzo figliuolo:

— E tu, quanto sudore hai versato e quale compenso hai ottenuto?

Il giovane, invece di rispondere, aprì l'uscio di una camera attigua, rivolgendo con la mano un cenno d'invito a qualcuno, che dovea trovarsi lì dentro. E subito una donna decrepita, tremolante per l'età e per gli acciacchi, varcò la soglia, si avanzò verso l'usuraio e, gettategli al collo le braccia, disse

— Sono la moglie di tuo figlio; e gli ho recati cinque milioni di dote.

RICHETTO DAL CIUFFO.

C'era una volta un giovane brutto, ma brutto, aiutatemi a dire brutto. Non arrivava con la statura ai fianchi di un uomo normale; e possedeva, per soprammercato, un naso lungo da non finire mai, una gobba tanto alta, che sormontava la testa, e un'uguale abbondanza di roba in altre parti del corpo, delle quali adesso non ricordo più il nome. Poichè era molto arguto e di scilinguagnolo pronto, sapeva barcamenarsi in modo da evitare le beffe e i fastidi; ma ciò non gli impediva di rodersi internamente per la propria bruttezza.

— Darei tutto il mio spirito, — Sospirava spesso, — perchè qualcuno mi trovasse bello.

Un giorno, mentre s'aggirava melanconicamente per un bosco, vide una ragazza che stava seduta all'ombra di una querce e piangeva. Essa, udendolo avvicinarsi, alzò un volto ch'era uno splendore, e fece sfolgorar tra le lagrime due occhi simili proprio a due stelle.

Il gobbino rimase inchiodato sul posto dalla meraviglia: mai più mai più avrebbe creduto che una creatura umana potesse raggiungere tanta perfezione. Infine, riuscì a spicciare i piedi dal suolo e ad avanzarsi verso la dolente.

— Ignoravo — mormorò — che le Dee soggiacessero alle pene di noi mortali.

— Ahimè, — rispose la fanciulla asciugandosi gli occhi, che subito sprigionarono nuovi e quasi insostenibili lampi: — non sono una Dea e neppure una semplice ninfa. E sto dolendomi della provvidenza, che m'ha donata una virtù per togliermene un'altra assai più preziosa.

— Se il mio aspetto non ti spaventi, — riprese a dire il gobbino, — ti prego di mettermi a parte delle tue sofferenze. Forse sarò in grado di suggerire qualche rimedio o, per lo meno, di porgerti il conforto, benchè piccolo, di saperle divise.

— Sei molto gentile, straniero, — rispose l'addolorata; — e, se giudico bene dai tuoi sguardi, sembri persona pietosa. Ma il mio dolore non è di tal natura da concedere di esser diviso, poichè deriva appunto da questa mille volte maledetta bellezza.

— Sebbene io non comprenda, — insistè dolcemente il gobbino, — come si possa disprezzare il maggior regalo che il cielo abbia la facoltà di concedere, ti scongiuro di rivelarmi l'arcano e di considerarmi fin da questo momento il più devoto dei tuoi amici.

— Sappi, dunque, o amabile incognito, che io sono chiamata, nelle mie contrade, la bella melensa. Arrossisco nel confessarlo, ma devo riconoscere che il nomignolo mi è proprio adattato.

— Permettimi di dubitarne, — la interruppe il gobbino. — Le tue parole sono profumate di soave ingenuità, ma dimostrano che non sei una sciocchina, come vorresti far credere.

— Oh, se tu mi conoscessi meglio, — ribattè la bella melensa, — ti esprimeresti in modo diverso. Sappi che alcune mie risposte han dato materia di risate per anni, e che certe mie interiezioni servon di ritornello ai canti dei bevitori, nelle sere di festa.

— Forse l'imbarazzo in cui ti ponevano le occhiate bramose e gli arditi discorsi degli uomini, con i quali conversavi, avrà inceppato la tua lingua; — insinuò il gobbino.

— Dev'esser proprio così, — esclamò la bella melensa battendo l'una contro l'altra le palme con un gesto di sbarazzina; — oggi, infatti, ch'io non temo d'esercitare il mio funesto fascino e di subire, in contraccambio, il diligente esame provocato dalla curiosità, i miei discorsi sono assai meno impacciati e i pensieri non svaniscono, come di consueto, fra le nebbie del turbamento. Ciò non toglie, però, ch'io darei intiera la mia bellezza pur di ottenere un poco di quella vivacità di spirito che indovino in te, o fortunato amico.

— Me misero!, — gridò il gobbino alzando verso il cielo le braccia. — Non ardo anch'io di un desiderio paragonabile al tuo? Non donerei anch'io intiero il mio spirito pur di acquistare una minima parte della tua bellezza, o divina compagna di dolore?

Poi, quasi sovrappreso da troppa piena di sentimenti, si lasciò cadere per terra, al fianco della bella melensa, di cui con un gesto istintivo, che offriva e chiedeva conforto, afferrò e strinse una tremante manina.

Per qualche minuto i due infelici confusero insieme i singhiozzi. Ma a poco a poco, sentendosi sempre più soli nel mondo e ognor maggiormente uniti l'uno all'altro da uno strazio comune, essi soggiacquero all'irresistibile bisogno di mescolare anche le lagrime: e le bocche, avvicinate sino a non dar più adito fra loro al benchè minimo soffio d'aria, suggellarono la melanconica alleanza.

Sull'imbrunire, la bella melensa rientrò nella propria dimora: diede un po' di cipria alle guance soffuse di porpora, ma non potè togliersi l'espressione pensosa dal volto.

*

Trascorse un anno. La bella melensa aveva quasi dimenticata l'avventura e il gobbino solo di quando in quando, come sorpresa da un subitaneo pensiero, abbassava gli occhi al suolo e schiudeva le labbra con un atteggiamento di curiosità e di stupore. Per fortuna, il cugino poeta era lì pronto a distoglierla dalla sua estasi.

— Cosa vedi?, — le chiedeva. — Una lucertola con tre code oppure i tesori della Golconda?

Ah, quel cugino! Proprio il fato benigno l'aveva messo dentro la casa! A paragone di lui, la bella melensa appariva un vero portento di spirito! Non passava giorno senza che il degno giovane, con le sue astrazioni incomprensibili e le sue risposte sconclusionate, facesse sembrar tollerabili, anzi desiderabili, i discorsi della bella melensa. E questa glien'era così grata, così grata, che già cominciava a volergli un mondo di bene. Ma ciò non le impediva di sbadigliare spesso in compagnia del cugino.

— Il mondo è un sogno, — le diceva costui; — e la realtà è una misera cosa. Le nostre gioie dobbiamo procurarcele a forza d'illusioni. Io, per esempio, ti amo: ma non perchè tu sia la tale bella ragazza, bensì perchè in te vedo riprodotta l'armonia dell'universo.

— Che suono ha?, — chiedeva la melensa.

Poi scappava via ridendo e, facendo sberleffi, felicissima di aver trovato una persona più melensa di lei.

Qualche volta cugino e cuginetta si recavano a passeggiare per la campagna. Il poeta ammirava i gruppi d'alberi, il tremolio delle foglie, il pulviscolo d'oro del sole; la bella melensa saltellava dietro i grilli o coglieva margherite: ed era proprio contenta di sapersi insieme con una creatura così sciocca.

In casa, frattanto, tempestavano perchè si concludessero le nozze. Il cugino era un ottimo partito, vera stoffa da matrimonio; e aveva un volto gradevole e un corpo sano, se non eccessivamente robusto. Dunque? Ma più crescevan le pressioni all'intorno, e più la bella melensa si mostrava irresoluta e turbata. Un'idea fissa sembrava che, ora le sconvolgesse l'animo e la preoccupasse in modo da toglierle sin anco il desiderio di ridere del cugino poeta. Sovente essa volgeva verso il giovane uno sguardo di muta interrogazione, poi apriva la bocca come se stesse lì lì per spiegarsi; ma subito la richiudeva e s'allontanava meditabonda.

Un giorno i due cugini sedevano dietro un cespuglio di rose, al riparo da ogni orecchio od occhio indiscreto.

Il poeta chiese pel primo:

— Che cosa ti frulla per la mente da un pezzo a questa parte?

La bella melensa chinò il capo, guardando il cugino di sotto in su.

— Vorrei dirtelo, — rispose; — ma temo che tu non mi capisca.

— Signora genio incompreso!

— Signor genio ignorato!

— Insomma, sai che c'è? Tienti ben chiuso il tuo enigma; e buona notte.

Il giovane fece il gesto di alzarsi. Ma la bella melensa lo trattenne per una manica.

— Bada ch'è una domanda seria, — dichiarò.

— Sentiamo.

— Ecco. Devi dirmi se gli uomini sono tutti uguali.

Il cugino rise.

— Ma che uguali!, — ribattè irrigidendo il collo. — C'è la gente del volgo, che vive terra terra e pensa solo a sgobbare e a mangiare; ci sono i borghesi che qualche volta guardano verso le stelle, ma dopo aver sbrigato le loro faccende e digerita la cena; e poi ci sono i poeti, che....

La bella melensa lo interruppe.

— Vedi che non capisci? Io alludevo al fisico.

Il cugino spalancò la bocca.

— Chiudila, se no t'entran le mosche, — suggerì la bella melensa: — e poi, medita la mia domanda e sappimi dire qualcosa. Ripasserò fra un mesetto.

— Ma.... ma....

— Non c'è ma che tenga. Il tuo naso non appare mica simile a quello d'un altro. Anche nel resto ci devon essere differenze.

— Che sciocchezza! Un uomo ne vale un altro!

La bella melensa si rischiarò tutta di gioia.

— Dunque, — insistette, — le diversità si mostran soltanto nel viso? Ma chi nasce storpio o, metti caso, gobbo?

— Che c'entra? Parlavo di cose che tu non puoi sapere.

La bella melensa si piegò in avanti, sfiorando con i morbidi ricci la fronte del cugino.

— Perchè non mi spieghi?, — susurrò.

Il poeta, per quanto sciocco, comprese che una sola spiegazione era possibile. Qualche petalo di rosa ondeggiò lieve per l'aria, poi venne a posarsi sui due.

Povero poeta, non ne azzeccava mai una! Non erano ancora trascorsi cinque minuti; e già la bella melensa lo piantava in asso e fuggiva via rapida, allungando le labbra in una smorfia, che guai se il cugino l'avesse veduta!

*

Nel bosco, all'ombra di una querce, la bella melensa disse al gobbino:

— Sai che ti trovo molto bello?

E il gobbino rispose:

— Adesso sì che sei una ragazza di spirito.

*

Da ciò s'impara che l'amore è una giostra dialettica, nella quale vince chi mette in campo i maggiori argomenti.

BARBABLÙ.

C'era una volta un uomo buono, ma buono, aiutatemi a dir buono. Poichè possedeva immense ricchezze e vasti terreni, si cercò per moglie la giovinetta più bella della contrada. Terminate le feste nuziali, il buon uomo condusse la sposa a visitare i suntuosi appartamenti del castello; poi, siccome era stato allevato all'antica e poco conosceva le faccende del mondo, le rivolse il seguente discorso:

— Tutto ciò che hai potuto vedere, compreso colui che ti sta innanzi, da oggi appartiene a te sola. Ecco le chiavi delle camere e con esse quella del mio cuore. Disponi liberamente di me e d'ogni cosa e rammenta sempre che i tuoi capricci medesimi

65

suoneranno come comandi: ma sappiti meritare la fortuna, mantenendo fedeltà all'uomo che te l'ha procacciata; poichè, in caso diverso, troveresti non un marito indulgente, bensì un implacabile giudice.

La povera figliuola, udendo quel po' po' di tiritera, rimase profondamente sconvolta: tanto più che un simile linguaggio le ricordava certi libri polverosi, i quali erano stati lo spauracchio della sua fanciullezza. Per fortuna, dovè presto dedicarsi a preparare gli abiti per i ricevimenti, che aveva intenzione di tenere; nè ebbe più tempo di riflettere sulle inezie.

Le intarsiate porte dei saloni si spalancarono innanzi allo stuolo dei nobili invitati, le tavole si coprirono di bianche tovaglie e di scintillanti cristallerie e da ogni parte l'aere risuonò di grida di gioia. Il castellano, benchè partecipasse di rado ai sollazzi e vedesse la sposa attorniata da nugoli di damerini, non mostrava segno alcuno di malcontento o di noia; anzi, s'aggirava per le sale con volto così lieto da sembrare più un ospite che il padrone di casa. Ma ecco che, all'improvviso, la parte maschile della gioventù, lì entro raccolta, cominciò a dargli gran motivo di inquietudine. Ora un gentile garzone, raccontando di una caduta da cavallo, esponeva agli sguardi la testa accuratamente fasciata; ora un languido trovatore, dichiarando d'aver presa una storta, adagiava il braccio entro la piega di una sciarpa sospesa al collo; ora un prode cavaliere, ferendosi sbadatamente, a suo dire, con la propria spada, era obbligato a rimanere in letto. Pareva, insomma, che un bizzarro malocchio sviluppasse la sua influenza sovra gli invitati più giovani. Giorno per giorno aumentava il numero degli invalidi e il turbamento del castellano; da ogni parte, ormai, si scorgevano membra bendate, si udivano gemiti, strappati dal dolore e subito soffocati con eroismo: e i suoni della musica più non facevano danzare che qualche uomo adulto o già vecchio e qualche coppia di damigelle miracolosamente unite dal bisogno di consolarsi a vicenda.

Una sera il castellano, salito sul torrione del palazzo, s'affacciò al merlato spalto per contemplare l'argenteo tremolìo delle scintille lunari, spioventi sui boschi e cullantisi come gocce di rugiada entro il calice delle foglie. Ma il suo sguardo, abbassandosi verso le sottostanti penombre, scorse con meraviglia e terrore il più strano spettacolo del mondo: la foresta era popolata di gentiluomini, i quali, a due a due, da ogni canto, tra albero e albero, incrociavan con furia le spade. Il castellano corse giù per le scale, volò attraverso gli appartamenti ed entrò a precipizio nella camera della moglie. Ma subito le sue orecchie furono colpite da due grida di spavento, e i suoi occhi videro un giovanetto in camicia passar loro ratto davanti, scavalcare il balcone e sparire come un bianco fantasma.

— Questa è, dunque, la iettatura!, — urlò il castellano: — rivalità di debosciati che si battono per il possesso della mala femmina!

La donna, inginocchiata ai suoi piedi, singhiozzava:

— Fai di me ciò che ti piaccia; ma non mi uccidere. Sono ancora così giovane!

— Per la croce di Cristo; a che mi è servito il circondare di lusso la tua bellezza?

— E a che sarebbe servita a me la bellezza se non l'avessi fatta valere?, — ribatté timidamente la donna.

Il castellano uscì infuriato, ordinando ai domestici di scacciare dal palazzo l'adultera. E, siccome era ricco, ottenne che la chiesa dichiarasse nullo il matrimonio.

*

Trascorso qualche tempo, il buon uomo volle riprendere moglie.

— Una ragazza bella, — si disse. — è quasi sempre una sciocca che non sa resistere alle adulazioni. Sposerò, dunque, una creatura che, senz'essere sgraziata nel fisico, possegga molto giudizio..

Scelse una giovinetta, che passava nella contrada per un portento d'ingegno. Terminate le feste nuziali, egli prese da parte la sposa e così le parlò:

— Poichè la provvidenza ti ha beneficata, elevandoti ad un'alta posizione e concedendoti per marito un uomo non solo a te devotissimo, ma caldo di cuore come nessun altro suo simile, sappiti render degna dei doni usando il raziocinio, di cui sei abbondantemente provveduta, in modo da conservarti sempre fedele ed onesta.

La donna sbadigliò, dichiarando che non era più in età tanto tenera da dover sentire il bisogno degli altrui consigli. Poi si dispose a trascorrere piacevolmente il tempo non tra vane pompe, ma in dilettevoli e savi conversari. Ben presto il castello si riempì di chierici dotti in teologia e di filosofi temprati alla discussione, i quali, formando cerchio intorno alla padrona, diedero la stura a un fiume di sentenziosi e succosi discorsi. Il castellano, per temperamento assai parco di parole, stava il più possibile lontano dal crocchio; ma con la espressione benevola del volto e con la frequenza dei sorrisi dimostrava di approvare le sagge riunioni. Ed ecco che, passato qualche mese, il malocchio ricominciò a sviluppare il suo misterioso influsso. Ora un chierico un po' tenerello d'età, sovrappreso da debolezza alle gambe, crollava sul pavimento; ora un teologo, dalle guance un dì floride e scarne al presente, sveniva come una femminetta; ora un filosofo, già pieno di vivacità e adesso ridotto allo stato di mummia, s'appartava in un angolo per sputare, fra singhiozzi e rantoli, almeno mezzo polmone. Il castellano non sapeva darsi pace e con occhio esterrefatto contemplava il sempre maggiore via vai delle barelle, che venivano a prendere e a portare in appositi luoghi di cura gli infelici suoi ospiti. Ma un giorno, entrando all'improvviso nella camera della moglie, trovò costei che sillogizzava in camicia con due sapienti membri della Chiesa.

— Questa è, dunque, la iettatura!, — urlò, mentre i teologi se la svignavano in fretta: — uno spolpamento di maschi, eseguito dalla mala femmina!

La donna non battè ciglio.

— Che cosa ti mancava qui dentro?, — continuò a inveire il castellano. — Non possedevi per marito l'uomo più amoroso che esista?

— E come potevo esser certa di ciò, se non avessi proceduto a qualche paragone?, — ribattè con calma la moglie.

Il castellano strinse le labbra, guatò un poco la donna: poi uscì senza aggiunger più sillaba, ordinando ai domestici di preparare le valigie dell'adultera. E siccome era molto ricco, ottenne che anche il secondo matrimonio fosse cassato.

*

Trascorso qualche tempo, il buon uomo, non sopportando più oltre la solitudine, si scelse per moglie una zitellona brutta quanto il demonio.

— Così, — pensava, — non dovrò più temere sorprese.

La nuova compagna apparve subito migliore delle precedenti, poichè nè metteva mai il piede fuori della soglia di casa, nè mostrava alcun desiderio di ricevere in questa cavalieri o filosofi. Per mesi e mesi il castello sembrò abitato da sordomuti, tali erano il silenzio e la tranquillità che in ogni parte regnavano. Già il buon uomo si rallegrava seco stesso del proprio criterio di scelta e si riprometteva di trascorrere una lunga vita fra la pace e le dolcezze del focolare domestico. Ed ecco, un giorno, capitargli innanzi un garzone di scuderia.

— Eccellenza, — dice costui, — col vostro beneplacito lascio il servizio.

— Avete trovato un posto più lucroso, giovanotto?

— No, Eccellenza. Ma posseggo qualche risparmio, e voglio metter su una cavallerizza.

Passa poco tempo. Ed ecco che si presenta uno sguattero.

— Eccellenza, — dice: — col vostro permesso me ne vado.

— Dove volete recarvi, figliuolo?

— Ho qualche risparmio, Eccellenza; e voglio aprire una trattoria.

Passa poco tempo, ed ecco che si fa avanti un paggio.

— Eccellenza, — dice: — se non avete niente in contrario, piglio il due di coppe.

— Pigliatevi anche il tre, carino. Ma, scusate la domanda, cosa avete intenzione di fare?

— Posseggo qualche risparmio, Eccellenza, e voglio spassarmela un poco.

Il buon uomo non ci capiva più niente. Domandò spiegazioni al grande scudiere: e quello, invece di rispondere, si mise a tirar stoccate a destra e a sinistra. Domandò spiegazioni al capo-cuoco: e quello, invece di rispondere, con un solo colpo di spiedo infilzò una dozzina di tordi. Domandò spiegazioni al maggiordomo: e quello, invece di rispondere, alzò gli occhi verso il cielo e sospirò.

Infine, si recò dalla moglie. Ma, mentre passeggiava conturbato su e giù per la camera, posò un piede su qualche cosa di molliccio, e, udito un grido di dolore e piegatosi, vide una mano d'uomo che si ritraeva in furia sotto il letto. Dà un balzo indietro, rovesciando un attaccapanni, dal quale subito sbuca e sgattaiola via un secondo individuo. Corre addosso alla moglie: e questa, alzandosi da sedere con stizza, scuopre una terza persona, che stava raggomitolata fra le ampie gonnelle.

— Perchè tanto chiasso?, — strepita la donna. — In camera mia sono padrona di ricever chi voglio.

Il buon uomo diventa pallido, poi livido.

— È questa la riconoscenza?, — balbetta. — Nessuno ti voleva: e io t'ho sposata. Eri povera in canna, e io t'ho arricchita.

— E a che mi servirebbe la tua ricchezza, — replica pronta la moglie, — se non l'adoprassi per pagarmi qualche passatempo?

Il buon uomo spalancò la bocca, ma non potè spiccicar parola: agitò in aria le mani tremolanti, le raccolse intorno alla gola come se volesse liberarla da un intoppo, poi cadde di schianto al suolo.

La moglie ereditò, e si preparò a dedicare ai passatempi le sue immense ricchezze.

*

Da ciò s'impara che i mariti non devono mai pretender l'impossibile.

MASTRO LESINA.

Un ometto alto un palmo, ma ricco di quattrini e di buoni propositi, stabilì di dedicare gli uni e gli altri alla stampa di libri. Egli ragionava in questo modo:

— Le vetrine dei librai rigurgitano sempre di volumi. Da ogni parte si pubblica, da ogni parte si espone: da ogni parte, dunque, si vende e si guadagna. Se non ci fosse guadagno, nessuno penserebbe a divenir stampatore o libraio.

Un altro ragionamento preferito era il seguente:

— Ogni generazione di uomini possiede un certo numero di scrittori, i quali oggi fabbricano le loro fantasie per solo uso e consumo del micio di casa o degli alberi della strada, ma domani affronteranno il giudizio altrui, procurando a sè gloria e quattrini ai loro stampatori. Dunque, se riesco a snidarli, acquisterò in pari tempo e di colpo reputazione e denari.

Armato di così generose intenzioni, il nostro ometto aprì una stamperia e restò in attesa degli eventi.

Quasi subito gli capitò fra le mani un lavoro, scritto con inchiostro roseo sovra carta granulosa, tagliata in ampi fogli quadrati. Lo stampatore inforcò gli occhiali, lesse lo scartafaccio dalla prima parola all'ultima, poi lo restituì dichiarando:

— Ho un sacco d'impegni, che mi vincoleranno per una diecina d'anni, o giù di lì. Ripassi.

Ma fra se e sè monologava:

— Accidenti! Starei fresco se cominciassi con un'opera simile. Troppa poesia! Capisco incoraggiare gli ingegni; ma purchè camminino sulla terra ferma e non obblighino il lettore ad alzar il naso verso il cielo per scorgerli.

Ben presto gli giunse un secondo lavoro, scritto con inchiostro verde su carta color giallo sporco, di quelle che i pizzicagnoli ed i fornai adoprano per involger la merce. Il nostro ometto inforcò gli occhiali, lesse lo scartafaccio sino a metà, poi lo restituì dichiarando:

— Ho un sacco d'impegni, che mi vincoleranno per una trentina d'anni, o giù di lì. Ripassi.

Ma fra sè e sè monologava:

— Accidenti! Starei fresco se cominciassi con un'opera simile! Troppa originalità! Capisco incoraggiare il genio; ma purchè segua le vie già battute e non obblighi il lettore a guardarsi ai piedi per non cadere in qualche precipizio.

Gli furono offerti, da un certo numero di giovani autori trentenni, altrettanti lavori scritti con inchiostro comune sulla consueta carta protocollo rigata. Il nostro ometto non inforcò neanche gli occhiali: restituì subito gli scartafacci dichiarando:

— Ho un sacco d'impegni, che mi vincoleranno per tutta la vita, o giù di lì. Ripassino.

Ma fra sè e sè monologava:

— Accidenti! Starei fresco se cominciassi con opere simili! Troppa gioventù! Capisco incoraggiare i novellini; ma purchè si sian già fatti conoscere. E poi, i lettori serii son come le ragazze allegre: preferiscono chi abbia parecchi capelli bianchi e qualche presentatore che testimonii sull'onorabilità.

Gli pervenne, infine, una lettera, con la quale un autore proponeva la pubblicazione di un libro, dichiarandosi pronto a rimborsare le spese di stampa. Il nostro ometto si diede un diluvio di pugni sulla zucca per convincersi d'esser sveglio, eseguì una serie di salti alla grillesca; poi sedè a tavolino per rispondere che accettava. Ormai, aveva imbroccata la strada buona e poteva fondare la propria impresa sovra un solido assioma editoriale Il valore di uno scrittore è in ragione diretta della somma ch'egli offre.

Per disgrazia o malignità della sorte, nessuno sembrò disposto a condividere questa opinione ottimista. Infatti, i librai restituivano i pacchi dei libri senza neppure sfasciarli, e i critici, senza alcuna deferenza per la formula editoriale, dichiaravano che la somma offerta da un autore è in ragione inversa del valore dell'opera.

*

Mezzo disperato, il nostro ometto, rinunciando alla parte di Mecenate della letteratura, deliberò di dedicare il proprio gruzzolo e la propria attività ad un'altra, ma del pari nobile impresa.

Egli ragionava in questo modo:

— Il genere d'arte, che procura maggior fama e guadagno, è il teatro. Non scriverò io stesso commedie per trecentotrentatre ragioni: e, innanzi tutto, perchè non saprei da qual lato rifarmi. Ma raccoglierò una compagnia di attori a mie spese e porrò in scena le opere degli ingegni ancora ignorati.

E, per concludere il soliloquio, aggiungeva:

— Poichè una commedia deve piacere al pubblico, ossia soddisfare i gusti normali della maggioranza degli uomini, sottoporrò i manoscritti al preventivo giudizio di un qualche cervello ben equilibrato.

Pensa e ripensa, decise di scegliere per propria Ninfa Egeria un'adiposa venditrice di pesci fritti e di zuppa a due soldi la scodella. Se la donna, durante la lettura, rideva o s'inteneriva, voleva dire che l'opera era degna di veder la luce della ribalta; altrimenti, saluti a casa e un bacio ai bimbi.

Con l'affidamento di questo illuminato parere, il nostro ometto non tardò ad esporre al generale giudizio la commedia di un quarantenne, perciò giovanissimo autore. Il pubblico ascoltò in silenzio sino alla fine; poi, sempre in silenzio, sfollò dal teatro.

L'indomani, le gazzette ebbero la faccia tosta di affermare che si trattava di roba fritta rifritta, e di concludere i loro articoli con l'esclamazione: Che zuppa!

— Sfido io!, — pensò il nostro ometto fermandosi a contemplare la modesta bottega della sua Ninfa Egeria.

Tuttavia, s'appigliò ad un nuovo ripiego. Poichè possedeva un cane barbone onesto e morigerato, deliberò di leggergli i manoscritti e di regolarsi nel modo seguente: se il cane stava attento e composto sino al termine della lettura, voleva dire che l'opera era degna di veder la luce della ribalta; se, invece, sbadigliava, tanti saluti a casa e un bacio ai bimbi.

Con l'incoraggiamento di questa critica autorevole, il nostro ometto non tardò ad esporre al generale giudizio la commedia di un cinquantenne, perciò giovane autore. Il pubblico ascoltò il lavoro fino alla metà; poi, si divise in due gruppi: un gruppo fischiava bestemmiando e l'altro gruppo applaudiva ridendo. L'indomani, le gazzette ebbero il coraggio di affermare che si trattava di roba da cani.

— Sfido io!, — pensò il nostro ometto accarezzando il fedele barboncino.

Ma ricorse a un rimedio estremo.

— Poichè, — concluse, — l'altrui parere preventivo non vale, proverò a ricorrere al mio criterio personalissimo. Ogni sera, appena coricato, piglio un copione e leggo. Se rimango sveglio sino all'ultima scena, vorrà dire che l'opera è degna di veder la luce della ribalta; se, invece, m'addormento, saluti a casa e un bacio ai bimbi.

Rassicurato da questa prova del fuoco, o meglio del sonno, il nostro ometto non tardò ad esporre al generale giudizio la commedia di un sessantenne, perciò ancor giovane autore. Il pubblico ascoltò le prime battute; poi, con dignitosa concordia, infilò la porta del teatro senza neppure chiedere la restituzione dei denari sborsati per il biglietto d'ingresso. L'indomani, le gazzette sbraitarono che si trattava di roba da far dormire in piedi.

— Questo, poi, no!, — esclamò il nostro ometto dando un pugno sul giaciglio che aveva servito da aula di tribunale.

Per fortuna, proprio in quel giorno gli giunse una lettera, con la quale un autore proponeva di inscenare una commedia, dichiarandosi disposto a rimborsare ogni spesa. Il nostro ometto si fece pizzicar più volte da un amico per convincersi d'esser sveglio, eseguì una serie di balzi alla giraffesca; poi, sedè al tavolino per rispondere che accettava. Ormai, aveva imbroccata la strada buona e poteva fondare la propria impresa sovra un solido assioma capo-comicale: Il valore di una commedia è in ragione diretta della somma offerta per la rappresentazione.

Ahimè! Il pubblico, rifiutando l'onore di pronunciare la suprema sentenza, preferì internarsi nei cinematografi per appagare il proprio imperioso bisogno di poesia e di arte. E i critici, senza alcun rispetto per la formula capo-comicale, dichiararono che la somma, offerta per la rappresentazione d'una commedia, è in ragione inversa del valore di questa.

*

Disperato e disilluso, il nostro ometto, rinunciando al Mecenatismo attivo, dedicò il proprio gruzzolo alla costruzione di un asilo per ogni genio incompreso. Egli ragionava in questo modo:

— Poichè non riesco a scoprire, con le mie forze, neppure l'ombra di un giovane autore, attenderò che gli autori stessi si scopran da sè e poi vengano a chiedermi un rifugio per le lor veglie laboriose e i lor precoci dolori.

Primo a presentarglisi fu un brav'uomo, il quale, avendo rimpannucciato con vesti nuove alcune vecchie teorie metafisiche, si era visto ingiustamente rifiutato il titolo di grande filosofo. Il nostro ometto lo lasciò discorrere, contentandosi d'ammirarne in silenzio il superbo scrollar della testa all'indietro e l'irato inarcar delle sopracciglia e il violento gestir delle braccia; infine, disse:

— Scusi, non per offenderla, ma il genio, secondo me, non è un semplice travaso di idee. Dunque? Ripassi allorchè avrò fondato un asilo non per i genii incompresi, bensì per quelli troppo compresi.

Il secondo postulante fu un giovane emaciato e giallognolo, il quale, avendo accomodato con salse nuove alcuni vecchi temi sentimentali, s'era visto ingiustamente rifiutato il titolo di grande scrittore. Il nostro ometto lo lasciò discorrere, contentandosi di esaminare in silenzio l'inturgidimento del collo nella foga dell'auto-panegirico e lo sbatter delle palpebre e il tingersi in verde delle guance nell'impeto delle filippiche contro le altrui rinomanze indegnamente scroccate; infine, disse:

— Scusi, non per offenderla, ma il genio, secondo me, non è un semplice travaso di bile. Dunque? Ripassi allorchè avrò fondato un asilo non per i genii incompresi, bensì per quelli che non comprendono nulla.

Terzo a presentarglisi fu un individuo irrequieto, il quale, avendo scoperto che, per fabbricare versi, basta tuffar nell'inchiostro una mosca e poi lasciarla passeggiare in lungo ed in largo sovra un foglio di carta, s'era visto ingiustamente rifiutato il titolo di grande poeta. Il nostro ometto lo lasciò discorrere, contentandosi di sorvegliare in silenzio ì pugni ben chiusi, allungati di continuo a minacciare un invisibil nemico, e più ancora le visibilissime chicchere di un servizio da caffè; infine, disse:

73

— Scusi, non per offenderla, ma il genio, secondo me, non è un semplice travaso di sangue. Dunque? Ripassi allorchè avrò fondato un asilo non per i genii incompresi, bensì per gli incomprensibili.

Tra per il crepacuore delle disillusioni, tra per altri motivi più intimi, il nostro ometto morì. E fu solo guardando verso la terra dal seggio, assegnatogli in paradiso, ch'egli comprese, finalmente, l'inutilità dei propri nobili sforzi. Infatti, il pianeta che gli avea dati i natali apparve ai suoi occhi come una grande taverna, dalla quale penzolava, ondulando fra le nubi, l'insegna: Al genio incompreso.

LA BELLA ADDORMENTATA NEL BOSCO.

C'era una volta una ragazza smorfiosa, ma smorfiosa, aiutatemi a dire smorfiosa. Nulla le piaceva, niente le andava a genio. Le presentavano una veste: faceva le boccacce. Le donavano un gioiello: lo buttava in un angolo del cassettone. Le leggevano un romanzo: sbadigliava. Un giorno, capitò da quelle parti un garzone bello come il sole. La ragazza lo accolse con molte cortesie. Furono recati sulla mensa i cibi più fini e fu preparato per l'ospite un appartamento che sembrava una reggia. Il giovane aveva viaggiato molto; e la ragazza non rifiniva dal domandare ora una cosa ora un'altra: nè si saziava mai d'ascoltarlo, perchè lo sentiva discorrere con una grazia, con un garbo, con certi tòni languidi di voce, che davano il fremito e mettevano in corpo un desiderio matto di baciare quelle labbra di miele. Scesero nei giardini e vi rimasero fino a notte inoltrata. Il giovane, per quanto durò la passeggiata, non fece che parlare e sospirare guardando la luna.

L'indomani, si chiacchierò e si passeggiò di nuovo: ma l'ospite, invece della luna, guardava la ragazza, e sospirava sempre più forte.

La terza sera, andarono a visitare una grotta, nella quale si diceva che abitasse una fata. La ragazza, a un certo punto, ebbe paura e s'avvinghiò al braccio del suo compagno. Costui la rassicurò con le più dolci frasi che lì per lì potè mettere insieme, la condusse a sedere sovra un liscio macigno, si collocò ai suoi piedi e cominciò a elogiare i beati tempi in cui Berta filava e le principesse eran custodite da draghi terribili e i cavalieri correvano a liberarle.

— S'io fossi una di quelle principesse, potrei sperare nel vostro soccorso, prode cavaliere?, — chiese ridendo la ragazza.

— Mi ucciderei, se ne dubitaste; — rispose il giovane.

— E che chiedereste in compenso del vostro valido aiuto?, — insistè lei annaspando con una mano nell'ombra e toccando, oh senza volerlo!, la chioma ricciuta dell'ospite.

— La punta delle vostre piccole dita per sfiorarla con un timido bacio.

La ragazza battè un piedino contro terra.

— È vero che i mostri denudavan le principesse per incatenarle alla roccia?, — chiese dopo qualche minuto di raccoglimento.

— Ahimè, sì. Ma i cavalieri bennati volgevano altrove lo sguardo per non profanare la purità delle membra femminee.

— Dovevan esser ben brutte quelle principesse!, — susurrò la ragazza.

— Oh, eran belle, invece, quasi al pari di voi!

— E s'io fossi stata legata nuda da un mostro e liberata dalle vostre armi, avreste distolti gli occhi, prode cavaliere?

— Mi ucciderei, se ne dubitaste; — rispose il giovane solennemente.

— È tardi, e la grotta è umida; — concluse la ragazza alzandosi.

S'avviarono in silenzio. Il giovane sospirava, e la ragazza soffocava gli sbadigli.

Nei giorni seguenti l'ospite continuò a discorrere, a guardare la padroncina di casa e a sospirare. Ma l'esempio di quest'ultima era divenuto contagioso. Da ogni parte non si vedevano che bocche contorte nello spasimo della noia, non si udivano che soffi di mantici sempre meno repressi. Il giovane tentò di resistere. Ma i servitori gli porgevano le pietanze ciondolando il capo dal sonno e la ragazza non si vedeva più comparire. Aveva un bel chiedere d'esser introdotto alla sua presenza. Gli rispondevano: Dorme.

*

Un giorno, si vide una carrozza fermarsi nel cortile e un uomo scenderne ridendo sonoramente. Il nuovo venuto era alto e tarchiato e mostrava un volto così gaio e fiorente da destare invidia anche nelle gazze, che si dice siano sempre allegre. La fanciulla lo accolse con piacere e spinse l'affabilità sino a chiedergli notizie della sua preziosa salute. Ci voleva proprio, in quella casa, un po' di baccano! E l'ospite sembrava nato e sputato per trasformare anche un ordine di cenobiti in una combriccola di buontemponi. Nello spazio di poche ore avvenne una metamorfosi strabiliante. In ogni sala si vedeva gente ridere, sbracciarsi, giuocare a salta-cavallo: in cucina, poi, i cuochi ballavano con gli sguatteri; e persino un cane barbone invitò una micia alla danza.

La ragazza sembrava felice; mostrava spesso i bianchi dentini e ordinava che mescessero all'ospite i più prelibati liquori. Ogni giorno l'una e l'altro montavano a cavallo e si recavano a caccia di cervi e di cinghiali. L'uomo era coraggioso; saltava a terra per affrontare gli zannuti avversarii, e non falliva mai il colpo col suo coltellaccio. La ragazza lo ammirava e, vedendo cadere la bestia, batteva le mani per la gioia.

Un pomeriggio, i due compagni di caccia entrarono, per riposare e ripararsi dal solleone, in una capanna isolata. La ragazza era un po' pensierosa. Ma l'ospite la distolse subito dalla meditazione gridando:

— Che modi son codesti? Allegria ci vuole, e non musi!

La ragazza rise.

— Toglietemi un dubbio, — disse. — Vi siete mai innamorato?

— Eh, mille volte; ma erano amori alla svelta, di quelli che lasciano il tempo che trovano.

— Ecco, scherzate sempre. Non vi si può rivolgere una domanda sul serio.

— Avete ragione. Picchiatemi, perchè me lo merito.

Scosse il capo, poi soggiunse:

— Le donne sono troppo esigenti. E io voglio bere in pace il mio fiasco di vino e passare il giorno come meglio mi talenti.

— E all'amore cosa concedereste?, — insinuò la ragazza.

— La notte, — rispose lui.

E rise sonoramente. Ma subito sospirò.

— Temo d'aver presa una cotta, — disse. — Ho trovata una monella che conosce i gusti degli uomini e sa stare in compagnia, a tavola e in qualunque altro posto. Indovinate chi è.

E la guardò con malizia. Ma la fanciulla troncò il discorso:

— È tardi; e qui dentro fa più caldo che fuori.

Si avviarono in silenzio.

L'ospite, caso strano, sospirava, e la ragazza soffocava gli sbadigli.

Alla lunga, l'allegria stufa. Nei giorni seguenti, il servidorame abbassò grado a grado la voce e moderò i gesti; in cucina, i cuochi si rimisero ai fornelli, gli sguatteri si occuparono dei polli infilzati negli spiedi, e il can barbone fece capire alla micia che certe confidenze sono permesse solo in casi eccezionalissimi.

L'ospite rideva sempre. Ma la padroncina di casa sbadigliava; e tutti, intorno a lei e nelle altre stanze, la imitavano a più non posso. Infine, la ragazza si eclissò e i coppieri cominciarono a sonnecchiare camminando e a versare il vino sulla tovaglia anzichè dentro i calici di cristallo.

L'uomo resistè ancora un poco. Ma alle sue risate rispondeva solo l'eco delle pareti e alle sue insistenze per veder la ragazza si opponeva sempre un categorico: Dorme.

*

Un mattino, la soglia del palazzo fu varcata da un giovane male in arnese.

— Dove vai?, — gli domandò il portinaio.

— Dove voglio, — rispose quello.

E, cacciato fuori un palmo di lingua, s'arrampicò di corsa su per le scale. In anticamera gli fu ostruito il passo da una vispa servetta.

— Chi cercate, amico?

— Cercavo te, — replicò l'intruso.

E, passatole un braccio intorno ai fianchi, scoccò due bacioni sulle guance fresche e pienotte.

Il giovane non era bello, ma possedeva due occhi di fuoco e certi gesti ai quali nessuno avrebbe potuto resistere.

La forosetta rise, gli diede uno schiaffo, ma leggero leggero, e lo lasciò passare.

Le prime sale erano occupate da domestici, che chiacchieravano fra loro, comodamente seduti o distesi sopra divani.

Il giovane li redarguì.

— Occupatevi della pulizia, invece di perdere il tempo.

Tutti zittirono e, balzati in piedi, corsero ad afferrare chi una scopa e chi uno strofinaccio. Lavoravano con tanto ardore, che ben presto scomparvero entro nembi di polvere.

Il giovane, proseguendo di stanza in stanza, diede infine del naso contro una vecchia governante.

— Ohè! Ohè!, — l'interpellò questa; — perchè correte con tanta furia?

— Non ci badate. È una mia abitudine. Pensate piuttosto ai vostri amorosi, chè, simpatica come siete, dovete averne a dozzine.

La vecchia agitò il collo come un passerotto in mezzo alle fronde.

77

— Eh, non dico di no, — squittì tra le gengive vuote; — c'è qualcuno, che toccherebbe il cielo col dito, ma....

E voleva aggiungere altro. Ma il giovane se l'era già svignata.

Davanti all'uscio dell'ultima stanza, uno sciame di cameriere si muoveva proprio con un brusìo d'api che attendano il cenno della regina per volar fuori dall'alveare.

Il giovane le chiamò, con un segno misterioso, intorno a sè.

— Sapete?, — disse sottovoce. — La governante s'è portato in camera un paggetto tenero tenero, e ha lasciata la porta socchiusa.

Altro che api! Sembravano rondini, piuttosto: tanto in fretta spiccarono il volo.

Il giovane, rimasto padrone del campo, aprì l'uscio dell'ultima stanza, sollevò i pesanti cortinaggi, entrò e vide coricata in un ampio letto la padroncina di casa, che in quel momento dormiva davvero. Il giovane s'avvicinò in punta di piedi, piegò le ginocchia e incollò le labbra sulla boccuccia un po' dischiusa.

La ragazza, dolcemente destata, credette che il suo sogno continuasse e, guardando le due pupille che la divoravano, mormorò con esile voce:

— Quanto vi siete fatto aspettare!

*

Da ciò s'impara che una fanciulla, per quanto addormentata, trova sempre, prima o dopo, chi la sappia svegliare.

IL SIGNOR KORBES.

Tre mariuoli, amiconi per la pelle, giurarono che avrebber trovato il modo di mangiare a ufo e di sguazzare nell'oro per il rimanente della loro esistenza. Occorreva, prima di tutto, un bell'abito, che impedisse al vento di insidiare, attraverso i brandelli, le carni, e al sospetto di mandare a vuoto i disegni della combriccola.

Detto fatto, si presentaron da un sarto, gaio compagnone, il quale godeva fama di amare sovra ogni cosa il proprio mestiere, i giovanotti spensierati e le burle. Ordinaron tre abiti secondo l'ultimo figurino, e dissero che avrebber pagato al momento della consegna.

— Ci sarà una cenetta anche per voi, — dichiarò al sarto il primo mariuolo.

— Con molti fiaschi di vino, — aggiunse il secondo.

— E, alla fine, ci sarà una burletta, come non ne avete mai viste, — promise il terzo.

Al sarto luccicavano gli occhi per la curiosità. Era così ansioso di godersi la cena e di bersi i fiaschi e di assistere alla burletta, che in quattro e quattr'otto terminò i vestiti. I mariuoli vennero, li indossarono, si guardaron ben bene nello specchio, dichiararono ch'eran contenti arcicontenti e, preso a braccetto il sarto, lo condussero in un'osteria. Mangia rimangia, bevi ribevi, da ultimo il terzo mariuolo disse:

— Ora è tempo di pensare al sodo. Paghiamo questo galantuomo, e poi faremo la burla.

— Non vi arrabbiate: ma i tre vestiti li voglio pagare io!, — gridò il primo mariuolo.

— Niente affatto: tocca a me, invece, a pagarli!, — ribattè il secondo.

Stavano per accapigliarsi, mentre il sarto si divertiva un mondo a sentirli; ma il terzo mariuolo, che s'era affacciato alla finestra, si volse.

— Mettiamoci d'accordo, — propose. — C'è una bella ragazza, che sta passando per la strada. Usciamo tutti e tre: e il primo, che riesce a raggiungerla e ad abbracciarla, pagherà i tre vestiti.

Detto fatto, scesero di corsa le scale e inseguirono la ragazza. Il sarto si sporgeva dal davanzale smascellandosi dalle risa. Ma non ebbe proprio più nessuna voglia di ridere quando li vide sorpassare la ragazza senza fermarsi e svoltar zitti zitti l'angolo della via. Perse il buonumore, ma in compenso pagò la cena, e anche i fiaschi.

— Ora occorron tre anelli, che ci diano l'aspetto di gran signori, — dichiarò il terzo mariuolo.

Detto fatto, egli si presentò da solo in un'oreficeria.

Aveva le gambe ciondoloni ed inerti, e si reggeva su due superbe stampelle.

— Desidero un anello, — disse, — con un rubino grosso come un pomodoro.

Mentre stava ammirando l'anello, già infilato nel dito, capitò il primo mariuolo.

— Desidero un anello, — disse, — con uno smeraldo grosso come un cocomero.

Mentre stava ammirando l'anello, già infilato nel dito, capitò il secondo mariuolo.

— Desidero un anello, — disse, — con un diamante grosso come la luna.

Mentre stava ammirando l'anello, già infilato nel dito, il primo mariuolo gli tuffò una mano in tasca, gli prese il portafogli e se la diede a gambe.

— Ah birbante! — urlò il secondo mariuolo. — Aspetta che ti raggiunga, e vedrai se non ti concio per le feste!

E si pose a corrergli dietro.

L'orefice, disperato, non sapeva a che corda impiccarsi.

— Chiudete bottega, — gli suggerì il terzo mariuolo, — e mettetevi alle loro calcagna. Io starò sulla porta, ad attendervi per ogni evenienza. Tanto, vedete bene che non posso scappare!

E mostrò, con un mesto sorriso, le proprie gambe ciondoloni.

L'orefice seguì il consiglio; ma aveva voglia di correre: i due mariuoli erano scomparsi da un pezzo. E quando tornò alla bottega, non vide più traccia neppure del terzo. In compenso trovò, appoggiate alla porta, due superbe stampelle.

*

Cammina cammina, i tre mariuoli finirono per sentirsi stanchi.

— Ora, abbiamo bisogno di denari, — dichiarò il primo fermandosi.

— Occorre cercarli, — soggiunse il secondo imitandolo.

— Sono bell'e trovati, — ribattè il terzo alzando gli occhi verso un balcone, al quale stavano appoggiati un vecchio e una vecchia. Eran fratello e sorella: lui vedovo, e lei ancora nubile. I tre mariuoli bussarono all'uscio e, per ottenere alloggio, dissero che portavan con loro tanti e tanti quattrini, da non potersi fidare a passar la notte in albergo.

Il vecchio, ch'era stato, al tempo dei tempi, un rubacuori e, con lo scorrer degli anni, aveva acquistata una gran tirchieria senza perdere le velleità giovanili, si lamentava, durante la cena, della propria età e della crudeltà delle donne.

— Conosco tre ragazze, — disse sospirando: — una più bella dell'altra. Ma non mi riesce di ottenere neppure un sorriso. Alla prima regalo ogni giorno un mazzolino di fiori, colti nel mio giardino: ed essa lo prende e lo butta per terra. Alla seconda regalo ogni giorno un nastro di seta, tolto dal corredo della mia povera defunta: ed essa lo prende e lo strappa. Alla terza regalo ogni giorno un cartoccetto di miele, raccolto da mia sorella: ed essa lo prende e lo fa mangiare al suo cagnolino.

— Se giurate di serbarci il segreto, vi ringiovaniremo, — disse il terzo mariuolo.

— Benedetti da Dio! Che devo fare?

— Ci voglion tre incantamenti, — continuò il terzo mariuolo.

— L'incantamento delle stoffe, — disse il primo mariuolo: — e a quello penserò io.

— L'incantamento dell'oro, — disse il secondo mariuolo: — e a quello penserò io.

— L'incantamento delle gemme, — disse il terzo mariuolo: — e a quello penserò io.

Il vecchio non poteva più star fermo sopra la sedia tanto era impaziente.

— Mettete qui tre rotoli di stoffa fine, — spiegò il primo mariuolo. — Pronuncerò la formula magica; e voi invierete un rotolo ad una delle fanciulle. Se l'incanto non giova, inviate il secondo rotolo. Ma potete esser certo che, al terzo, la ragazza vi getterà le braccia al collo e vi troverà giovanissimo.

Il vecchio nicchiava, e non diceva nè sì nè no.

Infine, vennero le stoffe, fu pronunciata la formula: e, al terzo rotolo, la ragazza cedette.

Il vecchio gongolava dalla gioia. E volle che i tre mariuoli rimanessero lì, in casa, per fare anche gli altri incantamenti.

— Mettete qui tre monete d'oro, — spiegò il secondo mariuolo. — Pronuncerò la formula magica; e voi invierete una moneta alla seconda fanciulla. Se l'incanto non giova, inviate un'altra moneta. Ma potete esser certo che, alla terza, la ragazza vi getterà le braccia al collo e vi troverà giovanissimo.

Il vecchio sospirava e non diceva nè sì nè no.

Infine, vennero le monete, fu pronunciata la formula: e, alla seconda moneta, la ragazza cedette.

Il vecchio, che ormai aveva preso gusto al giuoco, non vedeva l'ora di far strage anche dell'ultima fanciulla.

— Mettete qui uno spillone, un anello e un braccialetto, — spiegò il terzo mariuolo. — Pronuncerò la formula magica: e voi invierete lo spillone alla ragazza. Se l'incanto non giova, inviate l'anello. Ma potete esser certo che, dopo il braccialetto, la ragazza si getterà al vostro collo e vi troverà giovanissimo.

Il vecchio gemeva e non diceva nè sì nè no.

Infine, vennero i gioielli, fu pronunciata la formula: e, appena ricevuto lo spillone, la ragazza cedette.

Il vecchio scoppiava di felicità. Sua sorella, invece, schiattava dall'invidia.

Un giorno, essa si fece coraggio.

— Potrei ringiovanire anch'io?, — chiese ai tre mariuoli.

— Sicuro!, — risposero in coro: — ma è più difficile, perchè siete donna.

— E ridiventerò bella? E sarò corteggiata?

— Sicuro!, — risposero in coro: — ma ci vuole l'incantamento della veste, della danza e degli occhi.

La vecchia tremava per l'emozione.

— Benedetti da Dio! Che devo fare?, — supplicava.

— Dovete stendere un lenzuolo per terra, — spiegò il terzo mariuolo, — e metterci sopra tutti i denari e tutte le gioie, che si trovano in casa; poi dovete vestirvi da sposa. E, per il resto, lasciate fare a noi. Ma non dite niente a vostro fratello: se no, addio incantesimo!

La sera stessa la vecchia chiamò i tre mariuoli in una stanza appartata.

— Va bene così?, — domandò.

I tre mariuoli adocchiarono il lenzuolo, su cui era deposto il mucchio delle monete e dei gioielli, e risposero in coro che non poteva andar meglio.

— Adesso, dovete vestirvi da sposa, — dichiarò il primo mariuolo.

La vecchia aveva già preparato gli abiti. Indossò una veste bianca, prese un candido velo e si mise sul capo una corona di fiori d'arancio.

— E adesso dovete danzare attorno al lenzuolo, — dichiarò il secondo mariuolo.

La vecchia alzò un poco le gonne, mostrando civettuolamente gli stinchi, tentennò come una pertica scalzata, poi cominciò a ballonzolare per la stanza. Quando fu trafelata e con tanto di lingua fuori, il terzo mariuolo le disse:

— E ora dovete star ferma e chiudere gli occhi, ma tenerli ben chiusi, se no addio incantesimo! Poi conterete ad alta voce fino a trecento, ma badate di non sbagliare, se no addio incantesimo! Subito, verrà un bel giovane, che vi chiamerà per nome. E voi spalancate gli occhi e gettategli pure le braccia al collo, perchè potete esser certa che vi troverà giovanissima.

La vecchia teneva già strette le palpebre avvizzite, e contava. Il primo mariuolo riunì le quattro cocche del lenzuolo, il secondo si caricò ogni cosa sopra le spalle e il terzo fece lume per le scale.

La vecchia continuava a contare. Quando fu proprio a trecento, si sentì chiamare per nome. Subito, spalancò gli occhi e, con un grido di gioia, si gettò al collo dell'innamorato. Ma l'innamorato era nè più nè meno che il fratello, il quale, vedendo la vecchia in abito bianco, col velo e con la corona di fiori d'arancio, si sbellicava dalle risa.

E ridi che ti ridi, rise tanto che, quando gliene fu passata la voglia, non c'era più tempo di raggiungere i tre mariuoli.

*

Cammina cammina, i tre mariuoli finirono per sentirsi stanchi: e, di comune accordo, decisero di fermarsi. Mutarono vesti, si tagliarono i baffi e la barba: ma, in fondo in fondo, rimasero sempre gli stessi.

Un giorno, seppero che un grande poliziotto privato aveva solennemente promesso di acchiapparli tutti e tre, vivi o morti. Era un uomo terribile che, da un pizzico di tabacco, sapeva dirti quante pipate consumi in ventiquattr'ore, e, per un poco di fango rimasto attaccato ai tuoi tacchi, ti mandava dritto dritto in galera. Possedeva, di tutti e tre i mariuoli, le impronte digitali e quella delle scarpe, e conosceva il loro modo di russare. Ma non aveva mai visto nessuno dei tre: e, in attesa di poterli smascherare per mezzo di quei segni rivelatori, dormiva i suoi sonni profondi in un albergo della città.

— Dobbiamo fuggire, — disse il primo mariuolo.

— Dobbiamo andare a nasconderci, — disse il secondo.

—Dobbiamo andare a cercarlo, — disse il terzo.

Detto fatto, il primo mariuolo si presentò nell'albergo, ottenne una stanza col letto matrimoniale, proprio a sinistra di quella del poliziotto, gironzolò, annusò in ogni angolo e si comportò così bene, che diede nell'occhio al volpone. Subito il poliziotto scrisse sul proprio taccuino l'altezza approssimativa del mariuolo, la lunghezza del suo naso, il numero dei suoi starnuti, e poi corse a chiudersi in camera per meditare sovra le annotazioni. Non potè accorgersi, quindi, che il mariuolo, avvicinata una coppia in viaggio di nozze, aveva ottenuto, con un pretesto, di barattar di camera con gli sposini.

Quando tutti furono a dormire, il poliziotto prese una palla di creta morbida, s'introdusse cauto nella camera di sinistra, avanzò al buio verso il letto, trovò brancolando una mano, che penzolava fuori dalla sponda, insinuò la palla di creta fra quelle cinque dita e strinse leggermente la mano.

— Finalmente, sei mia!, — disse pensando all'impronta digitale.

— Non ancora, libertino sfacciato!, — urlò in risposta, dall'altra parte del letto, una voce.

Il poliziotto potè svignarsela senza esser riconosciuto: ma ci rimise la palla di creta e giusto due ciuffi di capelli, uno per sposino.

Il primo mariuolo, all'alba, scomparve. Ma sopraggiunse il secondo, ottenne la stanza di faccia a quella del poliziotto, gironzolò, annusò in ogni angolo e si comportò così bene, che diede nell'occhio al volpone. Subito il poliziotto scrisse sul proprio taccuino la circonferenza approssimativa dei bottoni del mariuolo, la lunghezza dei suoi passi e il numero dei suoi sospiri, e poi corse a chiudersi in camera per meditare sopra le annotazioni. Non potè accorgersi, quindi, che il mariuolo aveva chiamati misteriosamente i camerieri e diceva loro:

— Ho una paura tremenda dei ladri. Se veglierete, con dei buoni randelli, accanto alla mia porta, domani avrete la mancia.

Quando tutti furono a dormire, il poliziotto prese una lanterna cieca, uscì dalla propria stanza, s'avanzò nel buio verso quella di faccia, si piegò, aprì il lanternino e afferrò le scarpe, lasciate fuor della soglia.

— Finalmente, siete mie!, — disse pensando alle impronte.

— Non ancora, pezzo di birbante!, — urlarono in risposta parecchie voci.

Il poliziotto potè svignarsela senz'essere riconosciuto, ma perse la lanterna e giusto cinque brandelli di camicia, uno per cameriere.

Il secondo mariuolo, all'alba, scomparve. Ma sopraggiunse il terzo, accompagnato da un grosso cane e da un pappagallo sulla gruccia, ottenne la stanza alla destra di quella del poliziotto, gironzolò, annusò in ogni angolo e si comportò così bene, che diede nell'occhio al volpone. Subito il poliziotto scrisse sul proprio taccuino la capacità cubica approssimativa della pancia del mariuolo, la lunghezza dei suoi piedi, il numero delle sue risate, e poi corse a chiudersi in camera per meditare sopra le annotazioni. Non potè accorgersi, quindi, che il mariuolo aveva fatto chiamare l'albergatore in persona per dirgli:

— Avvertite subito la polizia. Ho visto, fra i vostri clienti, un uomo che vuole ammazzarmi a ogni costo per un vecchio rancore.

Quando tutti furono a dormire, il poliziotto s'introdusse cauto nella camera di destra, s'avvicinò al letto, nel buio, e si piegò ad ascoltare.

— Finalmente, ti ho acchiappato!, — disse ascoltando il sonoro russare che si sprigionava dal letto.

Ma gli rispose un abbaiamento furioso. Era il cane che, occupando solo soletto il giaciglio, rifiutava di lasciarsi acchiappare.

Il poliziotto, adesso, si dibatteva fra le guardie.

— È uno sbaglio, — gridava. — Sapete come mi chiamo?

— Macaco!, — rispose, dall'alto della gruccia, il pappagallo.